11
STORY INAKA DACHIMA
ILLUST IIDA POCHI. VOLUME 11
일반공격이 전체공격에
2회 공격인 엄마는 좋아하세요?

"저는 마사토 군을
놀리고 싶을 뿐입니다만……."
시라세
SHIRASE
어떤 때도 마사토를 놀리느라
여념이 없는, 다섯 살 딸을 둔
어머니.
"친구 엄마가
확 장난을 칠 거야~."
카즈노
KAZUNO
호스트클럽에 빠져 산 적이 있어서
그런지 이런 자리에 가장 익숙한,
와이즈의 어머니.

하하데스
HAHA-DEATH
포타가 진 신세를 갚으려고 좀
대담해진, 포타의 어머니.
"서비스해줄게."
"내 말 제대로 안 들어주면,
확 귀를 먹어버릴 거야~!"
메디 엄마
MEDHIMAMA
술에 약한 데다 평소의 성실한
성격의 반동인지 취하면
어리광을 부리며 빈틈 투성이가
되는, 메디의 어머니.

"어, 엄마는……
글, 쎄…….
좀 생각할 시간을 주렴……."
오오스키 마마코
MAMAKO OOSUKI
게임 세계에서 모험을 하면서
성장한 아들을 보고 조금 쓸쓸한
느낌을 받고 있는, 용사의 어머니.

"슬슬 나도
앞날을 생각하며
움직여야겠다고
좀 생각했어."
오오스키 마사토
MASATO OOSUKI
마왕이 된 아버지와의
최종 퀘스트 중에 자기 미래를
생각하기 시작한, 최강 모친의
아들.

때는 에도 시대. 벚꽃이 흐드러지게 피는 에도 성의 정원에, 어머니와 아들이 있었다.

어머니는 에도 막부 제7대 장군의 부인, 마마코인.

아들은 제8대 장군, 오오스키 마사토.

장군 모자지간이다.

"꽃잎이 휘날리는 게 참 아름다워……. 아, 맞다. 마 군, 귀청소 해줄게."

"왜 벚꽃을 보고 귀청소가 생각난 건지, 영문을 모르겠네."

주위에 시립해 있던 가신들이 기민하게 움직이면서 정원에 다다미를 깔더니, 귀청소 준비를 마쳤다. 할 수밖에 없다.

마사토는 마마코인의 무릎에 머리를 얹었다. 귓속을 간질간질. 기분 좋다.

어머니와 아들의 평온한 시간이 흘렀다.

"이렇게 느긋하게 지낼 수 있는 건, 에도가 평화로운 덕분이야."

"그래……. 너무 평화로워서 잠이 와."

하암~ 하고, 마사토가 하품을 한 바로 그때였다.

"정말! 하품이나 할 때가 아니거든?!"

"마을에 큰 소동이 벌어졌는데, 장군님께서는 참 느긋하시군요."

"마사토 씨 장군님! 사건이 벌어졌어요!"

닌자 와이즈, 닌자 메디, 닌자 포타. 세 명의 여자 닌자가 에도 성의 지붕 위에서 홀연히 모습을 보이더니, 마사토의 몸 위에 멋지게 착지했다.

"크억?! 착지 장소는 골라서 하라고!"

"우왓! 죄, 죄송해요!'

"아니, 닌자 포타는 괜찮아. 다른 두 사람한테 한 말이야."

"그래그래. 미안하다, 미안해. 그것보다 사건이 터졌어."

마마코인 님께 보고 올립니다. 에도에서 살인 사건이 발생했습니다. 범인은 괴이하게 생긴 괴물이라고 합니다."

"정말이니! 큰일이구나!"

"어이, 닌자 메디. 왜 엄마 어머님에게 보고를 올리는 거야. 나한테 말해, 내가 장군이니까…… 이건 내가 나설 일이라고!"

마사토는 의연하게 자리에서 일어났다.

"닌자 포타! 내 무기를 준비해 다오!"

"네! 여기 있습니다!"

닌자 포타는 허리에 두르고 있던 불가사의한 포대에서 성스러운 칼 『풍위류마면두(風威瑠魔面斗)(필마멘트)』를 꺼냈다.

마사토는 칼을 손에 쥐더니, 그대로 달려갔다.

성을 나선 그가 마을로 뛰어가고 있을 때, 늑대인지 곰인지 알 수 없는 털복숭이 괴물이 날뛰고 있는 광경이 눈에 들어왔다.

"멈춰라, 이 괴물아! 장군인 내가 상대해주마! 간다!"

마사토는 칼을 움켜쥐더니, 괴물을 향해 휘둘렀다 마사토가 그대로 대활약……!

……을 하기 전에 괴물의 발치에서 대량의 바위 칼날이 솟구쳤고, 하늘에서는 물방울 탄환이 쏟아져 내리면서 그 괴물을 순식간에 해치웠다.

괴물을 해치운 자는 바로…….

"마 군은 툭하면 무리를 한다니깐. 이런 위험한 일은 엄마한테 맡겨주렴."

불꽃 빛깔의 벚나무 가지와 푸른 빛깔의 벚나무 가지, 성스러운 두 나뭇가지를 손에 쥔 마마코인이었다. 그녀는 빙그레 웃으면서, 우아하게 다가왔다.

"자아, 마 군. 성으로 돌아가서 귀청소를 계속하자. 우후후."

"크……. 활약하고 싶었는데, 또 활약 못 했어……."

마마코인은 마사토와 팔짱을 끼고, 갈채를 보내는 이들에게 손을 흔들며 돌아갔다.

사람들은 마마코인을 이렇게 부른다…… 망나니 장군의 엄마, 라고 말이다.

망나니 장군인
엄마는 좋아하세요?

CONTENTS

일반공격이 전체공격에 2회 공격인 엄마는 좋아하세요?

STORY INAKA DACHIMA
ILLUST IIDA POCHI.

VOLUME 11

프롤로그
어느 소년의 답변

【질문 : 어머니와는 사이가 좋은 편?】

나쁘지는 않은 편.

【질문 : 어머니와 대화를 나누는 편? 나눈다면 얼마나?】

어느새 평범하게 이야기를 나누게 됨.

【질문 : 최근에 어머니에게 듣고 기뻤던 말은?】

「성장했구나」처럼 자식을 인정해주는 말을 들으면 솔직히 기쁨.

【질문 : 최근에 어머니에게 듣고 싫었던 말은?】

역시 나를 애칭으로 부르는 것…… 하지만, 이제는 받아들이게 됨.

【질문 : 어머니와 함께 쇼핑을 한 적은?】

짐을 들어주려고 자주 같이 감(하지만 손님 터져 나가는 시간의 슈퍼마켓은 제발 사양하고 싶음).

【질문 : 어머니를 자주 돕는 편?】

그다지 도움이 안 되지만, 조금은 돕게 됨.

【질문 : 어머니가 좋아하는 것은?】

집안일과 바겐세일……과, 아들과 함께 보내는 시간.

【질문 : 어머니가 싫어하는 것은?】

부엌에 나온 바퀴벌레.

【질문 : 어머니의 장점은?】

무지 많지만, 적을 공간이 모자라니 생략.

【질문 : 어머니의 단점은?】

없지는 않지만, 너그러이 넘어가 주겠어.

【질문 : 어머니와 함께 모험을 한다면 사이가 좋아질 것 같습니까?】

제1장
이력서의 경력 칸에 【용사】라고 쓸 용기가 있는 녀석은, 진짜 용사일지도 모른다.

대륙 최북단에 위치한 곳에서 하루 중 짧은 시간 동안만 나타나는 얕은 여울을 따라, 북쪽으로 향하면 존재하는 장소.

세계의 종점을 가리키는, 마치 벽처럼 생긴 깎아지른 절벽이 존재하며, 언제 만들어진 건지 알 수 없는 계단이 머나먼 구름 위까지 이어지고 있다.

천체(天體)와 별자리의 조각으로 꾸며진 그 계단을 끝까지 올라가면, 무엇이 있는지…….

아직 본 적 없는 광경을 상상하며, 용사 마사토는 성큼성큼 올라갔다.

"꽤 올라왔지만, 아직 끝이 안 보이네……. 다들, 괜찮아?"

선두에 선 마사토가 뒤를 돌아보자, 동료들은 꽤 떨어진 곳에 있었다.

현자 와이즈와 치유술사 메디는 이미 지칠 대로 지친 표정이었다.

"저기, 마사토. 페이스 좀 늦추면 안 돼?"

"던전은 도망 안 가요. 서둘러야만 할 이유는 없어요."

"그건 그렇지만 말이야. 하지만, 한시라도 빨리 도착하고 싶어. 오래간만의 퀘스트잖아? 반항 조직도, 모자지간의 어려운 문제도 얽히지 않은, 순수한 퀘스트인걸? 의욕이 나지 않아?"

"확실히 나기는 해요. 하지만……."

"그게 아니더라도, 여기는 『천공의 유적』이라 불리는 장소라고! 텐션이 팍팍 치솟아! 우오오오! 천공의 유적! 흥분되는걸!"

"너만 그렇거든?"

"아니, 그렇지는……."

"마사토 군만이에요. 혼자만 즐기지 말고, 저희 뒤편을 잘 보세요."

와이즈와 메디보다 한참 떨어진 곳에, 여행상인 포타에게 손을 이끌리며 계단을 오르고 있는 마마코가 있었다.

포타는 아직 기운이 있지만, 마마코는 좀 지쳐 보였다.

"사랑하는 아들의 억지를 들어주기 위해, 수면 시간을 줄여가며 일찍 일어난 결과야."

"도시락 준비에, 세탁에, 청소까지 했으니까요. 아무리 마마코 씨라도 지쳤을 거예요. 사랑하는 아들의 억지를 들어주기 위해서라고 해도 말이죠."

"크……."

엄연한 사실이기에, 마사토는 할 말이 없었다.

그리고 한순간 망설인 후…….

돌아선 마사토는 포타와 마마코가 있는 곳까지 계단을 뛰어 내려갔다.

"아, 마사토 씨! 왜 그러세요?!"

"마음이 좀 그래서 말이야. ……엄마, 괜찮아?"

"어머나, 이 엄마를 걱정해 주는 거니? 기쁘구나. 이렇게 착한 아들을 둬서…… 으흑."

감격의 눈물을 흘리는 마마코.

"그런 건 됐거든? ……자."

마사토는 마마코를 향해 등을 보이더니, 몸을 숙였다.

"어머나, 왜 그래?"

"보면 모르겠어? 엄마가 피곤해 보이니까, 업어주려는 거야."

"마 군……!"

"엄마가 싫다면, 괜찮지마아아아안?!"

우선 마사토의 어깨에 커다란 가슴을 인정사정없이 얹은 후, 마마코는 아들의 등에 그대로 힘껏 매달렸다.

"마 군이 업어준다니, 정말 꿈만 같아. 으흑!"

감격의 눈물을 흘리는 마마코!

"그러니까, 일일이 감동하지 말라니까 그러네! 이 정도는 평범하거든?! 자, 일어선다!"

"응, 좋아."

마사토는 두 발에 힘을 주면서 몸을 일으켰다.

의외로 간단히 몸을 일으킬 수 있었다.

'엄마는…… 의외로 가볍구나.'

마마코는 가슴만 보면 상당한 중량급이지만, 전체적으로는 가볍게 업을 수 있을 수준의 체중이다. 솔직히 김샜다.

"마 군~, 항상 미안하구먼~."

"갑자기 할망구 같은 소리 하지 마."
"우후후, 농담이야. 하지만 이제 노후도 안심이네."
"그런 생각하기에는 너무 이르지 않아? 한참 후의 이야기 잖아."
"그렇지도 않아. 금방 찾아올 거란다."
"맙소사."
바로 옆에 있는 마마코의 얼굴을 힐끔 쳐다보며, 마사토는 문뜩 생각했다.
"지금 얼굴 그대로 할머니가 될 것 같아."
"그럴까?"
진짜로 그럴 것 같아서 걱정되기 시작했다.
바로 그때, 마마코가 마사토의 얼굴을 살며시 쓰다듬어줬다.
"그건 그렇고, 마 군이 이렇게 엄마를 업어주다니…… 이 게임을 시작하기 전에는 꿈에도 생각 못 했던 일이야."
"뭐, 나도 자기가 이렇게 될 줄은 꿈에도 생각 못 했어."
"부모와 자식이 같이 모험하고, 많은 모자지간을 만나며, 많은 문제를 해결하다 보니……."
"그러는 사이, 우리 모자지간도 이래저래 친해진 거네……."
모자지간이 같은 방향을 응시하고 있다.
높은 절벽에서 보이는 하늘, 구름, 바다, 육지. 여기는 게임 세계.
바로 옆에서는 왠지 즐거워 보이는 포타가 환한 미소를 짓고 있다. 계단 위쪽에서는 사이좋은 모자지간을 훈훈한 표정으로 바라보고 있는 와이즈와 메디가 있었다.

모험 세계, 동료들과의 유대, 자신들 모자지간의 유대.

마사토는 어째서 이렇게 많은 것들을 얻을 수 있었을까.

국가 정책으로 치러진 익명의 의식조사에, 마사토가 무심코 이름을 적은 것도 계기 중 하나겠지만…….

'애초에 엄마가 신청했었잖아.'

자연스레 감사의 마음이 샘솟은 마사토는 마마코에게 고맙다는…… 말을 할지 말지 생각했을 때였다.

단말마의 비명 같은, 기분 나쁜 울음소리가 주위에 울려 퍼졌다.

"앗, 몬스터가 와요! 조심하세요!"

즉시 주위를 둘러본 포타가 계단 위의 상공을 손가락으로 가리켰다.

활짝 펼친 두 날개의 길이가 10미터는 될 듯한, 거대한 괴조가 곧장 활공하며 쇄도하고 있었다. 보스급 몬스터였다.

전투의 막이 올랐다. 포타는 서둘러 대피했다. 와이즈는 마법서를, 메디는 지팡이를 각각 쥐며 요격 태세에 들어갔다.

마사토도 질 수는 없다. 왜냐하면 천공의 용사니까!

"좋아, 나왔어! 하늘의 적! 내 사냥감이야! ……엄마!"

"알았어, 공격할게. 에잇."

"아니, 내 등에서 내리라는……!"

말을 끝까지 잇기도 전에, 마마코가 공격을 펼쳤다.

대지의 성검 테라디마도레를 보아서 휘두르자, 암벽에서 솟

구친 대량의 바위 칼날이 괴조를 그대로 꿰뚫었다. 거대한 새가 무너지더니, 대량의 젬으로 변했다.

천공의 유적 입구 부근을 수호하는 보스를 쓰러뜨렸다!

"우후후! 마 군, 이 엄마가 해냈단다!"

"그, 그래. 평소와 마찬가지로, 당연한 듯이 해냈네……."

마사토와 마마코는 이제 엄연히 사이좋은 모자지간이다. 마사토의 마음도 어엿하게 성장했다. 이제 이런 일로 시끌벅적하게 떠들지 않는다. 진짜 괜찮다. 눈곱만큼도 화나지 않았다.

그러나 마사토는 아까 하려고 마음먹었던 고맙다는 말은 하지 않기로 결심했다.

일행은 다시 계단을 올라가기 시작했다.

이미 구름에 닿을 만큼 높은 곳까지 올라왔지만, 계단은 아직 이어지고 있다.

와이즈와 메디는 물론이고, 순수하게 즐기고 있던 포타마저도 좀 지친 것 같았다. 동료들은 녹초 모드다.

하지만 선두에 선 두 사람은…….

"저기, 엄마! 천공의 유적에는 뭐가 있을까?! 기대돼!"

"이 엄마는 즐거워하는 마 군을 보는 것만으로도 참 즐거워. 우후후."

"천공의 유적이니까, 나를 위한 유적일 거야! 틀림없어!"

"그래. 왜냐하면 마 군은 천공의 선택을 받은 용사잖니. 우후후."

"응, 그래! 내가 천공의 용사야! ……전설에 따르면, 이 유적에는 천공의 용사가 울면서 기뻐할 만한 무언가가 있는 것 같아……. 벌써 가슴이 두근거려!"

"분명 마 군이 정말 기뻐할 만한 게 있을 거야. 기대되네. 우후후."

모자지간이 즐겁게 이야기를 나누며, 마마코를 업은 마사토가 성큼성큼 나아갔다. ……그런 두 사람의 뒤편에서 커다란 한숨 소리가 두 번 들려온 것 같지만, 아마 기분 탓일 것이다. 신경 쓰지 말자.

그 기세로, 구름을 돌파하자…….

천공의 성검 필마멘트의 마크와 흡사한, 태양과 달의 마크가 새겨진 커다란 바위 문이 보였다.

"오오! 여기라면 분명 뭔가 있을 거야! ……엄마!"

"응, 그래."

대답 대신 등에서 내려줬으면 하지만, 마마코는 여전히 업혀 있었다.

그럼 됐다고 생각한 마사토는 이제 못 참겠다는 듯이 그대로 바위 문 앞에 섰다.

"어떻게 하면 열릴까……. 아, 그래. 의뢰서에 뭔가 적혀 있을지도 몰라."

마사토는 품속에서 의뢰서를 꺼내더니, 읽어봤다.

조사 목적인 퀘스트의 개요, 현지까지 가는 방법 외에……

내부를 공략하려면 파티 안에 용사가 한 명 이상이 필수라고 적혀 있다.

혹시 몰라 의뢰서를 마마코에게 건네줘서 확인해달라고 했다.

"그렇게 적혀 있지?"

"응, 그렇게 적혀 있네."

필요조건은 용사인 게 틀림없었다.

"조건은 충족됐어……. 그렇다면, 용사라는 것을 증명할 필요가 있는 걸까?"

일단 시도해 보기로 했다.

마사토는 천공의 용사의 증표인 성검 필마멘트를 칼집에서 뽑더니, 높이 치켜들었다.

그리고 바위 문을 향해 선언했다.

"내 이름은 마사토. 보다시피, 천공의 선택을 받은 용사야."

"천공의 용사이기도 하지만, 이 엄마의 자랑스러운 아들 용사이기도 해. 우후후."

"엄마는 좀 입 다물어 줄래? 지금, 엄청 중요한 부분이야. 그러면 다시…… 천공의 유적이여. 내 목소리에 호응해, 길을 열어다오!"

그러자 바위 문이……!

꿈쩍도 하지 않았다.

"어, 어라? 이상하네. 분명 열릴 줄 알았는데……."

그렇다. 용사가 손을 대면 열리는 식일 것이다. 손을 대봤다. 열리지 않았다.

아니, 성검을 바위 문에 댈 필요가 있는 것이다. 대봤다. 열리지 않았다.

노크해봤다. 열리지 않았다. 힘으로 밀어봤다. 열리지 않았다. 거꾸로 당겨봤다. 열리지 않았다. 열려라, 참깨. 열리지 않았다.

눈가에 눈물이 맺힌 가운데, 「열려 주세요! 제발 부탁이에요!」 하고 애원해 봤다.

열리지 않았다.

"어, 어째서야아아아앗! 나, 천공의 용사잖아아아아앗?! 안 그래애애애앳?!"

"마 군, 괜찮단다! 진정하렴! 설령 천공의 용사가 아니더라도, 이 엄마의 자랑스러운 아들 용사잖니!"

"엄마는 입 좀 다물어어어어엇?!"

"저기, 마사토. 시끄러워. 왜 그렇게 소란 피우는 거야?"

와이즈 일행이 겨우 이곳에 도착했다.

마사토는 설명을 할 수 있는 정신 상태가 아니었다. 마마코가 대신 설명한 후, 와이즈에게 의뢰서를 건네줬다.

와이즈, 메디, 포타, 세 사람은 머리를 모으며 의뢰서를 꼼꼼히 읽었다.

"이건 평범한 의뢰잖아. 시라아세 씨의 낚시 아니지?"

"오래간만에 평범한 퀘스트를 하려고, 카산 왕도의 모험가 길드에서 평범하게 의뢰받은 것이니까요. 딱히 이상한 점은 없다고 생각하는데……."

"앗! 잠깐만요!"

눈썰미가 좋은 포타가 뭔가를 눈치채고 의뢰서 하단을 손가락으로 가리켰다.

매우 좁은 여백 공간에는 매우 조그마한 손 글씨로 주의 사항이 적혀 있었다.

【※시기에 따라 도전할 수 없는 경우가 있습니다. 자세한 내용은 가까운 모험가 길드에 있을지도 모르는 정체불명의 수녀에게 문의해 주십시오.】

……란 내용이었다.

"아~. 왠지 눈에 익은 글씨체야."

"포타 양. 누구 글씨인지 감정할 수 있겠어요?"

"네……. 시라아세 씨의 글씨예요……."

울면서 지면을 손바닥으로 내려치고 있는 마사토에게, 와이즈 일행은 진심에서 우러난 위로의 시선을 보냈다.

일행은 전송 마법으로 가장 가까운 역참 마을로 돌아갔다.

이제 누구도 말릴 수 없을 정도로 분노한 마사토가 선두에 서서 모험가 길드의 문을 거칠게 열어젖히며 안으로 뛰어들자……!

식당코너에서 느긋하게 차를 마시던 정체불명의 수녀가 야호~ 하며 손을 흔들며 인사를 건넸다. 시라아세다.

"시라아세 씨! 당신, 대체 무슨 짓을 벌인 거예요?!"

"흠, 그게 무슨 소리시죠?"

“시치미 떼지 마세요! 이거 말이에요, 이거!”

마사토가 태연하기 그지없는 시라아세의 얼굴을 향해, 의뢰서를 쑥 내밀자……!

“의뢰서군요.”

태연한 그녀의 반응.

“그래요! 맞아요! 하지만 문제는 여기 쓰여 있는 내용이라고요! 천공의 유적에 가봤더니, 문이 안 열려요! 제가, 용사인 제가 있는데도 말이에요!”

“그리고 저희가 의뢰서를 확인해 보니…….”

“시라아세 씨의 글씨체로 적힌 주의서가 있었다, 는 거죠.”

“이건 시라아세 씨의 글씨체가 틀림없어요!”

“그러니 시라아세 씨는 뭔가 알고 있지? 혹시 아는 게 있다면, 마 군을 위해 알려~줬으면 해.”

“그렇군요. 그래서 찾아오신 겁니까.”

마마코 일행의 말을 듣고 자초지종을 이해한 건지…….

시라아세는 갑자기 의사에서 다리를 꼬면서 거만한 태도를 보였다.

“그런 것이라면, 저는 비난당할 이유가 없습니다. 아니, 감사 인사를 받아야 마땅하겠군요. ……그 퀘스트는 엄연히 정규 퀘스트이고, 저는 내용에 전혀 관여하지 않았으며, 선의로 주의 사항을 적어둔 것이니까요.”

“어? ……그, 그런가요?”

“틀림없습니다. ……뭐, 이 퀘스트를 수주할 수 있는 건 마사토 군 일행뿐이니까…… 적당히 시간 낭비를 하게 만들면, 준비 시간을 벌 수 있을 거라는 기대도 하기는 했습니다만……."

"어? 방금 무슨 말 했어요?"

"아뇨, 아무 것도 아닙니다. 저의 소소한 기대가, 잘 안 보일 만큼 조그마한 글자로 표현되고 말았군요, 라고 말했을 뿐입니다. ……아무튼, 이 건은 방금 말씀드린 대로입니다. 저는 전혀 손을 쓰지 않았어요. 그건 엄연한 사실입니다."

"그렇군요. 이 건에 관해서는, 그런가요."

마사토가 회의적인 눈길로 쳐다보자…….

시라아세는 이제까지 한 번도 보여준 적 없는, 끝내주는 미소를 지었다.

"그러면 솔깃한 정보를 알려~ 드리겠습니다."

"큭, 평소 잘 안 짓는 미소로 얼렁뚱땅 넘어가려고 해! 하지만 나는 지지 않겠어……!"

"용사인 마사토 군이 있는데도 왜 길이 열리지 않았는가. 그 이유를 알려드리죠."

"졌어요. 알고 싶어요. 가르쳐 주세요."

"이유는 간단합니다. ……마사토 군, 스테이터스 화면을 열어 주세요."

"스테이터스 화면?"

마사토는 눈앞의 공간을 적당히 손가락으로 튕겨서 스테이터스 화면을 입체 표시했다.

HP와 MP, STR과 DEF, 그리고 장비품 등, 마사토의 현재 상태를 알려주는 다양한 수치와 물품 명칭이 표시된 가운데…….

어찌 된 건지, 직업명만 표시되지 않았다.

"이게 뭐야? 버그 걸린 걸까?"

"간단히 말하자면 그렇다고 할 수 있습니다. ……여러분의 활약 덕분에, 이 게임은 정식 서비스화를 위한 작업이 순조롭게 진행되고 있습니다. 현재 한창 시스템 체크 중이죠. 다양한 요소의 확인 및 재설정이 빈번하게 이뤄지는 상황입니다만, 그 과정에서 문제가 발생하고 만지라……."

"마사토만 직업이 리셋되어서, 무직이 된 거야? 뭐야, 되게 재미있네. 푸풉. 웃겨~."

"아뇨. 이 세상에 존재하는 모든 분에게 같은 문제가 발생했습니다."

"어?"

희희낙락하던 와이즈가 허둥지둥 자기 스테이터스 화면을 열었다.

"어, 진짜잖아!"

와이즈의 직업도 표시되지 않았다.

포타와 메디도 자기 스테이터스 화면을 보더니, 당혹스러운 표정을 지었다.

"어어어엇! 저, 무직이 됐어요!"

"게임 상의 직업이라고는 해도, 그다지 기분이 좋진 않군요……."

"어디까지나 표기상의 문제이며, 직업 자체의 능력과 장비

제한 등은 문제없이 유지되고 있으니 너무 비관하지 마시길. ……그런데, 마마코 씨의 직업 표기는 어떻습니까?"

"내 직업은……."

마마코도 스테이터스 화면을 열었다. 이제까지 【평범한 용사의 어머니】라고 표기되어 있던 직업란에…….

【마 군의 엄마】

……라고 표기되어 있었다.

시라아세는 희미하게 쓴웃음을 머금었다.

"아무리 용을 써도 일괄 재설정이 적용되지 않는 부분이 있다고 담당 부서 분이 이야기하셨는데…… 원인은 여기인 것 같군요. 마마코 씨가 자력으로 설정한 것 같습니다."

"어이, 엄마. 뭘 한 거야. 대체 뭘 어떻게 하면 이렇게 되는데? 솔직히 대답해."

"이 엄마는 아무것도 안 했단다. 하지만 엄마는 마 군의 엄마니까, 딱히 틀린 건 아니잖니." 빙긋.

"그건 대답이 못 되거든?"

"언제 어느 때라도, 설령 단순한 표기일지라도, 마사토 군의 어머니인 것은 절대적. 그런 마마코 씨의 어머니의 힘이 또 불가능을 가능하게 한 것이군요. 뭐, 평소와 다름없군요."

"그래. 역시 마마코 씨야."

"안정적인 마마코 씨군요."

"네! 마마 씨예요!"

다들 마마코를 둘러싸더니, 웃으며 해피 엔딩을 맞이했다.

"아니, 웃을 때가 아니잖아."

태클을 날린 마사토 또한, 역시 마마코는 마마코라고 생각하고 쓴웃음을 머금었다. 참 잘 됐어요~.

바로 그때, 시라아세가 가볍게 손뼉을 치면서 다른 이들의 시선을 모았다.

"상황을 이해하신 듯하니, 대처법을 알려~ 드리겠습니다. 운영 측에 따르면 일괄 재설정이 어려운 만큼, 번거로우시겠으나 여러분이 직접 재등록을 해주셔야만 합니다."

"재등록을 어떻게 하면 되나요?"

"카산 왕도 다목적 홀에서 개최 중인 『합동 취직 설명회』에 참가할 필요가 있습니다."

"잠깐만요. 그게 뭐야. 우리 보고 취업 활동을 하라는 거야?"

"안심하시길. 직업별로 설치된 창구에서 신청서를 제출하기만 하면 되는, 간단한 일입니다. 그리고 문제가 발생한 것에 대한 사과의 의미로 희망하시는 분 한정으로 이번만 직업 변경이 가능하기에, 설명회도 동시에 개최한 겁니다."

"그런 거라면, 가벼운 마음으로 참가할 수 있겠군요."

"네! 저, 안심했어요!"

"그건 다행입니다. ……하지만 딱 하나, 주의해 주셨으면 하는 점이 있습니다."

"어머나, 뭐야?"

시라아세는 다시 끝내주는 미소를 머금었다.

왠지 불길한 예감이 들었다. 아니, 왠지가 아니라 무지무지

들었다.

마사토 일행이 숨을 삼키며 지켜보는 가운데, 시라아세의 미소가 악질적인 미소로 변모했다.

"사실 각 직업에는 인원이 정해져 있습니다. 빨리 등록하지 않으면 다른 희망자에게 직업을 빼앗길 수도 있죠. 그러니 준비~, 출발~."

"하아, 정말! 시라아세 씨! 나중에 두고 봐요!"

마사토 일행은 허둥지둥 모험가 길드를 뛰쳐나갔다.

전송 마법으로 카산 왕도의 입구에 도착했다.

그대로 전력 질주를 하며 다목적 홀로 향하고 싶지만…….

"우왓, 이게 다 뭐야?!"

사람, 사람, 사람, 사람 천지였다.

모험가, 도시 사람, 마을 사람. 서류를 손에 쥔 사람들이 길을 가득 메우고 있다. 지나갈 틈새가 없었다.

"모험가가 있는 건 이해가 되지만, 왜 평범한 사람이 이렇게 몰린 거지……?"

"시라아세 씨는 이 세상에 존재하는 모든 분에게 문제가 발생했다고 말씀하셨으니까요……. 어쩌면 『도시 사람』과 『마을 사람』 같은 분류도 직업 취급이라 재등록이 필요한 걸지도 모르겠군요."

"그럼 온 세상의 사람이 다 모여 있다는 거야? 붐빌 만하네."

"아! 본 적 있는 사람이 있어요!"

포타가 쳐다본 곳에는 마을 사람 옷을 입은 집단이 있었으며, 지팡이를 쥔 노인을 중심으로 이야기를 나누고 있었다. 누구인가 했더니…….

"어머나. 마망 촌의 촌장님들이네. 안녕하세요."

"어? ……오, 누구인가 했더니 마마코 씨와 자제분 일행이군요. 오래간만입니다."

"촌장님들도 직업 재등록을 하러 온 거예요?"

"그렇습니다. ……하지만 저는 뭐랄까……."

마망 마을의 촌장은 멋쩍은 듯이 웃으면서 들고 있는 서류를 보여줬다. 이력서와 전직 신청용 용지였다.

전직을 희망하는 직업명의 기입란에는 【시장】이라고 적혀 있었다.

"여러분의 활약을 들었더니, 저도 주책맞게 의욕이 샘솟지 뭡니까. 아하하, 부끄럽습니다."

"부끄럽기는요. 정말 멋지세요."

"마마코 씨가 그렇게 말씀해 주시니, 왠지 이뤄질 것 같은 느낌이 드는군요. 어이쿠, 이렇게 수다를 떨 때가 아니지요. ……어이~, 다들. 마마코 씨 일행이 오셨어."

마망 마을의 촌장이 그렇게 말하자…….

촌장 근처에 모여 있던 마망 마을 사람들이 주위 사람들에게 말을 건네면서 길을 만들기 위해 비켜섰다.

"마마코 씨 일행이 먼저 하셔야…… 이름이 뭐였더라……

일전에 수녀 모습으로 본 적 있는, 운영 측의 그 분에게 연락을 받았습니다. 자, 서둘러 주시죠."

"네. 고마워요, 촌장님. ……그럼 마 군, 가자."

"응, 서두르자고."

신세를 졌던 분들과 가볍게 인사를 나누면서, 마사토 일행을 서둘러 앞으로 나아갔다.

선두에 선 마사토와, 와이즈가 은근슬쩍 나란히 섰다.

"내 생각인데, 시라아세 씨가 꾸민 건 아마 이걸 거야."

"그래. 그 사람, 또 저질렀네."

두 사람의 올려다본 하늘에는 시라아세 씨의 천연덕스러운 얼굴이 떠올랐다.

""좋은 사람이었어요.""

아까운 사람을 잃고 말았다. 뭐, 농담이지만 말이다.

그렇게 한참을 나아가자, 또 사람들이 몰려 있었다.

길이 완전히 막혀 있으며, 그 앞에…… 주위 사람들보다 머리 세 개 정도 키가 큰, 교사 복장을 한 우락부락한 체격의 남성이 뒷모습이 보였다.

"저 사람은…… 우락부락 선생님, 오래간만이에요!"

메디가 말을 건네자, 우락부락한 남성이 뒤를 돌아봤다.

환하게 웃고 있는 그 사람은 물론 우락부락 선생님이었다.

"오오, 치유술사 메디! 오래간만이구나! 용사 마사토와 현자 와이즈, 여행상인 포타, 그리고 마마코 씨. 다들 건강해 보여서 다행인걸!"

"학교에서는 신세 졌어요. 우락부락 선생님도 재등록을 하러 오신 건가요? 아니면 직업 변경을 희망하세요?"

"하하하. 나는 교사 말고 다른 게 될 생각이 없지. 귀여운 제자들과 함께, 앞으로도 정진할 뿐이다. ……자, 학생 여러분. 집단행동을 할 시간이다. 연습대로 할 수 있지? 시작하자."

우락부락 선생님의 앞에는 교복을 입은 학생들이 줄지어서 있었다.

메디 일행에게 등을 보이면서, 남녀가 각각 두 줄로 서더니…… 우락부락 선생님이 호루라기를 부르자, 질서정연하게 좌우로 갈라지며 길을 만들었다.

그리고 학생들은 일제히 돌아보면서, 다들 친근한 미소를 머금었다.

글자 아트가 아니라, 각각 개별적인 얼굴로 말이다.

"이, 이건…… 드디어 학생들의 얼굴이 실장된 거군요!"

"그래. 학생들은 드디어 개성을 손에 넣었지. 치유술사 메디 일행에게도 언젠가 보여주고 싶었는데, 이렇게 그 기회가 찾아와서 다행인걸. 연락을 준 시라아세 씨에게 감사해야겠군. ……자, 서둘러라."

"네. 감사해요. ……마사토 군, 가죠."

"그래."

마사토 일행은 미소 짓고 있는 학생들 사이로 나아갔다.

"여어! 오래간만!"

"나야, 나!"

"기억하지?!"

"으, 응……."

솔직히 말해 누가 누구인지 모르겠지만, 일단 미소를 지어 보이면 괜찮을 것이다.

마사토의 옆에서 걷고 있는 메디가 쓴웃음을 머금었다.

"본의는 아니지만, 시라아세 씨에게 고맙다고 말해야겠어요."

"그래……."

마사토와 메디가 올려다본 하늘에, 시라아세 씨의 왠지 우쭐하는 느낌의 천연덕스러운 얼굴이 떠올랐다.

""좋은 사람이었어요.""

뭐, 농담이지만 말이다. 진짜로 죽은 게 아니다.

그렇게 또 한동안 나아가자, 다목적 홀이 보이는 위치까지 도착했다.

부지 입구는 혼잡하기 그지없었으며, 거기에도 역시 누군가가 있었다.

거친 복장을 한 모험가들과, 그들의 어머니로 보이는 혼성 집단이 통로를 틀어막은 채 웅성거리고 있었다. 좀 무서웠다.

"어이~, 포타. 목말 태워줄 테니까, 한가운데에 있는 사람의 얼굴을 확인해 줄래?"

"네! ……으음, 저 모히칸 머리는…… 포치 씨예요!"

"역시 그렇구나. 그럼 미리 해버릴까."

"네!"

마사토와 포타가 올려다본 하늘에는, 기습을 당해 약간 당황했으면서도 여전히 천연덕스러운 시라아세 씨의 얼굴이 떠올라 있었다.

"좋은 사람이었어요."

"좋은 사람이었어요!"

아마 죽지 않았으리라고 생각하지만 말이다. 그런 일은 없다고 생각하지만 말이다. 일단은 말이다.

포타가 감정한 대로, 모히칸 머리를 한 거친 사나이는 포치였다. 옆에는 포치의 어머니도 있었다. 주위에 있는 거친 남자들과 어머니는 전부 엄마 길드의 멤버다.

포치 모자지간이 마사토 일행을 발견하더니, 크게 손을 흔들었다.

"이제야 온 거냐! 꾸물대지 말고, 달려! 이미 꽤 많은 인원이 등록을 마쳤다고!"

"하고 싶은 이야기가 산더미처럼 있지만, 그럴 때가 아니네! 빨리 가봐! ……아, 그래도 잠시만이라면…… 괜찮지? 마마코 씨."

"응. 잠시만……."

포치의 어머니와 마마코가 눈짓을 교환했다. 다른 어머니들도 슬금슬금 마마코에게 모여들었다.

이대로 수다가 시작됐다간, 그대로 해가 질 때까지 이어질

게 틀림없다.

“와이즈! 메디! 너희가 엄마를 연행해! 서둘러!”

“오케이!”

“자, 마마코 씨. 가죠.”

“어머어머~.”

와이즈와 메디가 마마코의 손을 잡더니, 먼저 안으로 들어갔다. 이것으로 됐다.

마사토는 목말을 태운 포타를 떨어뜨리지 않도록 조심하며 서둘러 그 뒤를 쫓으려 했지만…… 갑자기 걸음을 멈췄다.

왠지, 물어보고 싶어졌다.

“……그러고 보니 포치 씨는 보육사를 꿈꾸고 있죠?”

“아앙? 그렇기는 한데, 이번에 직업을 변경하지 않을 거야. 진짜로 되고 싶거든. 꿈이라는 건 자기 힘으로 이뤄야만 재미있지 않겠어?”

“그런가요…….”

“나는 그래. 재미없는 거 묻지 말고 빨리 가 봐, 이 바보야.”

“네! 먼저 갈게요!”

마사토는 가볍게 내달렸다.

입을 꾹 다물고 말없이 달려가고 있을 때, 의아한 표정을 짓고 있는 포타가 마사토의 얼굴을 들여다봤다.

“마사토 씨, 뭔가 생각이 있나요?!”

“뭐, 그래. 별건 아니지만…… 직업 같은걸, 나도 슬슬…… 아니, 아무것도 아냐.”

"네……?"

마사토 일행이 직면한 것은 게임 안의 직업에 관련된 소동이다. 어디까지나 게임 속의 이야기다.

하지만…….

'직업인가…….'

아주 약간, 자기 장래라고 하는 불확실한 것에 관해 상상을 해보니…….

역시 불확실한 것이기에, 마사토는 아무 생각도 떠오르지 않았다.

마사토와 포타는 드디어 다목적 홀 안에 들어섰다.

역시 사람들로 붐비는 입구 쪽을 어찌어찌 나아가고 있을 때였다.

"앗! 마마 씨가 보여요!"

"어이~, 엄마. 오래 기다렸지?"

"어머, 마 군. 포타 양. 어서 오렴."

마마코 발견. 홀로 이어지는 입구 옆에서 손을 흔들고 있었다.

거기 있는 사람은 마마코 뿐이었다.

"와이즈와 메디는 어디 있어?"

"재등록하러 갔단다. 늦으면 곤란하잖니. 사람이 너무 많아서 합류 못 할 수도 있지만, 엄마 해결사에 모이기로 약속했어. 괜찮지?"

"나이스 판단이야."

포타를 내려준 마사토는 홀 안을 쳐다봤다.

내부는 그야말로, 합동 취직 설명회장이다. 파티션으로 나뉜 부스가 대량으로 존재했다.

부스에는 각종 직업명이 적혀 있으며, 신청자들이 각 부스 앞에 줄 서 있었다. 재등록 및 직업 변경은 등록 담당자에게 신청서를 제출하기만 하면 수속이 완료되는 것 같았다. 그래서 줄은 꽤 원활하게 움직이고 있었다.

"다양한 직업이 있는걸……. 아니, 너무 많은 거 아냐? 직업이 아닌 것도 포함해서 말이지."

전사와 마법사 같은 모험가 직업 외에도, 도시 사람과 마을 사람, 그리고 엘프와 수인(獸人), 천사와 악마도 있었다. 직업은 정말 다양했다. 창밖을 보니, 거기에는 거인용 부스도 있는 것 같았다.

종족명이 적힌 부스에는 낯익은 어머니들이 있었다.

"천하제일 모도회에 출전했던 어머니들도 와 있는 것 같아요!"

"서버 세계를 초월한 문제가 발생한 건가……. 우리 엄마 탓에 말이야."

"나중에 인사를 나눠야겠네. 하지만, 우선은……."

"그래. 우리 재등록부터 하자."

"네! 저, 다녀올게요!"

고개를 꾸벅 숙이며 인사한 포타가 그대로 달려가려 하자…….

"기다려, 포타. 가기 전에 소생용 아이템을 하나만 줄래?"

"네! 괜찮아요! 그런데 누구한테 쓸 건데요?"

"좋은 사람이었던 사람에게 쓸 거야."

마사토는 홀 한복판에 있는, 【용사】라고 큼지막하게 쓰인 부스를 쳐다봤다.

이렇게 혼잡한 공간에서 거기만 사람이 없었고, 관짝 한 개만 덩그러니 놓여 있었다.

포타를 공중에 던졌다 받아주기를 반복해서 상황을 보여주니, 그녀도 바로 이해했다.

"잘 부탁드려요!"

"나만 믿어."

마사토에게 소생용 아이템인 보주를 건네준 후, 포타는 상인용 부스로 뛰어갔다.

자.

"나도 가볼 건데, 엄마는 어쩔 거야?"

"물론 마 군을 따라갈 거란다. 이 엄마는 이미 등록을 마쳤잖니."

"직업 【마 군의 어머니】가 정식 채용인 거야? 진짜 자유분방하네. 뭐, 좋아. 그럼……."

"가자꾸나. 오~!"

마사토와 마마코는 용사용 부스로 이동했다. 먼저 해야 할 일은 정해져 있다. 거기에 관짝이 있으니 말이다.

소생용 아이템을 쓰자, 관이 사라지더니…… 역시 죽어 있던 사람, 수녀 차림의 시라아세가 몸을 일으켰다.

"어머나, 마사토 군. 마마코 씨. 금방 또 만났군요."

"정말 그러네요. 왜 여기 있는 거예요?"

"제가 준비한 이벤트를 즐기셨는지, 확인하기 위해서입니다. 여러분을 보내드린 후, 운영 측의 기술력으로 이동해서 관계자용 통로로 이 행사장에 들어왔죠. 그리고 사람이 너무 많아서 숨이 막힌 나머지 그대로 죽어버리면서, 할당량을 달성했습니다."

"시라아세 씨는 항상 철두철미하네. 우후후."

"죽은 상태에서 등장하는 게 할당량이라니, 정말 영문을 모르겠네요."

"시라아세로서의 소양입니다. ……자……."

시라아세는 주위를 둘러보더니, 뭔가를 생각하기 시작했다.

"왜 그러세요?"

"사람을 찾고 있습니다. 슬슬 올 때가 됐다고 생각하는데…… 아, 오셨군요."

시라아세가 쳐다본 방향에 누군가가 있었다.

등에 대검을 맨, 꽤 잘생긴 소년이었다. 인파를 가르며 이쪽으로 오면서, 누군가와 부딪칠 때마다 매번 정중히 사과하고 있었다.

마사토는 그 사람이 눈에 익었다. 얼마 전에 카난 왕도에서 발생한 폐품 회수 트러블 때 만났던, 그 소년이다.

"호크! 호크잖아!"

"여어, 마사토. 또 만났네."

호크가 겨우 용사 부스에 도착했다. 마사토가 인사 대신 주먹을 내밀자, 그도 주먹을 맞댔다.

그리고…….

"어머, 당신. 또 왔구나."

마마코가 친근하게 말을 건네자, 호크는 허둥지둥 한 걸음 물러났다.

"마, 마마코 씨! 오래간만이에요! 저는 호크라는 이름의 모험가예요! 오늘도 일 때문에 찾아온 거예요!"

"어머나, 그렇구나. 아직도 호크 씨인 거네. 우후후."

묘하게 즐거워 보이는 마마코와, 묘하게 허둥대는 호크가 서로를 향해 미소 지었다.

묘한 분위기다. 게다가…….

"어머나. 당신도 참. 머플러가 흐트러졌잖아. 내가 고쳐줄게."

"아, 미안해. 부탁할게. 아니, 부탁할게요. 그리고 저는 호크예요."

세심하게 머플러를 고쳐 매주는 사람도, 도움을 받는 사람도, 묘하게 익숙해 보였다.

아내가 남편의 넥타이를 고쳐 매주는 듯한, 두 사람의 모습…….

마사토가 현실 세계의 자택에서 몇 번이나 봤던 광경과, 너무 흡사했다.

"……두 사람에게 질문이 있어. 엄마와 호크는 혹시 아는 사이야?"

"아, 아니거든? 마마코 씨와는 일전의 소동 때 처음……."

"알게 된 건 마 군이 태어나기 전이야. 엄마가 전문대생일 때, 세미나의 특별 강습 때 만났어."

"잠깐만……?!"

"흐음, 그랬구나. 그렇게 예전부터 아는 사이였네. 참고로 그 이야기, 엄마한테 들었던 아버지와의 첫 만남 이야기와 똑같거든?"

마사토는 호크를 지그시 쳐다봤다.

호크는 시선을 계속 피했다.

"……저기, 호크."

"왜, 왜 그래? 마사토."

"우리 엄마가 『당신』이라고 부르는 사람을, 나는 딱 한 명밖에 알지 못해."

"그, 그래? 그렇구나……. 하하, 하……."

호크는 시선을 쉴 새 없이 이리저리 돌렸다. 빈사 상태다. 한 방만 더 먹이면 해치울 수 있을 것이다. 마사토가 최후의 한 방을……!

날리려던 바로 그때, 마사토의 앞에 종이 한 장이 내밀어졌다. 직업 등록 신청서다.

"대화를 방해해서 죄송합니다만, 우선 재등록을 마쳐주시지 않겠습니까?"

"자, 자, 마사토! 시라아세 씨도 저렇게 말하잖아. 우선 할 일부터 하는 게 어때?!"

"쳇. 역시 시라아세 씨도 한패구나."

"무슨 말씀인지 모르겠군요. 호크 씨의 등록도 제가 마칠 테니, 두 사람 다 이 용지에 필요 사항을 기재해 주십시오. 우선 이름부터 부탁드립니다."

"하아, 알았어요. 정말……."

하고 싶은 말은 있지만, 재등록은 꼭 해야만 하니 어쩔 수 없다.

마사토는 부스 안의 긴 테이블에 용지를 거칠게 내려놓더니, 내용을 써넣기 시작했다. 호크도 머뭇머뭇 마사토의 옆에서서 작성하기 시작했다.

우선 가장 위의 칸에 이름을 대충 적으려다…….

"참고로 가장 윗칸은 관리자용이라는 점을 알려~ 드립니다. 이름은 그 아래 칸에 써주시길. 본명이 아니라 게임 안에서 쓰이는 이름입니다. 헷갈리지 마십시오."

""어?""

늦었다. 마사토는 가장 위 칸에 【오오스키 마사토】라고 이미 적었다. 사고 쳤다.

동시에 반응을 보인 호크 또한…….

【오오스키 하야토】

잘못된 칸에, 자기 본명을 적고 말았다.

"……호오."

마사토는 호크의 용지를 쳐다보더니, 그대로 미간을 한껏

찌푸리면서 그를 노려봤다.

“하아. 역시 부모 자식은 닮기 마련인걸. 하하하.”

그러자 체념 섞인 개운한 미소가 눈에 들어왔다.

그리고 호크는 기입했다…… 직업명 칸에 【마왕】이라고 말이다.

이 사람은 대체 뭐라고 적는 거야, 하고 마사토가 어처구니없다는 듯이 생각한 것은 잠시뿐이었다.

갑자기 호크는 짊어지고 있던 대검을 발치에 꽂았다. 그 순간, 대검을 중심으로 맹렬한 회오리바람이 발생했다.

“어이! 뭐 하는 거야! 큭!”

“어머나, 큰일이네. 일단 마 군이 날아가지 않도록, 이 엄마가 꼭 잡아줄게.”

“일단 고마워!”

마마코가 옷 끝자락을 움켜쥔 덕분에, 마사토는 어찌어찌 날아가지는 않았지만…….

홀 안은 그야말로 난장판이었다. 부스 사이사이의 파티션만이 아니라, 사람까지 간단히 날아가고 있었다. 그뿐만 아니라 누구누구 씨의 관짝도 말이다.

그런 엄청난 혼란 속에서, 바람을 거스르며 달려오는 세 사람이 있었다. 선두에 선 이는 포타, 그 뒤를 이어 와이즈와 메디가 뛰어오고 있었다.

“마사토 씨! 마마 씨! 괜찮으세요?!”

“응! 우리는 괜찮아!”

"세 사람도 무사한가 보네. 다행이야."

"걱정해 줘서 땡큐~. 그런데, 이게 무슨 일이야?"

"갑자기 소용돌이가 발생한 것 같은데, 원인이 뭐죠?"

"원인은…… 저기 있는 저 사람이야."

마사토는 약간 짜증 섞인 한숨을 내쉰 후, 말했다.

"본명, 오오스키 하야토. 올해로 마흔두 살. 일 때문이라면서 나와 비슷한 또래의 모험가로 변신해서 호크란 가명을 쓰며 나타난…… 내 친아버지야."

그 말을 기다렸다는 듯이, 바람이 그치면서 폭풍 속에서 그 사람이 모습을 드러냈다.

마사토의 장비품을 좀 더 고급스러운 소재로 만든 듯한 재킷을 걸치고…….

천공의 성검 필마멘트보다 훨씬 거대한, 우주를 방불케 하는 칠흑의 대마검 우니베르소를 지녔으며…….

단정한 얼굴로 자애로운 표정을 지으며 마사토를 응시하고 있는, 저 사람.

마왕 하야토다.

"이것으로 드디어, 나는 나로서 이야기할 수 있어……. 마왕인 아버지로서, 말이지."

"마왕은 무슨. 나이도 먹을 만큼 먹어서 무슨 소리 하는 거야. 이런 데서 뭐 하는 건데? 단신 부임 가서 일하는 중 아니었어?"

"물론 일하는 중이야. 오늘도 일 때문에 왔다고 말했잖아?

나는 한 명의 부모로서, 아버지로서, 중요한 일을 하기 위해, 마왕이 되는 것을 받아들이고 여기 있는 거지."

"흐음, 그래. ……대체 뭐 하러 온 건데?"

친아버지라고는 해도, 상대는 마왕을 자처할 뿐만 아니라 손에는 위험한 아우라를 뿜는 내바검을 쥐고 있다. 마사토는 경계심을 품으며 성검의 칼자루에 손을 얹었다.

마왕 하야토의 일이란…….

"우선 사과부터 해야겠군."

"뭐?"

마왕 하야토는 돌아서더니, 겁먹은 표정으로 멀찍이서 이쪽을 쳐다보는 사람들을 향해 깊이 고개를 숙였다.

"이곳에 모이신 여러분! 소란을 피워서 송구합니다!"

진짜로 사과했다. 목청껏 말이다.

"아니, 저기, 아버지……?"

"폐를 끼치면, 사과한다. 당연하잖아? 나는 아버지로서, 부끄러운 모습을 아들에게 보여줄 수 없거든. 그런고로!"

마왕 하야토는 주위에 흩어져 있는 파티션으로 뛰어가더니, 다시 설치하기 시작했다. 아까 자기가 일으킨 바람에 훼손된 행사장을 원상 복구하려는 것 같았다.

마사토가 얼이 나가 있자, 마마코가 아들의 등을 두드렸다.

"자, 마 군. 마왕에게 질 수는 없잖니?"

"뭐?"

이어서 와이즈를 비롯한 다른 세 사람도 마사토의 등을 두

드렸다.

“마사토는 용사이고, 우리는 용사 파티잖아. 질 수는 없어.”

“마왕과의 싸움인가요. 반드시 이겨야겠군요.”

“마사토 씨! 힘내죠!”

“으, 응?”

“호오. 동료와 힘을 합쳐서 나에게 이기려는 거야? 좋지. 마왕으로서 얼마든지 상대해 주마!”

“그럼, 승부를 시작하자. 오~!”

“오, 오~?”

마왕 하야토 VS 용사 파티, 전투 개시!

마마코와 포타가 용맹하게 파티션을 조립하기 시작했다.

와이즈와 메디가 세련된 기술로 테이블을 다시 설치했다.

“다들, 바로 그거야! 팍팍 해치우자!”

““““오오~!””””

우세하다는 게 느껴졌다. 서서히 원래 모습으로 되돌아가고 있다. 확실히 효과가 있다.

하지만 방심하면 안 된다. 공격이 온다!

“안 그래도 정신없이 바쁜데, 당신들이 이딴 일을 벌인 건가요!”

“정말! 이게 다 뭐야! 바빠 죽겠는데!”

등록 담당자의 분노에 찬 목소리가, 입장객의 매서운 시선이, 차례차례 날아왔다.

이 공격은 피할 수 없다. 묵묵히 받아낼 수밖에 없다.

마왕 하야토와 용사 마사토는 차렷 자세를 취하더니, 허리를 직각으로 굽히며 고개를 숙였다!

"정말, 죄송합니다! 마사토도 빨리 해!"

"죄송합니다! ……잠깐만, 나는 잘못이 없지 않아? 그것보다 이게 다 뭐야?"

불합리하다고 한탄해 봤자 달라질 것은 없다. 싸움이란 항상 무자비한 것이다.

먼저 힘이 다해 무릎을 꿇는 것은 마왕일까, 용사일까.

싸움은 계속 이어진다!

해가 지고, 밤이 됐다.

합동 취직 설명회의 영향으로 대부분 만실인 여관을 한참 돌아다닌 끝에 겨우겨우 방을 빌린 일행은 아까 전의 영문 모를 전투로 지쳐버린 몸을 질질 끌며 식당에 모였다.

오늘 저녁은 햄버그다. 샐러드와 수프도 있어서 영양 균형이 잡혀 있다.

"뒤처리도 잘 끝냈고, 재등록도 마쳐서 다행이야. 그럼, 다 같이 식사하자. 잘 먹겠습니다."

""""잘 먹겠습니다~.""""

동그란 식탁에 둘러앉아서 엄마가 만든 맛있는 요리를 먹자, 피로가 싹 날아가 버렸다.

"많이 만들었으니까, 얼마든지 더 먹으렴."

다들 맛있게 먹어주자, 마마코는 환한 미소를 머금었다.

"저, 오늘은 평소보다 더 먹을 거예요!"

"하루의 마무리는 마마코 씨가 해주는 저녁으로 해야 한다니까. 맛있어~!"

"곤란하네요. 계속 손이 가요."

마마코의 옆에 앉은 포타도, 그 옆에 앉은 와이즈도, 그 옆에 앉은 메디도, 환한 미소를 머금고 있었다.

메디의 옆에 앉은 시라아세마저도, 천연덕스러운 표정 안에 어딘가 환한 미소가 어려 있었다.

그리고, 그 옆에는…….

"지난번에 왔을 때는 시간이 없어서 못 먹었잖아. 오래간만에 마마코가 해주는 수제 요리를 먹으니 행복한걸. 너무 행복해서 눈물이 다 나겠어."

마왕 하야토도, 환한 미소를 머금고 있었다.

이것이 미소로 가득한 식탁!

하지만 마왕 하야토의 옆에 앉은 마사토만은 전력을 다해 퉁명한 표정을 짓고 있었다.

"왜 용사와 마왕이 한자리에서 같이 밥 먹고 있는 거야……. 이게 대체 무슨 상황이냐고……."

"저기, 마사토. 뭐 좀 물어봐도 돼?"

"뭔데? 와이즈."

"마왕이 대체 뭐였더라?"

"내가 묻고 싶거든? 그냥 본인에게 물어봐. 아니, 역시 내가 물어볼래."

마사토는 언짢아 죽겠다는 듯이 한숨을 내쉰 후, 마왕 하야토의 얼굴을 노려봤다.

"저기, 아버지. 뭐 하러 온 거야?"

"뭐 하러 왔기는. 보다시피 같이 저녁을 같이 먹고 있잖니."

"아니, 이상하잖아. 아버지는 마왕이지? 그렇다면 이런 데서 같이 밥이나 먹을 게 아니라…… 이런 말은 좀 그렇지만, 마구 날뛰면서 세상을 공포에 빠뜨린다거나……."

"하하하. 그런 짓은 안 해. 나는 마왕이 맞지만, 이 세상에 있어서의 마왕이 아니지. 아들 용사에게 있어서의 마왕이란다. 아버지로서 영향을 끼치기 위해서 강림한 거야."

"무슨 말인지 모르겠거든?"

"이해가 안 되나 보구나. 곤란하게 됐는걸. 어른의 사정 탓에, 하나부터 열까지 전부 차근차근 설명해 줄 수도 없는데……. 그렇다면 이렇게 말할까. 나는 마사토를 시험하기 위해 온, 이른바 시험관이란다."

"그러면 마왕이 아니라 시험관이면 되잖아."

"그렇기는 한데, 이게 평범한 시험이 아니거든. ……이 임무를 다하기 위해서는 조금은 비정해져야만 하지. 소중한 가족에게 힘을 행사할 각오도 필요해. 그리고 경우에 따라서는 마마코에게 원망을 받는 것도 각오해야만 한단다."

"원망? ……엄마가, 아버지를 원망한다는 거야?"

그런 일이 정말 일어날까……. 마사토가 그런 의문이 담긴 시선을 보내자, 마마코는 어리둥절한 표정을 지었다. 당황한 것일까. 이야기를 이해하지 못한 것일까. 어느 쪽인지 알 수 없는 반응이었다.

마마코의 반응을 본 마왕 하야토는 가볍게 쓴웃음을 머금었다.

"마왕이라는 직함은 내 각오의 표시라고 여겨줬으면 좋겠는걸. ……자, 나는 이만 가보겠어. 현실 세계에서 오늘 안에 끝내야만 하는 일이 있거든. 내일 아침에 다시 오지."

"어머나, 참 바쁘네. 언제쯤 올 것 같아? 아침 준비해 둘까?"

"그래 줬으면 좋겠지만…… 시간에 맞춰 올 수 있을지, 자신이 없는걸."

"우후후. 당신은 마 군과 마찬가지로 잠꾸러기잖아."

"사랑하는 아내의 목소리가 자명종 시계에는 항상 신세를 지고 있어. 마음을 평온하게 해주는 목소리라 다시 잠들어버린다는 곤란한 기능도 있지만 말이지. 그럼, 이만 가볼게."

마마코와 부부다운 대화를 나눈 후, 마왕 하야토는 식당에서 나갔다.

그러자…….

마사토에게 동료들의 시선이 집중됐다.

"……왜, 왜 그래?"

"별거 아냐. 이게 아들이고, 저게 마사토네 아빠구나~, 하고 생각했을 뿐이거든?"

"그 호칭은 좀 문제 있다고 생각하는데……. 그런데 너희는 호크가 내 아버지라는 걸 알고도 딱히 안 놀라는 것 같다?"

"저는 왠지 그럴 것 같다고 전부터 생각했어요!"

"뭐, 정말?"

"나도 그래. 왠지 그런 느낌이 들었어. 본인은 필사적으로 숨겼지만 말이지."

"꽤 티가 났어요. 마사토 군의 아버님답게 말이죠. ……후훗……."

"어? 메디, 그게 무슨 소리야? 나와 아버지가 단순하다는 소리야?"

"두 사람은 서로를 참 많이 닮았어. 뭔가를 숨길 때는 특히 그래. 변명할 때 모습은 판박이라니까. 그래서 바로 알 수 있지 뭐니. 우후후."

"저기, 엄마. 지금은 아들과 남편을 감싸줄 타이밍 아냐?"

고립무원 상황인 마사토는 왠지 가슴이 울적해졌다.

바로 그때였다.

"하아. 마왕 하야토 씨는 중요한 일을 알려~ 드리지 않고 가버리셨군요. 마치 이 시라아세에게 알림을 맡긴 것처럼 말이죠!"

시라아세는 햄버그 소스로 범벅이 된 입가를 닦은 후, 몸을 쑥 내밀었다.

"자, 여러분. 마왕 하야토 씨가 말씀하신, 마사토 군을 시험한다는 것에 관해 제가 보충 설명을 하겠습니다."

"잠깐만요. 뭔가 있는 거예요? 그리고 시라아세 씨가 보충 설명을 한다는 건, 운영 측도 이 일과 관련이 있다는 거네요?"

"그 점에 관해서는 큰 목소리로 『YES!』라고만 말씀드리겠습니다."

"대놓고 긍정했네."

시라아세가 치켜든 엄지가 반짝였다. 아무튼…….

"그러면 이야기를 이어가겠습니다. 내일부터, 마왕 하야토 씨의 감수에 따른 마왕 퀘스트가 시작됩니다. 이 퀘스트의 주요 대상자는 마사토 군, 당신입니다."

"알겠어요. 바라던 바예요."

"멋진 대답이군요. 자, 이 퀘스트는 말하자면 오오스키 가의 가정 사정입니다만…… 마마코 씨는 물론이고 동일 파티에 소속된 동료 여러분도 무조건 휘말려 주셔야겠습니다."

"표현은 좀 그렇지만, 기쁜 마음으로 함께 하겠어요."

"저도요! 저와 어머니의 일로 도움을 받은 만큼, 이번에는 제가 돕고 싶어요!"

"크, 정말 좋은 애야! ……그런데 시라아세 씨, 그 마왕 퀘스트의 내용은 어떻게 되는데요?"

"그것은 퀘스트 시작 후의 즐거움으로 남겨두겠습니다. 후후후."

"그럴 줄 알았어요."

시라아세는 수상한 느낌의 천연덕스러운 표정을 짓고 있었다. 불길한 느낌이 안 드는 건 아니지만…….

이것은 다름 아닌 마사토를 위한 퀘스트다. 도전하지 않는다는 선택지는 없다.

이제까지 그 어떤 난관도 극복하며 수많은 부모 자식 사이의 문제를 해결해 온, 범상치 않은 아들 용사로서의 자부심도 가지고 있다.

혼자만의 힘으로 그 모든 일을 해낸 게 아니라는 것 또한, 자각하고 있다.

"이제까지처럼, 이리저리해서, 어찌어찌해낼 뿐이야. 동료와의 유대와……."

"마 군과 엄마의, 부모 자식 사이의 유대의 힘으로, 말이지."

"그래."

마사토가 내민 손 위에 마마코가 자기 손을 얹었고, 와이즈를 비롯한 다른 세 사람도 손을 포갰다.

"와이즈로 시작해서 메디, 포타, 그리고 마지막은 나. 아버지 마왕의 퀘스트를 공략해서, 우리 파티의 부모 자식 퀘스트를 완전히 제패하자. 좋아, 다……!"

"다 같이 힘내는 거야. 오~!"

""""오오~!""""

"엄마, 그건…… 뭐, 됐어."

평소에도 이랬다. 평소와 다름없는 스타일로 기합을 넣으며, 평소처럼 했다. 그러니 결과 또한 평소와 마찬가지로 대성공일 게 틀림없다. 마사토 일행의 표정은 밝았다.

시라아세는 그 모습을 미소를 머금은 채 지켜보고 있었다.

"최강 모자지간의 유대의 힘…… 너무나도 강대한 그 힘이, 거꾸로 송곳니를 드러내지 않기만 빌겠습니다."

그 작은 중얼거림은, 누구의 귀에도 들어가지 않았다.

「부모자식간의 의식조사 최종 테스트 모험가용」

ATTITUDE SURVEY VOL.1

【질문 : 어머니와는 사이가 좋은 편?】

툭하면 싸울 정도로 사이가 좋은 편.

【질문 : 어머니와 대화를 나누는 편? 나눈다면 얼마나?】

항상 고성이 오가지만, 꽤 이야기를 나눔.

【질문 : 최근에 어머니에게 듣고 기뻤던 말은?】

특별한 한마디 같은 게 아니라, 제대로 나를 쳐다보며 말하게 된 게 기쁘달까.

【질문 : 최근에 어머니에게 듣고 싫었던 말은?】

가슴 크기 이야기 좀 하지 마.

【질문 : 어머니와 함께 쇼핑을 한 적은?】

같이 가자고 한다면 동행해 줄 수도 있음
(지금은 게임 세계와 현실 세계에서 따로 생활 중이니까).

【질문 : 어머니를 자주 돕는 편?】

엄마가 나를 돕는 편(엄마는 집안일을 잘 못해서, 주로 내가 하니까).

【질문 : 어머니가 좋아하는 것은?】

호리호리하면서 근육질인 미남.

【질문 : 어머니가 싫어하는 것은?】

귀찮은 일.

【질문 : 어머니의 장점은?】

방임주의

【질문 : 어머니의 단점은?】

두뇌.

【질문 : 어머니와 함께 모험을 한다면 사이가 좋아질 것 같습니까?】

이런저런 일이 있긴 했지만, 결과적으로 친해졌다고 생각함.

답변자 : 와이즈

제2장
마왕의 유혹 따위에 넘어가지 않아! ……하지만 거절하는 게 무례일 때도, 있다고 생각해.

다음날 아침.

마왕 하야토의 습격에 대비해, 마사토 일행은 일찌감치 아침 식사를 마치고 기다리고 있었는데…….

"……아버지, 안 오네."

식탁에 엎드린 마사토는 느릿느릿 몸을 일으키며 창밖을 쳐다봤다.

대기하기 시작했을 때는 어렴풋이 보이던 해가, 어느새 창틀 위로 올라가서 이제 보이지 않았다.

동료들도 기다리다 지친 건지 늘어져 있었다.

와이즈는 엎드린 채 몸을 일으키지 않았다. 머리카락을 손질하며 시간을 보내던 메디는 언짢음이 묻어나는 미소녀 스마일을 머금은 채, 와이즈가 정성 들여 돌돌 만 머리카락을 풀어 헤치며 화풀이하고 있었다. 포타는 꾸벅꾸벅 졸고 있었다.

주방에 간 마마코는 몇 잔째인지 모를 차를 또 내왔다.

다들 손을 대지 않는 그 차를, 시라아세가 한꺼번에 전부 마셨다.

"휴우…… 역시 너무 늦는군요. 기대를 접는 편이 좋지 않을까 싶습니다."

"그러네요……. 하아. 아버지는 대체 뭐하는 거야."

"마 군처럼, 오늘도 늦잠 잔 것 아닐까?"

"나와 세트로 취급하지 말아 주면 안 돼? 아무튼 시라아세 씨, 이렇게 됐으니……."

"알겠습니다. 마왕 퀘스트의 내용은 알고 있으니, 우선 개요 정도는 설명해 드리죠."

시라아세는 자리에서 일어났다.

시라아세의 안내에 따라, 마사토 일행은 여관을 나섰다.

카산 왕도의 다목적 홀에서는 여전히 합동 취직 설명회가 개최 중이었다. 어제보다 인원이 줄기는 했지만, 이 근처는 많은 사람들로 붐비고 있었다. 우선 인파의 흐름에 따라 이동하다, 옆길로 빠졌고…….

그들의 향한 곳은 【엄마 해결사】라는 간판이 걸린 카페 같은 가게였다. 부모 자식 사이의 고민 상담을 해주는 시설이다. 마사토 일행의 거점이라 해도 과언이 아니다.

"여기서 뭔가 하나요?"

"그런 건 아닙니다. 하지만 여기서라면, 현재 발생한 상황을 이해하기 쉬울 테죠."

"그게 무슨 소리죠……?"

시라아세는 질문에 답하지 않은 채, 엄마 해결사 안으로 들어갔다.

문에 달린 종이 가볍게 울리자, 카운터 안쪽에서 소녀 한 명이 얼굴을 내밀었다. 어리광을 관장하는 마신이자, 엄마 해결사의 점원으로 일하고 있는 소녀인 모네다.

"아, 시라아세 씨잖아요. 어서 오세요~."

"좋은 아침입니다, 모네 양. 실례하죠."

"네~, 마음대로 하세요~."

시라아세를 상대로 사근사근하다기보다 건성으로 인사를 건넨 모네는…….

마사토 일행을 보자마자…….

"앗, 손님! 처음 뵙겠습니다! 엄마 해결사에 어서 오세요!"

"……어?"

모르는 사람일 리가 없는 마사토에게 처음 뵙겠다고 말했다. 틀림없이 그렇게 말했다. 얼굴에도 손님을 상대할 때의 표정이 어려 있었다.

"저기, 모네. 왜 그래?"

"어? 제 이름을 어째서 알고 있는 거예요?"

"뭐?"

"어?"

마사토와 모네는 어리둥절한 표정으로 서로를 쳐다봤다.

"저기. 장난 그만 쳐. 지금은 그럴 때가 아니잖아?"

"모네 씨. 농담은 그만하는 게 어때요?"

"어? 아니, 저기, 장난치는 게 아닌데요……."

보다 못한 와이즈와 메디가 끼어들었지만, 모네는 경계심을 품었다.

상황이 이렇게 되자, 마사토는 포타의 등을 밀었다. 장난삼아 모른 척할 수 없는 순진무구 어택 발동.

"저기, 모네 씨! 저예요! 포타에요! 모르겠어요?!"

"으음, 미안해. 진짜로 누구야?"

순진무구한 눈동자도 통하지 않았다.

"이렇게 되면 최후의 수단을 쓰자, 엄마, 부탁해!"

"알았어. ……모네 양, 나야. 모르겠니?"

"헉?! 어마어마한 어리광이 느껴져?!"

모네는 마마코에게 안겨들려다…… 꾹 참으면서 뒷걸음질쳤다. 카운터 안쪽에 들어가서, 함정과 마주한 야생동물처럼 경계했다.

"시라아세 씨, 이게 대체……?"

"설명해 드리겠습니다. ……모네 양. 소란을 피워서 죄송합니다. 이만 실례하죠."

"으, 응. 또 와요……."

엄마 해결사를 나선 시라아세는 길을 따라 느긋하게 걷기 시작했다. 마사토 일행은 그런 그녀의 뒤를 따랐다.

길에는 적지 않은 사람이 있었다. 하지만 통행인들은 마사토 일행을 신경 쓰지 않았다. 마마코의 출렁거리는 가슴에 눈길이 간 바람에 무심코 얼굴을 붉히는 남자들은 드문드문 있었지만, 그게 전부였다.

주부일까. 시장바구니를 손에 든 여성이 마마코의 바로 옆을 스쳐 지나갔다. 마마코에게는 눈길도 주지 않으면서 말이다.

"방금 아주머니, 이 엄마의 지인인데……."

"정말이야? 그런데 말도 안 걸어오다니, 말도 안 돼. 모네도 우리를 전혀 모르는 것 같던데……. 그렇다면…… 시라아세 씨."

약간 쓸쓸한 예감을 품으로 말을 건네자…….

앞장서서 걷고 있던 시라아세는 멈춰서더니, 뒤돌아보면서 고개를 끄덕였다.

"마왕 퀘스트 개시에 맞춰, 현재 이 세계에 존재하는 모든 NPC는 용사 일행에 관한 모든 기억이 봉인됐음을 알려~ 드립니다."

"기억을 봉인당한 건가. 역시 그랬구나."

"잠깐만, 마사토. 납득할 일이 아니잖아."

"왜 기억을 봉인한 건지, 설명해 주시겠어요?"

"이유에 관해서는…… 감수를 맡으신 분께서 설명해 주시는 게 어떨까요."

마사토 일행의 뒤편에서, 다급한 발소리가 들려왔다.

마왕의 증표인 커다란 마검과 재킷을 옆구리에 낀, 막 자다 일어난 건지 머리카락이 눌린 채로 열심히 뛰어오는 마왕 하야토였다.

"아! 마사토 씨의 아버님이에요!"

"어머나. 잠꾸러기가 이제야 왔네."

"미, 미안해! 어젯밤의 회의가 좀 길어져서 잠자리에 드는 시간이 늦었던 바람에…… 콜록콜록!"

이 자리에 도착한 마왕 하야토는 그대로 지면에 무너지듯 주저앉았다. 금방이라도 숨을 거둘 것처럼 호흡이 거칠었다.

"내일은 다리에 근육통이 올라오겠는걸……."

나이에 걸맞은 한탄이 입에서 흘러나왔다.

복잡한 심경인 아들 용사는 그 모습을 차마 볼 수 없어서 눈을 돌렸다.

"저기, 아버지. 부탁이니까 좀 마왕답게 행동해 줘. 제발 부탁이야."

"노, 노력하마……. 후우…… 그럼……."

"당신. 잠시 가만히 좀 있어 줄래? 머리를 좀 정리해야 마왕다워 보일 거야."

"아, 미안해. 부탁해."

몸을 일으키려 하는 마왕 하야토를 말린 마마코는 흐트러진 머리카락을 정리해 주기 시작했다.

"나, 빗 있어."

"포타 양, 분무기 있나요?"

"있어요!"

여자들도 협력해서 빠르게 머리손질을 진행했다. 재킷을 걸치고, 대마검도 등에 짊어졌다.

그렇게 마왕이 다시 등장했다.

옆에는 마마코, 뒤편에는 와이즈와 메디와 포타, 겸사겸사 시라아세까지 거느린 마왕 하야토가 용사 마사토를 막아섰다.

"후하하하. 다시 만났구나, 내 아들인 용사여."

"왠지 캐릭터 배치가 이상한 것 같지만, 됐어."

"그러면 즉시 오늘 예정에 관한 설명을……."

"얼추 듣기는 했어. 마왕이 감수한 마왕 퀘스트를 한다며? 아버지가 설명을 깜박하고 돌아간 바람에, 시라아세 씨가 설명해 줬어."

"뭐, 뭐라고?!"

마왕 하야토는 시라아세를 돌아보더니, 예의 바르게 감사의 인사를 건넸다.

"죄송합니다. 폐를 끼쳤군요."

"아뇨."

"제발 마왕답게 굴라고."

정말이지, 저자세의 마왕이다.

아무튼, 상황이 조금은 정리된 후…….

"그럼, 마사토. 이 아버지에게 물어볼 게 있지 않아?"

"있어. 왜 NPC 사람들한테서 우리에 관한 기억을 봉인한 건지, 그 부분의 설명 부탁해."

"좋아. 뭐, 이야기는 간단해. 마사토 일행은 이제까지 많은 활약을 해오면서, 온 세상 사람들에게 인정을 받았어. 하지만 그래선 여의치가 않거든. 그래서 봉인한 거지."

"여의치 않다고?"

“이 아버지는 우선, 마사토가 지닌『미래로 나아갈 힘』을 시험해 보고 싶단다.”

미래로 나아갈 힘이란…….

“그렇게 어려운 이야기는 아냐. 흔하디흔한 이야기지. 예를 들어서 마사토가 학교에서 좋은 성적을 받았다고 치자.”

“으, 응?”

“하지만 진학이나 취직으로 다른 장소로 이사 가게 된다면, 어떻게 될까? 완전히 새로운 장소로 말이지. 아는 사람은 없어. 마사토가 남긴 공적을 아는 사람은 없지. 아무것도 없는 상황에서 시작해야만 하는 거야. 그런 상황에서 앞으로 나아가야만 하는 거지.”

“그러기 위해 필요한 것이, 미래로 나아갈 힘이구나.”

“마사토에게 그 힘이 있는지 없는지, 이 아버지는 알고 싶단다. 그래서 마사토 일행을 아는 사람이 전혀 없는 상황에서 시험하기로 한 거야. ……어때? 도전할 용기가 있니?”

마왕 하야토는 도발적인 윙크를 했다. 마흔 줄 아저씨의 윙크다.

그 태도에 어처구니없어하면서도, 마사토는 진지하게 생각했다.

‘미래, 라…….’

합동 취직 설명회장에서, 문뜩 머릿속을 스친 생각을 떠올렸다.

어렴풋하게만 상상했던 미래.

거기로 나아갈 힘을, 마사토는 가지고 있을까.

일단 나아가봐야만 알 수 있다.

"재미있겠네. 해보겠어."

마사토는 자신만만한 미소를 머금더니, 마왕 하야토를 마주 쳐다봤다.

"결정됐군. 그러면 모험가 길드로 이동하자. 거기서 시험을 시작하겠어. ……마사토."

"왜?"

"여기는 게임 세계지만, 감각적으로는 현실 그 자체지. 현실에 짓눌리지 말렴."

그런 불온한 말을 건넨 마왕 하야토는 마사토에게서 돌아섰다. 아버지인 마왕의 등을 보여주면서, 여성들을 대동하고 앞장을 섰다.

마사토도 걸음을 뗐다.

"이 말은 꼭 해야겠네. 왜 다들 마왕 편에 서 있는 건데? 이상하지 않아?"

누구도 그 태클에 반응하지 않았다. 외톨이가 된 기분이다.

하지만 그 쓸쓸함을 억누르며 걸음을 옮겼다. 이 또한 미래로 나아갈 힘이라 여기며…….

"괜찮단다, 마 군. 이 엄마는 마 군과 함께야."

"우왓, 어느새……."

마사토의 팔을 꼭 잡은 마마코가, 자기 가슴 사이에 팔을 끼우며 한사코 놔주지 않았다.

일행은 모험가 길드에 도착했다.

“그러면 마사토. 뭐든 좋으니까, 하고 싶단 생각이 든 퀘스트를 골라보렴.”

“뭐든 좋다면…… 으음…….”

“저기, 마 군. 이게 어떻겠니?【제철 식재료 수집 퀘스트】야.”

“그건 엄마가 하고 싶은 거잖아.”

마사토는 마마코와 몸을 밀착시킨 채, 의뢰서 게시판을 꼼꼼히 체크했다.

두 사람에게서 조금 떨어진 곳에서, 마왕 하야토도 의뢰를 고르고 있었다. 여자팀과 시라아세를 대동하고 말이다.

“어이. 시라아세는 몰라도, 너희는 언제까지 그쪽에 있을 거야? 이제 그만 돌아와.”

“그게 말이야……. 마사토네 아빠가 시험하고 싶은 건 마사토가 혼자서 살아갈 수 있느냐, 같은 거잖아?”

“우리가 마사토 군의 곁에 있으면, 시험에 방해가 되지 않을까 싶어서요.”

“아~. 뭐, 그럴지도 모르지만…… 그런 점을 개의치 않는 사람이 약 한 명 있거든?”

마사토가 자신의 팔에 한사코 매달려 있는 마마코를 지그시 쳐다보자, 그녀는 전부 어영부영 넘기려는 듯이 빙긋 미소 지었다. 마마코는 무조건 마사토와 같이 있으려는 것 같았다.

……그런 마마코를 곁눈질로 쳐다본 마왕 하야토는 쓴웃음을 머금었다.

"그러면 포타도 그런 이유인 거야?"

"죄, 죄송해요! 저는 마사토 씨의 아버님에게서 엄마가 하는 일에 관한 이야기를 들을 수 있어서, 이쪽에 있는 거예요!"

"어? 왜 아버지가 하하데스 씨 이야기를……."

"모르는 게 당연할 테니, 알려~ 드리겠습니다. 하야토 씨는 이 게임의 경영을 담당하는 기업의 경영 컨설턴트로서, 운영 측의 책임자와 빈번하게 만나고 계십니다."

"……어?"

마사토는 시라아세를 뚫어지게 쳐다봤다. 하지만 아무리 쳐다봐도, 그녀는 천연덕스러운 표정만 짓고 있었다.

이어서 마사토는 마왕 하야토를 뚫어지게 쳐다봤다. 마왕 하야토는 약간 우쭐대는 듯한 표정을 지었다.

"몰랐어? 이런, 이런. 아버지가 하는 일에 조금은 흥미를 느껴줬으면 좋겠는데 말이지."

"그럼, 진짜야?"

"그래. 참고삼아 말해두겠는데, 테스트 플레이어의 선출이나 실제 운영에는 관여하지 않아. 이 아버지는 어디까지나 경영면의 담당자지. 마사토와 마마코가 참가하고 있다는 건 알고 있었지만, 그게 전부야."

"하야토 씨의 가족이라는 점이 선정에 전혀 영향을 끼치지 않았다고 말한다면, 거짓말이 되겠지만 말이죠. 후후후."

"시라아세 씨……. 부탁이니까 그런 속사정을 함부로 폭로하지는 말아 주시죠……."

그런 속사정은 그냥 넘어가기로 하더라도…….

“엄마는 알고 있었어?”

“뭔가 큰일에 관여하고 있단 이야기는 들었지만, 그게 이 게임인 줄은 몰랐어. 이 엄마도 놀랐단다.”

“나도 그래….”

마사토 일행이 참가하고 있는 『MMMMMORPG(가제)』는 일본 정부가 주도하는 온라인 게임이며, 전국 규모의 전개가 예정되어 있다.

그런 일에, 자기 아버지가 관여하고 있다. 그것도 상층부의 일원으로서 말이다.

“아버지는…… 혹시, 실은 꽤, 대단한 사람이야?”

“하하하. 글쎄.”

아버지다운 표정으로 가볍게 웃으며 흘려 넘긴다. 실은 의외로 위대한 마왕 하야토였다.

“그것보다, 의뢰는 골랐니? 이쪽은 먼저 골랐으니까, 먼저 수주하겠어.”

“아, 네. 저도 금방 고를게요.”

“어라, 왜 존댓말을 쓰는 거지?”

“아, 그냥…….”

마사토는 게시판 쪽으로 돌아서더니, 점찍어뒀던 의뢰서를 손에 쥐었다. 그리고 마왕 하야토의 뒤를 이어, 접수처로 향했다.

우선 마왕 하야토가 먼저 접수원에게 의뢰서를 건넸다.

"이 의뢰를 맡고 싶습니다만, 확인해 주시겠습니까?"

"도로변에 출몰하는 몬스터의 토벌이군요. 참가하시는 분은……."

마왕 하야토의 뒤편에 서 있는 세 사람, 와이즈, 메디, 포타가 손을 들었다. 시라아세는 환자처럼 콜록콜록하면서 은근슬쩍 빠졌다. 참가하지 않을 생각 같았다.

인원수를 확인한 접수원은 다시 마왕 하야토를 응시했다.

"그럼…… 필살, 접수원 서치! 흐음!"

의뢰를 맡겨도 될 상대인지 아닌지, 엄정한 겉모습 심사가 시작됐다.

고급스러운 장비품, 균형 잡힌 체격, 대단한 일을 하는 사람에게서 자연스럽게 뿜어져 나오는 존재감, 자신감으로 가득 찬 어른스러운 외모…….

마왕 하야토를 꼼꼼히 체크한 접수원은 미소를 머금으며 고개를 끄덕였다.

"신뢰할 수 있는 분이 틀림없군요. 신청 접수됐습니다. 잘 부탁드립니다."

"감사합니다."

마왕 하야토는 즉시 허가를 받았다.

이어서 마사토는 의뢰서를 접수원에게 내밀었다.

"안녕하세요~. 잘 부탁해요~."

"도로변의 던전에 눌러앉은 중형 드래곤의 토벌인가요. 참가하실 분은……."

"네!"

마사토와 몸을 밀착시키고 있던 마마코가 힘차게 손을 들었다.

"이 엄마는 당연히 마 군과 함께 갈 거야."

"응. ……그리고 아버지 쪽에 참가하지 않은 시라아세 씨도 저희 쪽에……."

"아뇨. 유감이지만 저는 함께할 수 없습니다. 다음 준비를 하러 가야만 하니까요."

"준비?"

"콜록콜록. 별거 아닙니다. 그럼, 이만 실례하겠습니다."

시라아세는 그대로 나갔다. 뭔가 할 생각이다. 틀림없다.

그리하여, 마사토 파티는 총 두 명이다.

접수원은 마사토와 마마코를 번갈아 쳐다보더니, 미심쩍은 표정을 지었다.

"두 분이신가요……. 실례지만, 좀 힘들지 않을까요……."

"아뇨, 괜찮아요. 저희는 이래 봬도 꽤 강하거든요. 이런 퀘스트도 이제까지 몇 번이나 해냈고요."

"미숙한 모험가일수록 그런 허세를 부리는 법이죠……."

"아니, 진짜라고요! 체크해 보면 알 수 있을 거예요! 네?!"

"정 그러시다면, 일단 접수원 서치. 으음."

그다지 의욕이 안 느껴지는 태도로, 마사토의 겉모습 심사가 시작됐다.

그렇게 나쁘지 않은 장비, 잘 자란 몸, 일단 체력이 좋아 보이는 나이대, 아직 어린 티가 남아 있는 얼굴…….

금방 체크를 마친 접수원은 멋진 미소를 지어 보이며 마사토에게 말했다.

"돌아가 주세요."

빙긋.

"어엇?! 잠깐만요! 외모만으로 평가하지 마세요! 아, 맞다! 스테이터스를 확인해 보면, 저희가 강하다는 걸 알 수 있을 거예요!"

"그럴 필요 없어요. 저는 숙련된 접수원이니까, 겉모습만으로도 상대의 역량을 간파할 수 있죠. 흐흥~."

"간파 못 했으니까 이런 소리를 하는 거라고요! ……젠장! 아는 사람이 없는 상황에서 스타트한다는 게, 이런 거냐고! 내가 그렇게 미덥지 않게 생긴 거냐!"

"그러니 두 분께는…… 아, 그래……. 이 의뢰라면 소개해 드릴 수가 있는데, 어쩌시겠어요?"

접수원은 의뢰서 한 장을 보여줬다.

그 내용은…….

카산 왕도에서 학교의 마을 하하웨로 이어지는 도로의 중간 지점.

사람들이 안전히 오고 갈 수 있어야 하는 그곳에는 곰과 늑대, 거대 곤충 같은 몬스터 무리가 자기 땅이라는 듯이 우글거리고 있었다. 인간의 모습을 본 순간, 포효하고 몸을 흔들어 진동을 일으키면서 일제히 위협했다.

하지만 마왕 하야토 파티는 겁먹지 않았다.

"흠? 드래곤 같은 것도 섞여 있나 본데…… 뭐, 됐어. 한꺼번에 쓸어버리도록 할까. 다들, 준비는 됐지?"

"오케이~. 마사토네 아빠. 내 초 절정 마법으로 싹 쓸어버리겠어."

"포타 양. 마법 봉인을 푸는 아이템을 준비해 주세요. 와이즈 양은 눈치 못 챘지만, 안타깝게도 이미 봉인 당했을 가능성이 있으니까요."

"네! 바로 쓸게요!"

"아니, 봉인 안 당했거든?! 메디, 헛소리 좀 하지 마!"

"하하하. 참 화려하고 시끌벅적한 걸. 모험이란 참 좋은 거군. ……그럼, 가자!"

마왕 하야토는 그대로 몸을 날리더니, 한 손으로 가볍게 대마검 우니베르소를 수평으로 휘둘렀다.

눈앞의 공간이 찢어지더니, 우주의 광경이 언뜻 드러났다. 거기서 지극히 조그마한 운석이 차례차례 쏟아져 나오더니, 활활 타오르는 화살처럼 몬스터에게 쏟아져 내렸다.

그것이 정통으로 명중한 순간, 폭발, 폭발, 폭발. 융단 폭격 같은 맹렬한 공격이 몬스터 무리를 단숨에 쓸어버렸다.

와이즈 일행은 얼이 나갔다.

"잠깐만…… 마사토네 아빠, 무지 강한데……."

"우주의 힘…… 천공의 상위 호환이라고나 할까요……. 이런

광경은 마사토 군에게는 보여줄 수 없겠어요."

힐끔.

"마사토 씨의 아버지, 정말 강해요! 마마 씨 못지않아요!"

"그래? 그건 기쁜걸. 자, 계속해 볼까. 다들 나를 따라와!"

""""네!""""

마왕 하야토는 리더십도 뛰어났다. 와이즈 일행은 그의 지휘에 순순히 따르면서, 넷이 함께 남은 몬스터를 해치웠다.

뭐, 저쪽은 분위기가 후끈 달아오른 것 같았다.

하지만 이쪽은…….

"크……. 메디 자식, 다 들리게 그런 소리 하기는……."

"어머나. 마 군, 손을 멈추면 안 돼."

마사토와 마마코는 도로변에서 자라고 있는 잡초를 뜯고 있었다.

접수원이 소개해 준 의뢰는 도로변의 잡초 제거였다.

마사토는 울고 싶었다.

"나도, 나도…… 마음만 먹으면 운석 한두 개쯤 떨어뜨리면서, 화끈하게 싸울 수 있어……. 해낸 적은 없지만…… 그래도…… 크윽!"

"마 군. 울고 싶으면 이리 오렴. 언제든 이 엄마의 가슴을 빌려줄게."

"아, 그건 됐어요."

눈가에 맺힌 이슬을 잡초 제거용으로 받은 목장갑으로 훔친 후, 마사토는 마왕 마사토 일행을 힐끔 쳐다봤다.

마왕 마사토가 대마검으로 몬스터를 쓸어버리고, 미소녀 스마일을 머금은 메디가 지팡이를 풀스윙해서 몬스터를 인정사정없이 후려쳤다.

포타는 허둥지둥 숄더백을 열더니, 마법서를 베개 삼아 토라진 듯이 드러누워 있는 와이즈를 치료했다.

"몬스터 중에는 위협을 할 때, 몸을 떨어서 진동을 일으키는 녀석이 있거든……. 전투가 시작되기도 전에 마법을 봉쇄하다니, 재주가 좋은걸."

뭐 하고 자빠진 거야, 하고 한 마디 해주고 싶지만…… 그것은 마사토가 자기 자신에게 해주고 싶은 말이었다.

지면에서 뽑은 풀을 쳐다본 마사토는 무심코 한숨을 내쉬었다.

바로 그때…….

"마 군. 가 봐도 돼."

마마코가 갑자기 그렇게 속삭였다.

"가 봐도 된다니……."

"잡초 제거는 이 엄마에게 맡겨주렴. 여차하면 대지의 성검으로 금방 끝내버릴게. 그러니까 마 군은 자기가 하고 싶은 일을 하렴. 자, 가 봐."

"엄마……!"

역시 어머니는 상냥한 존재다. 마사토는 진심으로 기뻐하며, 진심으로 감사했다.

그리고 그대로 몸을 일으키려 했지만…….

"……아니, 관둘래."

마사토는 다시 몸을 웅크리더니, 다시 잡초를 뽑기 시작했다.

"마 군? 괜찮겠니?"

"응, 괜찮아."

"혹시 엄마의 힘을 빌리고 싶지 않아서……." 훌쩍훌쩍.

"아니, 그게 아니라…… 지금 내가 할 일은 이거잖아."

차분한 어조로 그렇게 말하면서도, 마사토의 머릿속에서는 격렬한 논쟁이 펼쳐지고 있었다.

물론 싸우고 싶다. 동료와 함께 시원시원하게 말이다. 마음에 안 드는 이딴 잡초 제거는 때려치우고, 즐거운 일을 하고 싶다. 그것이 솔직한 심정이다.

하지만 그랬다간, 지는 것이란 느낌이 들었다.

'아버지가 나한테 시험해 보려는 건, 이런 부분이라고 생각하거든.'

이렇게 고지식한 자기 자신이 바보 같다는 생각이 당연히 들었다. 하지만…….

아버지에게 지고 싶지 않다는 마음이 더 컸다.

마사토는 마음을 다잡은 후, 눈앞에 있는 거물 잡초를 있는 힘껏 뽑았다.

"일단 맡은 의뢰잖아. 끝까지 해내겠어. 나는 이런 일도 열심히 한다는 걸 아버지에게 똑똑히 보여줄 거야. 아들의 성장을 얕보지 말라는 느낌으로 말이지."

"마 군…… 정말 어엿해졌구나…… 으흑!"

감격의 눈물!

"알았으니까 울지 마. 그만 노닥거리고, 빨리 이 일이나 끝내자."

"우후후. 그래. 빨리 끝내고 나면…… 갈 거지?"

"딩동댕. 가슴 펴고 난입할 거야."

인내심 없는 어린애 같은 부분도 조금은 남겨둔 마사토는 일에 집중하기 위해 마왕 하야토 일행에게서 뒤돌아섰다. 일이나 하자~. 일이 참 좋아요~.

그 뒷모습을, 마왕 하야토 파티의 멤버가 쳐다보고 있었다.

"마사토 씨, 정말 열심히 하네요! 마마 씨도 즐거워 보여요!"

"바로 내팽개칠 줄 알았더니, 의외로 열심히 하잖아. 열받네~."

"어느새 저런 정신력을 갖춘 걸까요. 용서 못 해요."

"저기, 와이즈 양, 메디 양? 우리 아들은 성실하게 일하고 있을 뿐, 두 사람을 불쾌하게 만들 짓은 하지 않았다고 생각하는데……."

"그냥 칭찬이니까 안심해도 돼, 마사토네 아빠."

"그, 그래? ……요즘 세대의 말은 참 어려운걸……."

불평을 늘어놓으면서도, 와이즈와 메디는 기쁜 듯이 미소를 머금었다. 마왕 마사토는 그런 두 사람의 반응을 이해하지 못했지만…….

아들에게서 돌아서는 그의 눈길은 평온하기 그지없었다.

약 한 시간가량 도로변의 몬스터와 잡초를 처리한 일행은 다시 카산 왕도의 모험가 길드로 돌아왔다.

우선 접수원에게 종료 보고를 했다.

"마왕 하야토 씨. 토벌 퀘스트 수고하셨어요. 도로변에 출현한 몬스터와 던전에서 나온 중형 드래곤도 겸사겸사 처리해 주셨으니…… 이게 이번 퀘스트의 보수예요."

"감사히 받겠습니다."

마왕 하야토는 돈이 가득 들어 있는 가죽 주머니를 넘겨받았다.

예정에 없던 몬스터의 토벌도 포함되면서, 보수는 총 10만 맘이었다.

이어서…….

"다음은, 으음…… 마마코 씨의 아드님, 이시죠?"

"엄마의 이름은 말한 적이 없는데, 왜 그 호칭으로 부르는 건데요……. 설마 엄마의 존재감이 기억의 봉인을 부수려고 하는 건가……?"

"아무튼, 잡초 제거 수고했어요. 이게 보수예요. 받으세요."

마사토는 동전 몇 닢을 손으로 건네받았다.

보수는 2천 맘도 되지 않는다. 시급으로 계산하면 한 사람당 천 맘 정도다.

마사토는 마왕 하야토가 들고 있는 가죽 주머니를 응시한 후에 자기 손바닥 위에 동전을 보더니, 뱃속에서 꿈틀거리고 있는 불만을 토할 뻔했지만…….

"……아냐. 우선 이제부터야. 이제부터 올라가면 돼."

번 돈을 소중히 움켜쥐더니, 호주머니에 집어넣었다.

"우후후. 마 군~?"

"아, 맞다."

절반은 마마코에게 건네줬다.

그러자…….

마왕 하야토는 약간 의기양양한 표정으로 마사토에게 말을 건넸다.

"처음부터 이렇게 확 차이를 벌려서 미안한걸. 마사토, 어때? 사회의 혹독함에 지쳤다면, 이대로 끝낼 수도 있는데……."

"농담하는 거지? 나는 괜찮아. 다음에야말로 더 멋진 의뢰를 해내겠어. 아니, 의뢰를 따내고 말겠어."

"멋진 마음가짐인걸. 그러면 다음 의뢰를 찾아볼까."

"그 전에, 뭐 좀 물어봐도 돼? 마사토네 아빠에게 부탁이 있어."

와이즈는 손을 들었다. 메디와 포타도 와이즈와 나란히 섰다.

"저희 셋, 소속 변경을 요청하겠어요."

"저희는 마사토 씨 쪽에 참가해도 될까요?!"

"호오? 마왕의 부하를 관두고, 용사의 동료가 되고 싶다는 건가? ……그거 배짱 좋은걸……."

마왕 하야토는 냉혹한 기운을 뿜으면서, 등에 멘 대마검을 향해 손을 뻗었다. "잠깐만?!"

"자, 장난치는 거죠?"

"어어어엇?!"

배신자에게, 무자비한 숙청을……! ……하는 척한 마왕 하야토는 빙긋 미소 지었다.

"정말 멋진 제안인걸. 너희 마음대로 하렴."

"어…… 그, 그래도 돼? 정말이야?"

"물론이지. 세 사람 다 마사토의 힘이 되어주고 싶단 생각을 한 거잖니?"

"네! 저는 마사토 씨의 힘이 되어주고 싶어요!"

"성실히 일하는 마사토 군의 뒷모습을 보며, 나름대로 생각하는 바가 있어서 말이죠."

"하하하. 그 말은 칭찬이나 다름없지. ……마사토, 어떠니?"

마왕 하야토는 마사토의 어깨를 가볍게 두드렸다.

"그녀들의 마음은 마사토의 힘으로 끌어낸 거지. 말하자면……."

"말 안 해도 알아. 돈으로 바꿀 수 없는 보수, 같은 거잖아? 소중히 할 거야."

"좋지. 그러면 소중한 동료를 내려주도록 하지."

"고마워. 포타만 받아 갈게."

마사토는 포타의 손을 잡고 마마코의 곁으로 돌아갔다.

"아얏?!"

마사토는 와이즈와 메디에게 발을 세게 짓밟혔다.

자, 파티 편성이 달라졌다. 마왕 하야토는 한 명, 마사토 일행은 동료가 전부 갖춰졌다. 그런 상황에서, 그들은 게시판에서 다음 의뢰를 찾고 있었다.

“자, 어떤 의뢰든 다 덤벼만 봐. 이번에야말로 내 힘을 보여주겠어. 초 절정 마법의 개막 작렬로 압승이야!”

“우왓! 와이즈 씨, 아까 전투에서 당한 마법 봉인의 효과가 아직 남아 있어요! 이래선 마법을 쓸 수 없어요!”

“뭐?”

“그런 유감스러운 애니까, 아버지한테 떠넘긴 채로 두고 싶었는데…….”

“괜찮아요, 마사토 군. 와이즈 양은 쓸모가 없지만, 제가 있잖아요. 설령 마사토 군의 힘이 아버님의 하위 호환에 지나지 않을지라도, 제가 멋지게 서포트해 드리겠어요.”

“그런 소리를 하니까 이하 생략인 건데…….”

“우후후. 역시 다 같이 있으니 좋네. ……어머? 마 군, 이건 어떻겠니?”

마마코가 의뢰서를 손에 쥐고 보여줬다.

아니다. 그것은 식자재점의 특가 전단지다.

“놀고 있을 때가 아니거든?”

“어머, 미안해.”

분위기 파악을 해가면서 장난을 치다니, 정말 엄마 상대로는 한시도 방심할 수가 없다.

마사토 일행이 시끌벅적하게 떠드는 가운데, 마왕 하야토는 의뢰를 결정한 것 같았다. 접수원에게 의뢰서를 전달해서 접수했다.

"마왕 하야토 씨라면 혼자서라도 문제없겠죠. 상업도시 오칸야데 인근의 광산에 출몰한 괴물 토벌, 잘 부탁드려요."

"알겠습니다."

일찌감치 의뢰를 받아낸 마왕 하야토는 그것을 자랑하는 듯한 표정으로 마사토를 쳐다봤다.

물론, 마사토도 질 생각은 없었다.

"도발하지 말라고. 나도 남에게 인정받고 있는 인간이라는 걸 보여주겠어!"

마사토의 뒤편에는 마마코가 있다. 와이즈가 있다. 메디가 있다. 포타가 있다. 전혀 질 것 같지 않았다.

경쟁심을 불태운 마사토는 오칸야데 인근의 의뢰서를 찾아서 손에 쥐었다. 마을의 지하 수로에 출몰하는 정체불명의 몬스터를 토벌해달라는 의뢰다.

혹시 몰라 복장과 머리카락을 정돈한 후에 접수처로 향했다.

잡초 제거 같은 하찮은 일을 성실하게 해낸 실적도 있다. 이번에야말로……!

"아, 마마코 씨의 아드님이구나. 병아리에게 딱 어울리는 일거리가 있어~."

"아까보다 더 얕보이는 거 아냐?!"

제대로 접수해 줄 마음이 없다. 마사토를 대충 힐끔 쳐다본 접수원은 의뢰서 한 장을 대충 던져서 건네줬다.

그 내용은…….

카지노의 성지라고 불리면서 황폐한 황야 한복판에서 이채로운 빛을 뿜고 있는, 상업 도시 오칸야데.

거기서 조금 떨어진 광산의 입구에서, 현재 싸움은 클라이맥스를 맞이하려 하고 있었다.

"비오의, 마왕참! ……이랄까."

마왕 하야토가 펼친 혼신의 공격이, 광산을 통째로 휘감듯이 똬리를 틀고 있던 커다란 뱀의 목을 잘랐다.

거대하기 그지없는 몬스터의 몸이 먼지로 되더니 램프처럼 찬란히 빛나는 젬으로 변화했고, 몸을 숨긴 채 싸움을 지켜보고 있던 광부들의 머리 위에 쏟아졌다.

현장을 관리하는 광부장이 마왕 하야토에게 달려가더니, 우락부락한 얼굴로 뜨거운 눈물을 흘리면서 고개를 숙였다.

"고마워! 정말 고마워, 마왕 하야토 씨! 당신에게 부탁하기 잘했어!"

"별말씀을요. 도움이 되어서 기쁩니다."

"저 괴물이 갱도의 빛으로 쓰는 젬을 전부 먹어 치운 덕분에, 우리는 두 손 두 발 다 든 상태였어. 하지만 이것으로 일을 다시 시작할 수 있지. 덕분에 살았어. ……아, 맞다."

"왜 그러시죠?"

"그 힘을 봐서, 부탁할 게 있어. 최근에 오칸야데의 지하 수로에서 이상한 괴물이 나온다고 하거든. 마을에서 가장 커다란 카지노의 지배인이 실력 있는 모험가를 찾고 있지. 괜찮다면, 이야기만이라도 들어봐 주지 않겠어?"

"가장 커다란 카지노의 지배인…… 마사토 일행이 신세를 졌던 사람이라고 자료에 적혀 있었던 것 같은데…… 알겠습니다. 오칸야데에 가보죠."

"고마워! 잘 부탁해!"

문세 하나를 해결하면 새로운 행선시가 늘어난다고 하는, RPG다운 일을 마왕 마사토는 하고 있었다. 왠지 즐거워 보였다.

한편, 마사토 일행은…….

"좋아~. 그럼, 일을 시작하자! 아르바이트 형씨들도 열심히 돈 벌라고!"

"네……."

아르바이트 형씨들이 바로 마사토 일행이다.

모험가 길드에서 소개해 줬고, 그렇게 받은 의뢰는 광부 아르바이트다.

마사토, 와이즈, 메디, 세 사람은 곡괭이를 들고 엄청 우울한 표정을 짓고 있었다. 바다의 성검 알투라를 쥔 마마코와 숄더백을 안아 든 포타는 왠지 표정이 즐거워 보였다. 다섯 사람은 광부들의 뒤를 따르며 갱도로 들어가고 있었다.

내부는 어둡기 그지없지만…….

"어~이. 조그마한 상인 씨. 이 근처에 빛을 설치해 줘."

"네! 저한테 맡겨주세요!"

광부장의 지시를 받은 포타는 빛을 뿜는 젬을 벽의 움푹 팬 곳에 엄청난 속도로 설치했다.

"오오, 솜씨 좋은걸."

"고마워요!"

포타의 일솜씨는 호평이었다.

광부들은 땅속 더 깊은 곳으로 들어가기 위해, 훤해진 갱도를 따라 성큼성큼 나아갔다.

그렇게 한동안 나아가자…….

"어~이, 예쁜 아가씨. 목이 좀 마르니까 물 좀 줄래?"

"어머나, 예쁜 아가씨라네. 이렇게 큰 아들을 둔 엄마인데, 그런 말을 들으니 부끄러워. 에잇."

마마코는 알투라를 귀엽게 휘둘렀다. 공중에 생겨난 물의 흐름에서, 마시기 쉽도록 가는 호스 형태의 물줄기가 몇 줄기나 생겨났다.

"오오! 마시기 쉽겠는걸!"

"어이, 다들 물 마셔!"

마마코의 일솜씨는 대호평이었다.

수분 보충을 해서 기운이 난 광부들은 가벼운 발걸음으로 더욱 나아갔고…… 드디어 광석 채굴 현장에 도착했다. 마법을 연상케 하는 불가사의한 빛을 뿜는 광석이 주위의 벽 곳곳에 박혀 있었다.

"좋아, 작업 개시! 파고, 파고, 또 파라고! 아르바이트 형씨들도 잘 부탁해!"

"네, 열심히 할게요……."

"진짜로 할 거야? 진짜? 이건 모험가가 할 일이 아니지 않아?"

"의뢰를 맡고 여기까지 왔으니, 할 수밖에 없겠죠……."

마마코는 수분 공급처를 차리고 거기서 일하고 있다. 포타는 여행상인답게 상처에 듣는 약 같은 회복 아이템을 깔아두고 가게를 차렸다. 다른 세 사람은 육체노동 담당이다…….

바로 그때, 표정이 안 좋은 와이즈가 곡괭이를 집어던졌다.

"어이, 와이즈. 직무 유기하지 말라고."

"그런 게 아니야. 결국은 광석을 파기만 하면 되지? 내 마법으로 쾅! 해서 빨리 끝내려는 거야. 잘 봐. ……스파라 라 마지아……."

와이즈가 주문 영창을 시작한 바로 그때였다.

주위에 있던 광석이 희미하게 떨기 시작하더니, 불가사의한 진동이 주위로 퍼져 나갔다.

그 진동에 휩싸인 와이즈는 마법을 봉인 당했다.

"어?! 어째서야?!"

"어~이, 현자 아가씨. 우리가 파는 건 마법을 봉인하는 아이템의 소재로 쓰이는 광석이거든. 조심해야 해."

"뭐, 진짜?! 거짓말이지?!"

거짓말이 아니라, 진짜로 와이즈는 마법을 봉인 당했다.

절망한 와이즈는 그 자리에서 주저앉으며 고개를 푹 숙였다.

"이 직장은 나한테 지옥 그 자체야……. 정말 싫어. 관둘래……."

"뭐, 심정은 이해해. 그래도 힘내, 와이즈."

"와이즈 양은 두부 멘탈이군요. 조금은 저를 본받으세요. 어떤 일이든 진지하게 하는, 저를 말이죠."

메디는 미소녀 겸 우등생 스마일을 머금더니, 가까운 벽을 향해 곡괭이를 휘둘렀다. 타격에 특화된 메디의 일격!

곡괭이의 끝부분이 암벽을 시원시원하게 부수더니, 그 안쪽에 박혀 있는 광석에 명중했다.

불가사의한 진동이 주위에 퍼져 나갔다. 메디는 마법을 봉인 당했다.

"어?"

"어~이, 치유술사 아가씨. 광석에 강한 충격을 가하면 마법 봉인 효과가 발생하거든. 조심 좀 하라고."

"푸풉. 이럴 줄 알았다니깐. 고마워, 내 절친."

"그러니까 이런 건 와이즈 양의 역할이지, 제가 할 일이 아니라고 몇 번이나 몇 번이나……!"

고오오오!

"진정해, 메디! ……아아, 틀렸어……."

온몸에서 다크 파워가 분출된 메디는 건달 킥을 암벽에 날리기 시작했다. 퍼억, 퍼억, 퍼억, 하는 소리를 내면서 곡괭이질보다 더 효율적으로 바위를 부쉈다.

"오오! 굴착기보다 대단한걸!"

광부장은 감탄했다. 아무튼…….

"하아……. 두 사람 다 좀 성실하게 해. 이건 일이란 말이야."

토라진 와이즈와 짜증이 난 메디를 내버려두기로 한 마사토는 작업을 다시 시작했다.

진지하게 한 방 한 방에 힘을 실어 곡괭이를 휘두르면서, 암벽을 팠다.

와이즈와 메디가 그런 마사토를 지그시 응시했다.

"왜 그래? 내 얼굴에 뭐라도 묻었어?"

"마사토는 원래 이렇게 성실한 애였던 거야?"

"딱히 성실하다고는 생각 안 해. 그저 해야 할 일을 하고 있을 뿐이라고."

"그건 그렇지만…… 마사토 군이라면 솔선해서 불평을 늘어놓거나 어린애처럼 토라질 줄 알았어요. 그런 마사토 군만 봐 왔으니까요……. 솔직히 말해, 지금의 마사토 군은 좀 기분 나쁘달까, 수상해요."

"기분 나쁘다는 게 무슨 소리야! 그리고 수상해?! 성실하게 일하고 있는데, 거동 수상자 취급이야?! 이럴 때는 어디다 신고하면 되는데?!"

정말 무례한 이야기다.

미심쩍은 표정을 짓고 있는 와이즈와 메디를 쳐다보면서, 마사토는 쓴웃음을 머금었다.

"뭐, 두 사람이 하고 싶은 말이 뭔지는 알아. 실은 나도 이럴 줄은 몰랐거든. 하지만…… 말로 잘 설명 못 하겠지만…… 이런 게 남자인가, 싶어."

"남자, 라고요?"

"나는 아버지에게 시험받고 있잖아? 그러니까, 한심한 모습은 절대로 보여주고 싶지 않아. 보여주면 지는 거랄까. ……즉……."

"아버지를 상대로 아들이 건방지게 고집을 부리고 있다, 같은 건가요?"

"바로 정답을 맞히지 말라고."

"부자지간이자 남자끼리인 두 사람만 이해할 수 있는 무익한 싸움, 이라고 말하면 되려나요."

"진짜 대놓고 이야기하네. 뭐, 그런 거야. 부정은 안 해. ……그러니까……."

마사토는 혼신의 힘을 다해 곡괭이를 휘둘렀다.

무지 단단하고 아무짝에도 쓸모없는 암석이 박살나더니, 투명한 광석의 일부가 모습을 보였다. 수정처럼 투명하고, 곡괭이의 날카로운 끝부분이 명중했는데도 흠집 하나 나지 않는, 정말 단단한 광석이다.

"어? 이게 뭐지?"

어찌어찌 파내보니 주먹만 한 크기인 그것을 손에 쥐고 살펴보고 있을 때였다.

포타가 깜짝 놀란 표정으로 달려왔다.

"마마마, 마사토 씨! 그, 그건, 다이아몬드의 원석이에요오오오오!"

""다다다, 다이아몬드?!!""

와이즈도, 메디도, 다급히 달려온 광부들도 눈을 휘둥그렇게 뜨며 놀랐다. 그럴 만도 했다. 다이아몬드다. 다이아몬드인 것이다!

하지만…….

"흐음, 그렇구나. 처음 봤네."

마사토는 퉁명한 어조로 그렇게 말하더니, 다이아몬드 원석을 손으로 몇 번 가지고 놀더니…….

대지의 성검 테라디마도레를 쥔 마마코를 향해 던졌다.

"이거, 엄마 짓이지?"

"무, 무슨 소리야?"

마마코는 허둥지둥 테라디마도레를 등 뒤로 숨겼지만, 이미 늦었다. 들통났다.

그것은 어머니 특수 스킬【어머니의 자식 오냐오냐】. 최선을 다하는 아이에게 상을 주고 싶은, 그 마음을 솔직하게 실현하는 기술이다.

자식을 너무 오냐오냐하는 마마코를 쳐다본 마사토는 화도 내지 않으며 미소 지었다.

"내 마음은, 방금 말한 대로야. 그러니까 상을 준비하지 않아도, 열심히 하겠어. 엄마가 자기 나름대로 나를 응원해 주는 건 알지만, 좀 자제해주면 안 될까? 싫은 건 아냐. 고맙게 생각해."

"그렇구나……. 알았단다. 괜한 짓을 해서 미안해."

마마코는 건네받은 다이아몬드 원석을 지면에 두더니, 테라디마도레의 끝부분으로 가볍게 두드렸다. 그러자 그 어마어마한 보물이 땅속으로 쑥 들어갔다.

다음 순간, 이 자리에 있는 이들 전원은 아주 약간이지만 발밑이 희미하게 가라앉는 듯한 느낌을 받았다.

"이게, 뭐지……?"

"괜찮으니까 신경 쓰지 마. 엄마가 만물의 어머니인 대지에게 무리한 부탁을 한 탓이거든."

"그래. 뭐, 그런 거라면 됐어."

"그것보다, 마 군은 건방지게 고집을 부리며 무익한 싸움을 해야 하잖아. 안 그래?"

"그 표현 자체에는 무지 불만을 느끼지만, 일단 그렇게 하겠어."

마사토는 곡괭이를 짊어지더니, 암벽과 마주했다. 얼이 나가 있는 광부들을 개의치 않으면서, 묵묵히 일을 계속했다.

와이즈 일행은 약간 불만 섞인 표정으로 마사토를 응시하고 있었다.

마마코는 그런 아들을 믿음직하게 생각하면서도, 왠지 쓸쓸함이 묻어나는 미묘한 표정으로 마사토를 지켜보고 있었다…….

업무 시간이 끝나고 광산을 나와 보니, 어느새 저녁때였다.

"어머, 큰일이네. 장을 보러 가야겠어."

"아버지의 모습이 안 보이는데…… 뭐, 됐어. 애도 아니잖아. 우리끼리 먼저 돌아가자."

광부들에게 작별 인사를 한 후, 마사토 일행은 전송 마법을 써서 카산 왕도로 이동했다.

마을 안은 꽤 차분한 분위기였다. 돌아다니는 사람은 대부분 카산 왕도의 주민이며, 주부들이 많았다. 저녁 장을 볼 시간대이니 당연했다.

"장 보는 건 엄마한테 맡길게. 나는 모험가 길드에 가서 보고하겠어. 너희는 어쩔래?"

"저는 마마 씨와 같이 가겠어요! 짐을 들어 드릴래요!"

"나는 어느 쪽이든 상관없는데…… 아냐. 피크 때의 식자재점은 지옥이니까, 마사토를 따라갈래…."

"저는 마마코 씨와 같이 가겠어요. 상태가 좀 이상한 마사토 군의 취급법을 듣고 싶거든요."

"아, 그건 나도 듣고 싶어. 역시 나도 장보기 팀에 합류할래."

"내 취급법이 대체 뭔데? 뭐, 좋아. 그럼, 나중에 봐."

마마코를 중심으로 수다를 시작한 장보기 팀과 헤어진 마사토는 혼자서 모험가 길드로 향했다.

모험가 길드에 도착하고, 접수처에 가보니…….

"왔구나, 마사토. 꽤 늦었는걸."

접수원에게서 커다란 가죽 주머니를 받는 마왕 하야토의 모습이 눈에 들어왔다. 가죽 주머니 안에 든 것은 또 거금일 것이다.

조금 짜증이 났지만, 마사토도 접수원에게 일을 마쳤다는 걸 보고…….

"아, 돌아왔구나. 수고했어~. 자, 받아."

"취급이 너무한 거 아니에요?! 그리고 돈은 던지면 안 된다고요!"

휘익, 하고 보수로 던져진 것은 조그마한 가죽 주머니였다. 동전 소리가 났다. 아버지의 수입에 비하면 별 볼일 없었다.

하지만 잡초 제거 때보다는 수입이 대폭 상승했다. 마사토는 가슴을 펴더니, 마왕 하야토를 돌아봤다. 어때? 하고 말하듯이 말이다.

고집 센 아들 용사의 모습을 본 아버지 마왕은 만족한 것처럼 미소 지었다.

"표정이 좋아졌는걸. 다시 봤어."

"다시 볼 정도로 많이 본 것도 아니잖아? 쭉 단신 부임 생활을 했었는걸."

"그렇게 생각하지? 하지만 마마코가 매일 밤 마사토의 잠든 얼굴을 찍어서 보내줘서, 꽤 많이 봤지. 어릴 적부터 쭉 말이야."

"엄마, 대체 무슨 짓을 한 거야……."

"그런 이야기는 그만하기로 하고, 지금은 마사토 혼자뿐이지?"

마왕 하야토는 주위를 둘러보면서 마마코 일행이 없는 것을 꼼꼼히 확인한 후, 속삭이듯 말했다.

"너한테 제안할 게 하나 있단다. 이제부터 이 아버지와 함께 어디 좀 가지 않겠니?"

"어디에 말이야?"

"오칸야데란 마을이지. 거기에는 참 시끌벅적하고 즐거운 가게가 있잖아?"

"시끌벅적하고 즐거운 가게……. 아, 카지노 말이구나?"

"그래. 바로 거기지. 들은 이야기에 따르면, 부모 자식이 함께 즐기는 게 룰이라던데……."

"맞아. 엄마의 제안으로 그렇게 됐는데…… 그 말은……."

마왕 하야토는 고개를 끄덕이더니, 마사토와 어깨동무를 하면서 가죽 주머니를 보여줬다.

"이 자리에 아버지와 아들이 있고, 군자금도 있지. 다른 이유가 필요할까?"

"흐음……. 나도 카지노에 흥미가 있으니까, 나쁜 이야기는 아니네. 마왕의 제안만 아니라면, 바로 오케이했을 거야."

"그러면 아버지 마왕과 아들 용사의 카지노 대결, 이라는 건 어떨까? 각자 자기가 번 돈을 군자금 삼아 승부하는 거지. 마왕의 도전을 받아들이겠어? 아니면 도망칠 거야?"

"그렇다면…… 아니, 하지만……."

"무슨 문제라도 있니?"

"가기 전에, 우선 엄마와 상담으극?!"

엄마라는 말이 입에서 나온 순간, 마왕 하야토가 팔로 마사토의 목을 꽉 끌어안았다.

"어이, 아버지! 목 졸리거든?!"

"잘 들으렴, 마사토. 어머니에게 걱정을 끼치지 않으려는 그 자체는 참 바람직해. ……하지만, 이 아버지는 이런 생각도 드는구나."

"어, 어떤 생각인데?"

"자식은 때때로 부모에게 걱정을 끼치는 편이 좋아. 그래야 부모도 의욕이 난달까? 손이 많이 가는 아이일수록 귀엽다는 말도 있잖아?"

"진짜로 그런 말도 있어?"

"그래. 그러니까, 조금은 걱정을 끼쳐도 돼. ……마사토는 아직 어른이 아니지. 하지만 부모가 없으면 아무것도 못 하는 어린애도 아냐. 어머니를 너무 신경 쓰지 말고, 자기 의지를 관철할 필요도 있지 않으려나. 천공의 선택을 받은 용사로서, 자유롭게 날개를 펼치고 자유롭게 날갯짓할 필요가 있지 않을까? 어떻게 생각하지?"

"그건…… 그래."

"음, 음. 그런 마사토에게 제안을 하나 더 하겠어."

마왕 하야토는 아들과 어깨를 더 맞대더니, 마사토를 데리고 건물 뒤편으로 이동했다. 접수원과 다른 모험가와도 거리를 벌리더니, 몰래 귓속말했다.

"우리끼리니까 하는 이야기인데, 나는 오칸야데 마을에서도 토벌 퀘스트를 완료했어. 그랬더니 의뢰인인 카지노 지배인 분이 어떤 제안을 하지 뭐야. 좀 놀다 가지 않겠느냔 제안을 말이지."

"그러니까 카지노에……."

"아니, 카지노만이 아냐. 그 지배인 분이 새로 시작한 야간 업소가 있다는데, 시험적으로 거기서 놀다 가지 않겠느냔 말을 들었단다."

"어떤 가게인데?"

마사토가 묻자, 마왕 하야토는 느끼한 미소를 머금으면서 새끼손가락을 세웠다.

흔히 『여자』를 가리키는 제스처다.

"여자가 있는, 야간 업소…… 서, 설마?!"

여자가 있는 야간 업소다.

마사토는 볼을 붉히며 고개를 숙였다.

"아버지…… 그건 좀, 그렇지 않아……?"

"솔직히 말하겠어. 현실 세계에서 그러면 완전히 아웃이야. 하지만 여기는 게임 세계지. 게임이라고. 어디까지나 시험적으로, 견식을 넓히기 위한 사회 견학으로서, 가보는 것뿐이지. 상대방도 보호자 동반이라면 문제가 없다고 했어."

"그렇다면, 괜찮을까……. 아니, 하지만……."

"마사토."

아버지가 진지한 목소리로 아들의 이름을 불렀다.

마왕 하야토는 악수를 청하듯 손을 내밀었다.

"남자잖아?"

그 짜릿한 한마디가 마사토의 가슴에 깊숙이 박혔다.

마사토는 마왕 하야토의, 아니, 아버지의, 아니, 남자의, 진지한 눈길과 진지하게 마주하더니, 그 손을 움켜쥐려…… 한 바로 그때였다.

갑자기 두 사람의 발치가 희미하게 떨리기 시작했다.

온다!

"이 느낌은 설마……?!"

"마사토, 대체 무슨 일이니이이잇?!"

다음 순간, 지면이 갑자기 솟구치면서 바닥이 부서졌다. 그 충격에 건물의 벽이 무너지기 시작했고, 마사토와 마왕 하야토는 그대로 건물 밖으로 날아가고 말았다.

대체 무슨 일이 벌어진 것일까. 그 답은 명백했다.

아들이 있는 곳을 찾아서, 그곳에서 벌어지는 그 어떤 상황이든 막무가내로 중단시키는 어머니 스킬 【어머니의 송곳니】가 발동한 것이다.

모험가 길드 앞의 대로로 굴러 나온 두 사람의 뒤편에, 누군가가 나타났다.

"우후후. 당신? 마 군?"

그 목소리를 들은 순간, 마사토와 마왕 하야토는 소리 없는 비명을 질렀다.

아버지와 아들이 절망에 찬 똑같은 표정을 지으면서, 사이좋게 부들부들 떨며 뒤돌아보니…… 환하게 웃고 있는 마마코가 눈에 들어왔다. 그 뒤편에는 무슨 일이 일어난 건지 전혀 모르는 듯한 와이즈 일행이 있었지만, 지금 중요한 건 그녀들이 아니다.

오른손에 대지의 성검 테라디마도레를, 왼손에 바다의 성검 알투라를 꼭 쥔 마마코가 문제다.

인카운트 발생. 마마코가 나타났다. 어떻게 할 것인가?

"왜 인카운트인 건데?! ……아니, 저기, 으음……!"

"저기, 마 군. 아빠와 둘이서 그렇고 그런 가게에 가겠다는 이야기 같은 게 들렸는데, 내가 잘못 들은 거지?"

"귀 한 번 되게 좋네!"

아무리 떨어져 있어도, 마마코의 귀는 아들의 목소리를 절대 놓치지 않는다.

"잠깐만! 진정해, 엄마! 이야기하면 이해될 거야! 이해될 거라고!"

"마사토, 물러나! 이 자리는 이 아버지에게 맡겨다오!"

"마왕에게 보호받는 용사라는 구도는 딱 질색이지만, 잘 부탁해!"

마사토는 이 자리에서 긴급 대피! 아무튼 최대한 멀리 도망가야 한다!

하지만 적에게 가로막혔다.

"자, 스톱."

"일단 무릎 꿇어요."

마마코의 말을 듣고 어떤 상황인지 눈치챈 건지, 와이즈와 메디는 차갑기 그지없는 눈길을 머금고 있었다.

"이 방석 쓰세요!"

"마음만 받을게……."

포타의 배려를 정중히 사양한 마사토는 땅바닥에 무릎을 꿇었다.

그리고 두 눈으로 봤다.

마왕 하야토가 대마검을 들며, 결사의 각오로 마마코와 대치한 모습을 말이다.

"마마코! 일단 내 말 좀 들어줘! 이 일에 관해서는 예전에 상의한 적이 있어! 이건 내가 아버지로서, 마사토에게 해주고 싶은 일이야!"

"물론 기억해. ……나쁜 짓을 가르치는 건 아버지의 역할이며, 아무것도 모른 채 그런 것을 접하다 돌이킬 수 없는 사태가 벌어지지 않도록, 우선 함께…… 아버님께서 그랬던 것처럼 당신도 마군에게 그렇게 해주고 싶댔잖아."

"그래! 나쁜 짓은 어디까지나 나쁜 짓이지만, 거기서 배울 수 있는 것도 많아! 그것을 통해서만 배울 수 있는 건도 많지! 사회에서 살아가기 위해 중요한 경험을 쌓을 수 있다고! 그러니까 아량을 베풀어줘! 부탁이야!"

마왕 하야토는 남편으로서 그렇게 주장하며, 마마코에게 달려들었다. 혼신의 일격이……!

×자로 검을 교차시켜 아내로서의 의사 표시를 한 마마코에게, 간단히 막히고 말았다.

"마 군에게는 아직 일러. 저 애는 아직 열다섯 살이잖아?"

"그건 그렇지만, 여기는 게임 세계야! 그렇게까지 어린애 취급을 할 필요는 없잖아!"

"어린애는 어린애야."

"부모 입장에서는 그렇지만, 성장이란 의미에서 본다면 어린애는 언제까지고 어린애이지 않아! 지켜주는 것만이 부모의 역할이 아니지! 때로는 부모가 포옹을 풀어줘서, 자식이 자유롭게 날갯짓하게 해줄 필요가 있어……!"

"안 돼."

"제발……!"

"안 돼."

일반 미소로 전부 부정하며 2회 안 돼를 날린 마마코는 마왕 하야토의 대마검을 튕겨냈다.

그리고 마마코는 성검을 두 자루 다 칼집에 넣더니…… 허리에 손을 대며 검지를 세웠다.

그리고 빙긋 미소 짓더니…….

"당신."

"으, 응?"

"때찌."

어머니로서가 아니라 아내로서, 꾸중 주포 발사.

하지만 효과는 동일했다. 손가락 끝에 집중된 빛이 터져 나오더니, 방대한 열량을 지닌 무지 두꺼운 빔이 발사됐다. "어?" 마왕 하야토의 얼이 나간 표정과 몸이 전부 빛에 삼켜지더니, 그대로 하늘 저편으로 날아가고 말았다.

아버지인 마왕은 저물어가는 하늘에서 빛나는 별이 되었다.

"당신. 오늘은 저녁 굶어. 우후후."

애정이 가득 담긴 목소리로 그렇게 말한 후…….

뒤돌아선 마마코는 마사토에게 다가왔다.

"자, 마 군. 여관으로 돌아가서 저녁 먹자."

빙긋.

"네, 넵……. 명 받들겠사옵니다……."

마마코는 마사토를 일으키더니, 벌이라는 듯이 평소보다 더 세게 아들의 팔을 꼭 끌어안았다.

"저, 저기, 엄마? 아빠는 괜찮을까? 진짜로 걱정이 되는데……."

"그 사람이라면 괜찮을 거란다. 우후후."
"아니, 전혀 괜찮지 않을 것 같은데……."
마마코에게 강렬하기 그지없는 꾸중을 받았으니, 무사할 리가 없다.
마사토의 밤놀이 데뷔 이야기는 이슬이 되어 사라졌고, 마왕 또한 소멸하고 말았다…….

아니, 마왕 하야토는 소멸하지 않았다.
카산 왕도 인근 언덕의 벽에 박힌 채로 연기를 피우고 있기는 했지만, 멀쩡했다.
마왕이자 최강 어머니의 반려자답게, 만만치 않은 존재였다.
"이런이런. 사랑해 마지않는 아들은 무슨 수를 써서라도 지키려고 하는 건가. 너는 여전한걸."
벽에서 몸을 뺀 마왕 하야토는 가벼운 발걸음으로 언덕을 올라갔다.
근처에 있던 전송 포인트를 달빛이 비추고 있었다. 마왕의 등장에 놀란 건지, 풀숲에 숨어 있던 요정들이 경계심이 어린 빛을 뿜으며 날아다녔다. 꽤 몽환적인 광경이었다. 저들에게는 민폐밖에 안 되겠지만 말이다.
마왕 하야토는 그곳에 존재하는 바위기둥에 기대더니, 카산 왕도를 지그시 응시했다.
"최종적으로 문제가 되는 건, 역시 마마코겠지……. 이대로 가다간 꽤 번거롭겠는걸……. 좀 더 신중하게 일을 진행해야 하려나……."

우울한 목소리로 그렇게 중얼거린 바로 그때였다.

전송 포인트에 한 줄기 빛이 꽂혔다. 누군가가 전송을 온 것 같았다.

시라아세다.

"어머? 마왕님이 이런 곳에 계시다니, 의외군요. 오늘도 사랑하는 아내의 수제 요리를 엉엉 울며 드시고 계실 줄 알았습니다만……."

"아내를 좀 언짢게 만들어서 말이죠. ……그건 그렇고, 제가 부탁드린 건은……."

"준비는 순조롭습니다. 결전의 무대는 내일 밤까지 준비가 될 것 같군요."

"협력자 여러분은 어떻게 되어가고 있습니까?"

"다들 쾌히 승낙해 주셨습니다. 내일 모이면 된다고 말씀드렸지만, 이미 이쪽으로 향하고 있죠. 덕분에 저는 이제부터 접대 담당입니다. ……그럼, 보고를 마쳤으니 이만 가보죠."

"계속 잘 부탁드립니다."

시라아세는 전송의 빛에 휩싸여서 사라졌다.

그녀를 배웅한 마왕 하야토는 품속에서 종이 한 장을 꺼냈다.

그러자, 주위를 날아다니던 요정들이 술렁거렸다.

"저기 봐! 무시무시한 검을 짊어진 저 사람이 뭔가를 읽고 있어!"

“작전을 확인하는 거야! 흉악한 작전이 분명해!”

“그래! 저렇게 무시무시한 검을 가지고 있는 걸 보면, 마왕이 틀림없어! 마왕이 위험한 흉계를 꾸미고 있는 거야!”

요정들은 더욱 경계심을 품으며 도망쳤다.

귀여운 지저귐을 듣고 미소를 머금었던 마왕 하야토는 곧 표정을 굳히더니, 마왕다운 얼굴로 종이를 쳐다봤다.

손에 쥔 종이에는 【마마레이드】라는 글자와, 선정적인 의상을 입은 여성들이 그려져 있었다. 유흥업소 전단지다.

진행 중인 계획과는 별개로, 이 마왕은 참 끈질긴 것 같았다.

「부모자식간의 의식조사 최종 테스트 모험가용」

【질문 : 어머니와는 사이가 좋은 편?】

참 양호한 관계라고 생각해요.

【질문 : 어머니와 대화를 나누는 편? 나눈다면 얼마나?】

보고, 연락, 상의를 거르지 않아요.

【질문 : 최근에 어머니에게 듣고 기뻤던 말은?】

자랑스러운 딸이라는 말을 듣고, 정말 기뻤어요.

【질문 : 최근에 어머니에게 듣고 싫었던 말은?】

다크 파워가 어쩌고…… 그런 건 존재하지 않는데 말이죠.

【질문 : 어머니와 함께 쇼핑을 한 적은?】

이제까지도 자주 함께 갔고, 앞으로도 자주 함께 갈 거예요.

【질문 : 어머니를 자주 돕는 편?】

어머님의 방해가 되지 않을 정도로 말이죠.

【질문 : 어머니가 좋아하는 것은?】

1등일 것.

【질문 : 어머니가 싫어하는 것은?】

나태, 불결, 궁상 등, 부정적인 면모.

【질문 : 어머니의 장점은?】

딸의 행복을 가장 우선해 주는 점.

【질문 : 어머니의 단점은?】

툭하면 허세를 부리는 점.

【질문 : 어머니와 함께 모험을 한다면 사이가 좋아질 것 같습니까?】

사이가 좋아질 뿐만 아니라, 끈끈한 유대를 맺을 수 있을 거예요.

답변자 : 메디

제3장
금단의 땅에 발을 들인 자는, 지옥과 지옥과 지옥을 맛본다고 한다.

수평선에서 해가 막 떠오른 이른 아침.

마마코는 두근거리는 마음으로 여관 복도를 나아갔다. 발소리를 죽인 채 말이다.

향하는 곳은 마사토가 자는 방이다.

"마 군은 분명 오늘도 늦잠을 자고 있을 거야. 이 엄마가 상냥히 깨워줘야지. 아직 어린애라니까. 우후후."

굿모닝 키스는 볼에 해줄까, 이마에 해줄까 같은 생각을 하면서…….

마사토가 잠자는 방의 문을 살며시~ 열어보니…….

"어? 엄마구나. 마침 잘 왔어. 그래도 노크 정도는 해줘."

마사토가 이미 일어나 있었다.

잠만 깬 것이 아니다. 잠옷에서 평소 장비로 갈아입었다.

게다가 벗은 잠옷과 이불도 개어서 침대 위에 뒀다. 창문은 열려 있었고, 환기 또한 했다. 몸치장만이 아니라 방 정리도 완벽했다.

마마코는 방 안을 살피고, 마사토를 보더니, 얼이 나갔다.

"저기, 엄마. 왜 그렇게 놀란 표정을 짓는 거야?"

"그, 그야 마 군이 너무 어엿해서……."

"나도 마음만 먹으면 이 정도는 할 수 있어. ……엄마한테 계속 의지하기만 하면 꼴사납잖아. 좀 어엿해져야겠다고 생각했어."

"그랬구나……."

"응. 흐흥, 어때? 아들의 성장을 마음껏 기뻐해도 되거든?"

마사토가 우쭐대며 그렇게 말하자…….

마마코는 볼을 살짝 부풀렸다.

"잠깐만, 왜 그런 반응을 보이는 거야?"

"아무것도 아냐. 이 엄마는 흥, 흥~."

"잠깐만. 왜 화내는 건데? 영문을 모르겠거든?"

"됐어. 흥, 흥~. 마 군의 아침은 전부 곱빼기로 담을 거야. 흥, 흥~."

"아니, 그게 삐쳤다고 할 짓이야?!"

마마코는 웬일인지 기분이 꽤 나빠 보였다.

하지만 계속 허둥대기만 할 수는 없었다. 마사토는 마마코에게 볼일이 있으니 말이다.

"저, 저기, 엄마한테 부탁할 일이 있는데……."

"어머나! 이 엄마가 해줬으면 하는 게 있구나! 뭐니?!" 반짝~!

마마코의 온몸에서 빛이 뿜어져 나왔다. 【어머니의 빛】이 발동한 것이다.

"갑자기 기분이 풀렸네……. 대체 뭐가 어떻게 된 거야……. 뭐, 됐어……. 아무튼, 이것 말인데……."

마사토는 호주머니에서 넥타이를 꺼냈다.

크리스마스 이벤트 때, 마마코에게 받은 것이다.

“이걸 매고 싶은데, 매는 법을 몰라. 엄마는 알아?”

“아빠가 항상 일을 할 때 매니까, 알기는 하는데…… 갑자기 무슨 바람이 분 거니?”

“나는 모험가 길드의 접수원에게 무시를 당하잖아? 그러니 오늘은 복장을 신경 써서 좋은 인상을 줘볼까 해.”

“그렇구나……. 알았어. 이 엄마한테 맡겨주렴.”

마마코는 마사토에게서 넥타이를 건네받더니, 능숙하게 매듭을 만들었다.

머리를 집어넣고 길이를 조절하기만 한 상태로 만들면서, 준비가 완료됐다.

“마 군, 몸 좀 숙여보겠니?”

“알았어. ……읏…….”

엄마의 가슴 계곡에 얼굴을 묻는 자세가 됐지만, 눈을 감으면 세이프다. 마마코는 마사토의 목에 넥타이를 걸어줬다.

“이제, 가느다란 쪽을 잡아당기면 되는 거지?”

“이 엄마가 해줄게. 맡겨주렴.”

길이를 조절하고, 옷깃을 손봤다. 신경을 쓰고, 정성을 다해, 시간을 들인 끝에…… 끝났다.

마사토는 넥타이를 장비했다.

겉모습의 어른스러움 레벨이 상승했다! 마사토는 【신인 취업준비생】 칭호를 손에 넣었다!

"오. 뭔가 이상한 것의 레벨이 올랐네. 고마워, 엄마."

"괜찮아. 이런 식으로, 언제든 이 엄마에게 의지해줘도 된단다. 이 엄마는 쭉 마 군의 힘이 되어줄게. 쭉 말이야."

"괜찮아. 매는 법만 익히면 혼자 할 수 있어. 쭉 매어주지 않아도……."

"부우. 마 군, 이 엄마는 흥, 흥~이야. 흥, 흥~."

"아니, 화낼 타이밍이 아니지 않아? 아들의 성장을 응원해 달라고."

"흥, 흥~!"

엄마의 심경은 여러모로 복잡했다.

마사토 일행은 아침 식사를 마친 후, 오늘도 모험가 길드로 향했다.

앞장을 서는 건 마사토. 접수원이 어디서 쳐다보고 있을지도 모른다. 스쳐 지나가는 사람이 의뢰인일 가능성도 있다. 마음을 다잡고, 발걸음을 항상 신경 쓰면서, 당당히 길을 나아갔다.

뒤따르고 있는 여자팀은 말로 형용할 수 없는 표정을 짓고 있었다.

"근육통으로 팔이 난리 났는데…… 그것보다 마사토가 더 신경 쓰이네. 포타, 감정 좀 해봐."

"네! ……으으음…… 저건 마사토 씨예요! 평소에도 멋지지만, 오늘은 평소보다 더 멋져요! 무지 어른스러워 보여요!"

"포타 양, 더 꼼꼼하게 감정해 주세요. 이상한 구석이 분명히 있을 거예요. 어엿한 마사토 군은 마사토 군이 아니니까요."

꽤 무례한 말이 들려왔지만…….

마사토는 태연히 웃어넘겼다.

"이게 성장이란 거라고. 어린애 같은 소리 그만하고, 너희도 빨리 성장하지 그래?"

"우와, 열받아. 마사토 주제에. 마사토 주제에. ……마마코 씨도 한 마디 해줘. 이런 건 마사토 답지 않잖아?"

와이즈가 마사토의 등을 때리며 그렇게 말하자…….

가장 뒤편에서 걷고 있던 마마코는 표정을 굳힌 채 입을 다물고 있었다.

"마마코 씨? 왜 그래?"

"……어? 아, 와이즈 양. 무슨 일이니?"

"그건 내가 할 말이야. 뭔가 고민 있어?"

"역시 마마코 씨도 마사토 군이 걱정되는 것 아닐까요? 위화감이 느껴진다거나……."

"마마 씨! 마사토 씨한테 무슨 일 있는 걸까요?!"

"글쎄……."

마마코는 마사토의 등을 지그시 쳐다보더니, 약간 망설이는 듯한 기색을 보인 후…… 힘차게 달려 나갔다.

"마 군은 마 군이야. 이 엄마의 귀여운 아들. 변함없어. 그렇지? 마 군~!"

"우왓."

마마코는 마사토에게 달려가더니, 그의 팔을 꼭 끌어안았다.

어머니의 커다란 무언가가 말캉말캉~하는 감촉을 자아냈지만, 마사토는 이미 익숙하기에 동요하지 않았다.

"그만하라고 말해봤자 소용없다는 건 알지만, 그래도 좀 적당히 좀 해줘."

"그래. 적당히 할게. 적당히~." 말랑말랑~.

"신체접촉을 적당한 수준으로 조절하라는 의미가 아니거든? 그리고 모험가 길드에 도착하면 진지하게 승부할 거니까, 그쪽의 배려를 부탁할게."

"응, 알았어. 그러면 모험가 길드에 도착할 때까지만 이러고 있을게."

갑자기 걸음이 느려진 마마코를 질질 끌면서, 그리고 여전히 미심쩍은 눈길로 쳐다보는 와이즈 일행을 데리고 걸으면서…….

마사토는 결의를 가슴에 품었다.

"자, 가자! 이번에야말로 그 접수원을 해치우겠어!"

"마 군, 해치우면 안 돼. 친해져야 하거든?"

그렇게 마사토 일행은 모험가 길드에 도착했다.

안에 들어가 보니, 마왕 하야토가 게시판 앞에 서 있었다. 어제 그렇게 따끔하게 꾸중을 들었는데도, 마마코 앞에서 태연하기 그지없었다. 내구성이 끝내주는 마왕이다.

"좋은 아침이야, 용사 일행 여러분. 어제는 잘 잤어?"

"덕분에 말이지. 마왕님도 건강해 보이네. 안심이야."

“걱정해 줘서 고마워. 그러면 시련을 이어가 볼까. ……아, 그 전에…….”

마왕 하야토는 넥타이를 맨 마사토를 흥미롭다는 듯이 쳐다봤다. 그러자 마사토는 좀 부끄러워졌다.

“뭔가 심경의 변화라도 있었던 거려나?”

“뭐, 맞아. 옷차림을 똑바로 하는 편이 좋겠다 싶었거든. 비웃어도 돼.”

“비웃기는 왜 비웃어. 사회인으로서 살아가려는 기개가 느껴지는, 멋진 모습이야. 아버지로서 자랑스러운걸. ……하지만 넥타이 색깔이 내 취향과는 좀…….”

“참고로 이건 엄마가 골라준 거야.”

“머, 멋진 센스인걸! 최고야! 하하하!”

미소를 머금은 마마코가 마왕 하야토를 바라보고 있었다. 정말 멋진 미소다. 미소가 틀림없다.

“그, 그러면 마사토에게 시련을 내리도록 할까.”

마왕 하야토는 게시판에서 의뢰서 한 장을 떼더니, 마사토에게 내밀었다.

의뢰 내용은【저희 회사가 취급하는 멋진 아이템을 사람들에게 소개해 주십시오!】란 것이었다.

멋진 아이템이라는 것을 들고 각 가정에 방문해 판매한다고 하는, 간단히 말해 방문 판매 업무다.

마사토가 내용을 확인하자, 메디가 옆에서 은근슬쩍 그 의뢰서를 들여다봤다.

"아무리 봐도 전투가 전문인 모험가의 적성에 맞는 의뢰가 아니군요. 즉, 마사토 군의 아버님은 너 같은 건 이딴 일이나 해, 네가 할 수 있는 거라곤 이딴 일 뿐이다, 라고 조롱하고 있는 것이에요."

"호오. 사람을 깔보는 거냐."

"아냐, 아냐. 그럴 생각은 없어. 이 의뢰를 같이 하자고 제안하는 거지."

"함께? 나와 아버지가 같이 말이야?"

"그래. 마왕 퀘스트 중반전 돌입. 나와 마사토가 업무 현장에서 직접 대결하는 거야."

"맙소사! 용사와 마왕이 직접 대결하는 건가요?! 그것도 방문 판매 업무로 말이에요!"

드라마틱하게 깜짝 놀란 목소리를 낸 메디는 그대로 고개를 돌리더니, 푭 하고 웃음을 흘렸다.

"마사토 군다운 느낌이 드디어 나타나기 시작하네요. 안심이에요."

"맥 빠진다는 소리를 하고 싶은 거니? 인마. ……그래도 일은 일이잖아. 나는 가슴을 펴고 당당히 아버지에게 도전하겠어."

"나도 영업은 경험해 본 적이 없으니까, 미경험자끼리 좋은 승부가 되겠지. ……그러면 마사토. 이 의뢰를 접수해 주겠어? 할 수 있다면 말이지."

"나한테 맡겨. 접수원을 넘어서서, 마왕에게의 도전권을 손에 쥐고 말 거야!"

마왕 하야토에게 등을 떠밀린 마사토는 접수처로 향했다.

접수원은 마치 여제를 연상케 하는 거만한 태도를 보이며, 범상치 않은 아우라를 뿜고 있었다.

"어머나? 너는 어제 그…… 마사토 군이지? 질리지도 않고 또, 자기 주제에 안 맞는 의뢰를 골라서 온 걸까. 세상 물정을 참 모르네. 푸풉."

"어제까지의 제가 아니에요. 이제 지지 않아요."

"과연 네 말대로 될까. 마왕님에게 도전할 자격이 너한테 있는지 없는지, 내가 확인해 주겠어. ……필살, 접수원 서치! 흐읍!"

접수원은 마사토를 지그시 관찰했다.

어제보다 단정한 머리카락, 진지한 표정, 그리고…… 깔끔하게 맨 넥타이.

접수원은 아연실색했다.

"아, 아니?! 서, 설마?! 셔츠 단추를 여는 편이 멋지다고 생각할 나이대의 소년이, 이렇게 깔끔하게, 그것도 센스 있는 넥타이를 했어?! 말도 안 돼!"

"이게 제 진심이에요! 각오하세요! 제, 혼신의 일격! 받아라아아아앗!"

"이, 이럴 수가아아아앗?!"

마사토는 다이내믹하게 팔을 휘두르면서, 혼신의 힘을 다해 의뢰서를 제출했다!

의뢰서를 살펴본 접수원은 카운터 테이블에 넙죽 엎드렸다.

"훗……. 네가 이겼어."

"좋아! 이겼다! 이겼다고오오오!!"

"해냈구나, 마사토!"

"잘했어, 마 군! 이 엄마는 너를 믿고 있었단다!"

승리를 거머쥔 마사토의 곁으로 마왕 하야토와 마마코가 뛰어오더니, 양쪽에서 그를 꼭 끌어안았다. 축하해, 축하해, 고마워. 축복과 감사의 말이 울려 퍼졌다!

그리고…….

"마사토가 아니라 마마코 씨의 넥타이 덕분이잖아, 하고 말해주는 편이 나을까?"

"그 이전에, 어제와 맞먹는 수준의 안타까운 의뢰니까, 접수해 주는 게 당연하지 않을까요?"

"으음…… 저, 접수원 언니는 흥이 참 많은 사람이네요! 잘됐어요!"

이 어이없는 촌극을 냉정한 눈길로 지켜보고 있는 소녀들이 있었다.

의뢰를 수행하는 건 마사토와 마왕 하야토 둘 뿐이다.

그리하여…….

"어서 오세요~. 몇 분이시죠?"

"네 명이야. 바깥 자리에 앉아도 될까?"

"네, 그러세요. 금방 메뉴를 가져다드릴게요."

마마코 일행은 카페에 왔다. 길 가장자리에 있는 테이블 좌석에 앉아서 한숨 돌렸다.

현재 그들은 천하제일 모도회가 열린 마을 미마에 와 있었다. 지금은 대회가 개최되지 않는 기간이다. 그래서 마을을 느긋하게 둘러보면서 차를 즐기기 좋은 한적한 시기다.

"다들 뭘 주문할지 결정했니? 나는 일단 홍차로 할 거란다."

"저는 파르페로 할래요! 정말 맛있을 것 같아요!"

"저는 홍차와 케이크 세트로 하겠어요."

"나는 팬케이크 세트로 할래. 그럼 차 마시면서 감상하자."

일행은 길 건너편을 쳐다봤다. 그곳에는…….

커다란 숄더백을 짊어진 여행상인 같아 보이는 중년 남성과, 양손에 커다란 가방을 든 마사토와 마왕 하야토가 있었다. 취업 활동 중이다.

"우선, 제가 시범을 보이겠습니다. 잘 보세요."

""네, 선배! 잘 부탁합니다!""

"그러면……."

선배 상인은 길가에 있는 집으로 향하더니, 현관에 노크를 했다.

"안녕하십니까! 연락이 없이 찾아와서 죄송합니다! 오늘은 새로운 아이템을 소개해 드리려고……!"

"됐어. 돌아가."

집에서 사람이 나오더니, 퉁명한 목소리로 그렇게 말한 후에 바로 현관문을 닫았다.

매몰차기 그지없는 반응이었지만, 선배 상인은 태연했다.

"이런 식으로 합니다. 포인트는 마음을 강하게 먹는 것이죠. 그러면 이 길에 있는 집을 두 사람이 나눠서 전부 돌아주십시오. 잘 부탁합니다."

""네, 선배!""

선배 상인은 다른 구역으로 향했다.

신인 영업사원 용사 마사토와 신인 영업사원 마왕 하야토의 일대일 결투다!

"아버지, 승부야! 용사의 힘을 보여주겠어!"

"아들아. 마왕인 아버지의 힘 앞에 굴복하거라!"

"누가 더 많이 파는지로!"

"승부다!"

마사토는 오른쪽에 있는 집을 차례차례 방문했다. 마왕 하야토는 왼쪽에 있는 집으로 향했다. 그렇게 두 사람은 일제히 시작했다.

"이기겠어! 반드시 이길 거라고!"

마사토는 첫 집을 향해 뛰어가더니, 현관문에 노크했다.

"네~."

상냥해 보이는 노부인이 나왔다. 성공할 것 같다는 느낌이 들었다. 마사토는 환한 미소를 지으며 인사를 건네려고…….

하지만 노부인이 선제공격을 날렸다.

"아, 괜찮아요. 이만 실례할게요."

"어? 아니, 저기……!"

마사토가 들고 있는 가방을 보더니, 방문 판매라는 사실을 바로 눈치챈 것 같았다. 노부인은 현관문을 그대로 닫았다. 판매 실패.

"큭……. 좋아, 다음 집을 노리자!"

마사토는 마음을 다잡더니, 오른쪽 옆에 있는 현관문에 노크했다.

누군가가 현관 앞까지 뛰어오는 소리가 들리더니, 문이 열렸다. 하지만 순식간에 닫히고 말았다. 「돌아가 주세요」란 목소리만 들려왔다. 실패.

"너무 빨리 거절하는 거 아니냐고……. 도주가 빠른 메탈 슬라임도, 일단 모습은 보여주는데……."

도저히 이길 수 있을 것 같지 않았다. 벌써 눈물이 나려고 했다.

마왕 하야토는 어떤 상황인가 싶어 고개를 돌려보니…….

"빨리 꺼져!"

"커헉?!"

방문한 집의 할아버지가 양동이에 담긴 물을 마왕 하야토에게 끼얹었다.

물에 빠진 생쥐 꼴이 된 마왕 하야토가 울먹거리며 마사토를 쳐다봤다. 마사토 또한 울먹거리며 마주 쳐다봤다.

""이 일, 예상했던 것보다 훨씬 힘들어!""

아버지 마왕과 아들 용사가 한마음으로 그렇게 생각했다.

한편, 길 건너편에 있는 카페에서도 사건이 발생했다.

"마마 씨! 진정하세요! 가면 안 돼요!"

"부탁이야, 말리지 마! 마 군 곁으로 보내줘! 마 군이 저렇게 열심히 하고 있잖아! 도와주고 싶단 말이야! 마 군이 가지고 있는 상품을 이 엄마가 다 사줄래!"

"안 된다니까 그러네! 진정해! ……이렇게 되면, 메디! 해버려!"

"말도 안 되는 소리 마세요! 마마코 씨 상대로, 따끔하게 말하는 건 무리란 말이에요!"

"하긴~. 그러면 힘으로 막는 수밖에 없겠네!"

느긋하게 차를 즐기며 구경할 예정이었는데, 지갑을 들고 뛰쳐나가려 하는 마마코를 말려야만 하는 사태가 벌어졌다. 이들 또한 예상보다 훨씬 힘든 사태에 직면하고 말았다.

미마에 사는 사람들은 방문 판매에 영 호의적이지 않았다. 그래서 선배 상인의 안내에 따라, 마사토와 마왕 하야토는 바닷가 마을 챤카로 이동했다.

바닷가에 존재하는 거대한 타워 던전이 내려다보는 가운데, 방문 판매를 시작했다.

"미마 마을에서는 하나도 못 팔았으니까…… 하다못해 한 개라도 팔고 말겠어!"

"그러면 마사토. 누가 먼저 물건을 파는지로 승부다!"

"좋아! 누가 먼저 파는 시점에 이 승부는 끝내는 거야!"

"물론이지!"

허들을 확 낮추면서, 승부를 재개했다. 낮춘 만큼, 의욕이 급상승했다.

한편…….

해안가의 모래사장에도 의욕이 급상승한 사람이 있었다. 수영복 차림의 마마코다.

"와이즈 양, 메디 양, 포타 양……. 비켜주지 않겠어?"

뜨거운 모래 위에 선 마마코가 진지한 표정으로 한 걸음 내디뎠다. 수영복 밖으로 흘러나올 듯한 가슴이 그 걸음에 맞춰 용맹하게 출렁거렸다.

하지만 보내줄 수 없다. 마마코와 마찬가지로 수영복을 입은 와이즈 일행이 결사의 각오로 마마코를 막아섰다.

"안 돼! 못 보내줘! 여기는 못 지나가!"

"마마코 씨! 제발 진정하세요!"

"저희는 바다에 놀러 왔어요! 물건을 사러 온 게 아니잖아요!"

"잠시면 돼. 잠시면, 딱 하나만 사 올게. ……마 군, 금방 갈게. 우후후……."

"어쩔 수 없군요! 마마코 씨를 모래사장에 묻어버리죠! 전원 돌격!"

""오오~!""

셋이서 달려들어서 마마코를 모래사장에 묻는 싸움이 시작됐다.

"우왓! 가슴이 모래를 튕겨냈어요!"

"탄력이 대체 얼마나 좋은 거야! 부러워!"

과연 마마코를 제압할 수 있을 것인가!

한편, 여성들의 상황을 알 리 없는 마사토와 마왕 하야토는 일을 시작했다.

"나는 이 집을 공략해 볼래!"

"그러면 나는 맞은편 집으로 하지! 간다!"

두 사람이 동시에 각 집의 현관문에 노크를 하자…….

마사토가 노트한 현관문이 먼저 열렸다. 중년 여성이 얼굴을 비췄다.

'어, 이 사람은…….'

낯익은 얼굴이었다. 타워 던전 공략 때, 엄마 길드에 참가했던 어머니 중 한 명이 틀림없다.

하지만 상대는 마사토 일행에 관한 기억이 봉인되었다. 초면인 사람을 보는 듯한 눈길로 마사토를 응시하고 있었다.

"누구신지……."

"아, 처음 뵙겠습니다! 갑자기 찾아와서 죄송해요! 새로운 아이템을 소개해 드리러 왔어요!"

"어머, 방문 판매구나. 그런 건 좀……."

상대는 내키지 않는 듯한 웃음을 흘리면서 현관문을 닫으려 했다. 여기도 틀렸나…….

하지만 마사토는 가능성이 있다는 느낌을 받았다. 그것도 그럴 것이, 상대는 어머니다. 마사토는 어머니 동반 모험을 통해, 어머니란 생물의 특성을 파악하고 있었다.

"잠깐만요! 제가 소개해 드리려는 건, 좀 특이한 액세서리예요!"

"액세서리? 어머나, 좀 관심이 가네. 일단 구경이라도 해볼까. 구경만이지만 말이야."

"좋았어!"

어머니란 존재는 브로치, 귀걸이, 목걸이, 핸드백 등, 액세서리로 분류되는 것들에 무조건 관심을 가지게 된다. 그것이 어머니. 아니, 대부분의 여성이 그러하다.

마사토는 바로 가방을 펼치더니, 안에서 설명용 메모와 물건을 꺼냈다.

그 물건은 바로 조그마한 수정구슬이다.

"어? 이게 뭐야?"

"방에 두는 액세서리입니다! 사모님, 이것 좀 보시죠! 손을 내밀면 빛을 뿜습니다! 대단하지 않나요?! 와아, 마법 같네요! 아이들도 정말 좋아할 겁니다! 현관에, 침실에, 하나만이 아니라 여러 개……!"

구매해 줬으면 했지만, 바로 그때…….

"어이, 거기 형씨. 잠깐 나 좀 봐."

"어……?"

누군가가 뒤편에서 마사토를 불렀다. 뒤를 돌아보니, 모히칸 헤어스타일의 우락부락한 남자가 무시무시한 눈길로 노려보고 있었다.

포치다. 기억을 봉인 당한 탓일까. 마사토를 알아보지 못했다.

"아, 안녕하세요. 무슨 일인가요?"

"무슨 일은 무슨 일이겠어. 좀 이쪽으로 와봐."

다짜고짜 멱살을 잡힌 마사토는 현관 앞의 길로 질질 끌려갔다.

거기에는 거칠어 보이는 남자들이 모여 있었으며, 마사토만이 아니라 마왕 하야토도 멱살을 잡혀 있었다. 금방이라도 울음을 터뜨릴 것 같은 표정이었다.

마사토와 마왕 하야토는 지면에 무릎을 꿇은 후, 포치와 다른 남자들에게 둘러싸였다.

"우선 자기소개부터 하겠어. 우리는 마을의 치안과 아이들의 미래를 지키는, 상냥한 보육사 지망생 형들이야."

"행색이나 하는 짓이 보육사와는 거리가 멀어 보이는데……."

"아버지, 입 좀 다물어. 방금 그 말은 사실이거든."

"그리고 마을을 둘러보고 있는데, 너희가 수정구슬의 방문판매를 하고 있더란 말이지. 칫, 어처구니가 없네."

"혹시 문제가 될 만한 행위인가?"

"얼마 전의 일인데, 이 마을에서 수상한 방문 판매원이 수정구슬 타입의 폭탄을 팔려고 하는 사건이 벌어졌었어."

"그건 포치 씨가 한 거잖아요."

"뭐?! 마, 말도 안 되는 소리 하지 마! 내가 그런 짓을 왜 해!"

포치는 무시무시한 면상으로 얼버무렸다.

"그러니까! 일단 너희를 병사 대기소로 끌고 가겠어! 빨리 일어나!"

"거동 수상자 취급하지 말아요……. 진짜로 그런 게 아니라고요…….”

조사를 받게 되면서, 방문 판매를 일단 중단하게 됐다.

일이라는 건, 참 혹독하다 싶었다.

무드 있는 아로마 향이 감도는 어둑어둑한 실내에서, 마마코는 요염한 숨결을 토했다.

“으응…… 거기는, 안 돼……. 하응…….”

실오라기 하나 걸치지 않은 채 침대에 누워 있는 마마코를, 여섯 개의 손이 유린했다.

민감한 부위를 세게 눌린 순간, 마마코는 크게 몸을 젖혔고, 끈적끈적한 액체로 범벅이 된 커다란 가슴이 격렬하게 흔들렸다.

안 돼, 하고 말해도 상대는 손을 멈추지 않았다.

“여기가 좋은 거구나? 훗훗훗. 그럼…… 에잇.”

“꺄앗!”

“여기는 어떻죠?”

“아앙!”

“마마 씨! 여기는 어때요?!”

“하응!”

와이즈의 손이, 메디의 손이, 포타의 손이, 오일로 범벅이 된 마마코의 몸을 집요하게 주물렀다.

오일 마사지다.

"정말. 다들 참 잘하네. 이상한 소리를 내고 말았어."

"고마워. 역시 마마코 씨는 어깨가 많이 뭉쳤어. 평소에도 이렇게 큼지막한 것을 가슴에 달고 다니니까, 당연하겠지만 말이야. ……한 번만이라도 좋으니까, 나도 가슴 무게 탓에 어깨가 뭉쳤으면 좋겠네~."

"꿈은 꿈으로 끝나야 좋다고 생각해요. 실제로는 꽤 힘드니까요."

"쳇. 야, 메디. 마마코 씨 다음으로 크다고, 우쭐대지 말아 줄래?"

"마마 씨는 종아리도 뭉쳤어요! 요리나 세탁처럼 서서 하는 일이 많아서 그런 걸까요!"

"그럴 거야. 그러면 이 기회에 온몸 구석구석까지 전부 마사지해 주자. 에잇."

"아항!"

마마코의 발을 묶는 조치다.

이곳은 상업 도시 아칸야데에 있는 한 건물 안. 주위를 한눈에 내려다볼 수 있는 고층의 미용 살롱에 있는 방을 빌린 후, 여자들끼리 마마코를 한창 접대해 주고 있었다.

"여기가 좋아? 저기, 마마코 씨. 여기가 좋지?"

"그, 그래! 거기가…… 아앙!"

"크크큭. 몸은 솔직하네, 랄까~?"

마마코의 허리 주위를 끈질기게 주무른 후, 와이즈는 잠시 휴식을 취했다. 손이 저려왔기 때문이다.

한숨 돌릴 겸, 커튼을 걷고 창문을 통해 아래편을 보니…… 길가에 있는 집을 돌아다니고 있는 마사토의 모습이 눈에 들어왔다.

바닷가 마을 챠카에서 장소를 바꿔서 아버지와의 방문 판매 승부를 이어가고 있지만, 아직 성과가 없었다. 곧 있으면 해가 질 것 같았다.

그래도 마사토는 열심히 일하고 있었다.

"……정말. 뭐 하는 거야. 되게 필사적이네. 바보~."

"동감이에요. 저희를 내팽개치고, 저렇게 일에 빠져 있다니 말이죠."

메디가 와이즈의 옆에 은근슬쩍 서면서 그렇게 말했다. 그녀의 시선도 마사토를 향하고 있었다.

불평을 늘어놓고 있지만, 두 사람 다 왠지 쓸쓸해 보였다.

"마사토네 아빠가 온 후로 쭉 저런 느낌이야. 부자지간끼리 되게 흥분해서 말이지. ……조금은 이쪽을 신경 써줘도 되지 않아?"

"마사토 군이 신경 써주지 않아서 와이즈 양은 쓸쓸한가 보군요."

"딱히 그런 건 아냐~."

"저는 좀 쓸쓸해요! 마사토 씨가 점점 먼 곳으로 떠나가는 듯한, 저를 두고 가는 듯한 느낌이 들어요!"

포타도 창가에 서더니, 마사토를 응시했다.

"그래. 포타 양의 그 마음, 참 공감해."

게다가 마마코도 창가에서 밖에서 보이지 않도록, 셋이 함께 마마코의 알몸을 가렸다.

"마마코 씨는 이쪽에 오면 안 돼!"

"밖에서 보일 거예요!"

"어머, 괜찮단다."

"하나도 괜찮지 않아요!"

필사적으로 일하는 마사토의 모습을 응시하던 마마코는…….

"……마 군……."

작은 목소리로 그렇게 중얼거렸다.

마사토는 눈치채지 못했다. 당연할 것이다. 거리가 있다. 목소리도 작았다.

마마코는 쓴웃음을 머금더니, 침대로 돌아가서 엎드려 누웠다.

"마마코 씨……?"

"아마, 하나도 이상하지 않을 거란다. 자식이 성장해서, 하고 싶은 일이나 해야만 하는 일을 찾고, 최선을 다하는…… 그렇게 자식이 점점 멀어져 가는 건, 평범한 일이겠지. 당연한 일일 거야. 매우 자연스러워. ……하지만……."

쓸쓸하다.

그 말을 입에 담지 못한 채, 마마코는 어둡게 가라앉은 표정을 가리려는 듯이 침대에 묻었다.

바로 그 순간이었다.

""""……어?""""

와이즈를 비롯한 세 사람은 묘한 감각에 휩싸였다.

갑자기 무릎 뒤편을 누가 톡 때려서 휘청하는 순간과 흡사했다. 순식간에 시점이 몇 센티미터 정도 낮아지는 듯한, 그런 이상한 감각이었다.

하지만 기분 탓일지도 모른다. 마마코는 아무런 반응도 보이지 않았다. 실내의 상황도, 창밖의 풍경도, 변함없었다.

"방금, 무슨 일이 있지 않았나요?"

"모르겠어요! 하지만 아주 약간, 어질했어요!"

"나도 그랬는데…… 뭘까. 현기증이 좀 난 느낌이었어."

"듣고 보니, 비슷한 느낌이네요. 그냥 현기증이 좀 났던 걸지도 몰라요."

세 사람은 그렇게 말하며 넘어가기로 했다.

와이즈 일행은 다시 창밖을 쳐다보더니, 여전히 힘내고 있는 마사토를 응시했다.

"……일단 마사토가 뭔가 사고를 쳤으면 좋겠어. 우리가 따끔하게 꾸짖을 수 있는 걸로 말이야."

"그거 좋군요. 최고의 기분 전환이 될 것 같아요."

"저도 마사토 씨다운 모습을 보고 싶어요! ……아, 으음, 마사토 씨가 툭하면 사고를 친다는 건 아니지만요……."

"우후후. 나도 찬성이야. 이제까지와 변함없는 마 군의 모습을 보면, 안심이 될 것 같네."

네 사람이 그런 말을 늘어놓았을 때, 마사토가 갑자기 재채

기했다. 누가 자기 이야기를 하면 재채기가 난다는 건 사실 같았다. 네 사람은 서로를 쳐다보며 웃음을 터뜨렸다.

그것보다 네 사람이라는 건……

"마마코 씨는 정말!"

"자중 좀 하세요!"

"밖에서 보일 거라고요~!"

"어머, 유감이네."

마마코 씨 상대로는 한순간도 방심하면 안 된다는 생각이 들었다.

해가 완전히 지면서, 일을 끝낼 시간이 됐다.

"남자팀도, 여자팀도, 무사히 오늘 하루를 보냈네."

"그러면 용사와 마왕의 방문 판매 대결의 결과를 발표해 주세요."

"결과는…… 으음……."

와이즈 일행이 지켜보는 곳에, 그 답이 존재했다.

길가의 벤치에 앉아 있는 마사토와 마왕 하야토는 축 늘어져 있었다.

"하나도 못 팔았어……. 나도, 아버지도 말이야."

"양쪽 다 유감스러운 결과를 맞이하면서, 이 승부는 무승부로 끝났는걸……."

"무승부……."

두 사람은 몸에서 힘이 더 빠지더니, 그대로 축 늘어지고 말았다.

그런 두 사람의 등을, 마마코가 상냥히 쓰다듬어줬다.

"수고했어. 고생 많이 했지만, 일은 이제 끝이야. 이제부터 느긋하게 쉬자."

"……그래. 일은 끝났어. 끝난 거야."

"그래. 노동이 끝났다는 걸 기뻐하도록 할까."

마마코의 위로가, 지친 몸과 마음을 치유해 줬다. 마사토와 마왕 하야토는 고개를 들더니, 기지개를 켰다. 일로부터 해방됐다. 좀 기운이 났다.

"그러면 카산 왕도로 돌아가자. 서둘러 저녁 식사를 준비해야겠네."

"그러면 전송 마법으로 빨리 돌아가자. ……메디, 승부야."

"지지 않겠어요."

가위바위보. 메디의 승리. 와이즈는 투덜거리면서 전송 마법의 영창을 시작했다.

하지만…….

"잠시만 기다려주지 않겠어?"

마왕 하야토가 영창하던 와이즈를 말렸다.

"나와 마사토는 아직 볼일이 있으니, 이곳에 남겠어."

"어? 무슨 소리야, 아버지. 볼일이라니…… 할 일이 더 남아 있다는 거야?!"

"그래. 노동은 끝났지만, 유감스럽게도 볼일이 있거든."

"맙소사……."

절망에 빠진 마사토가 그대로 고개를 푹 숙이자…….

마왕 하야토는 위로해 주는 척을 하며, 누구에게도 들키지 않도록 몰래 손을 내밀었다. 악수를 청하듯이 말이다.

그 손바닥에는 작게 접힌 전단지가 놓여 있었다. 『유』와 『흥』과 『업』과 『소』라는 글자가 보였다.

'서, 설마……!'

'남자잖아?'

마왕 하야토는 사내다운 표정으로 말하고 있었다. 리벤지, 라고 말이다.

마사토는…… 마왕 하야토와 악수를 한 후, 사내다운 표정을 지으며 고개를 들었다.

"볼일이 있으니 어쩔 수 없네." 빙긋.

"그러니까 여자들은 먼저 돌아가 주지 않겠어? 좀 늦을지도 모르니까, 먼저 식사해도 돼." 빙긋.

"흐음……. 그렇다면, 뭐……."

납득한 와이즈는 다시 영창을 시작했다. 마사토와 마왕 하야토는 미소를 머금으며 배웅을…….

"우후후. 당신? 마 군?"

"""윽……."""

빙그레 미소 짓고 있는데도 전혀 납득하지 않은 사람이 있었다. 마마코다.

뭔가를 눈치챈 것이다. 당연했다. 마마코니까 말이다.

"저기, 당신. 그 볼일이라는 게 어떤 거야?"

"그그그, 그야 물론, 일과 관련된 볼일이야! 일로 누굴 좀 만나야 하거든! 업무상 교류라 어쩔 수 없어! 이런 자리도 참 중요하거든!"

"그건 그렇지만…… 마 군은 배고프잖니? 이 엄마가 만든 밥을 배부르게 먹고 싶지?"

"마음 같아선 그러고 싶어! 하지만 업무상 교류잖아! 선배 말이라 거절할 수가 없어서…… 맞지? 아버지! 그런 거잖아!"

"그래! 그런 거야! 내가 꽤 마음에 들었나 보거든! 상대는 친절한 마음으로 제안해 준 건데, 신세를 지는 처지인 내가 거절하는 것도 실례잖아! 마마코도 그렇게 생각하지?!"

"그건 그렇지만…… 으음……."

마마코의 태도가 점점 부드러워졌다. 기회다.

"지금이다!"

마사토와 마왕 하야토는 눈짓을 교환한 후, 승부에 나섰다.

두 사람은 동시에 마마코를 꼭 끌어안아 줬다.

아버지와 아들이 어머니에게만 펼칠 수 있는 부자지간 특수 스킬 【아버지와 아들의 응석】 발동!

"엄마, 부탁이야. 평생의 소원이야."

"마마코, 부탁해. 평생의 소원이야."

"어머나…… 정말. 두 사람 다 이러니 어쩔 수 없네. 이번만이야."

""고마워! 사랑해!""

가족이 응석을 부리면 기쁜 나머지, 정상적인 판단력을 잃고 마는…… 어머니의 약점을 정확하게 노리는 스킬이 완벽하게 먹혀들었다. 마마코에게서 양보를 얻어내는 데 성공한 것이다.

"그러면 마사토! 어쩔 수 없지만, 가보도록 할까!"

"응, 가자! 어쩔 수 없이, 업무상 교류를 하러 가자!"

꿈속을 거닐고 있는 듯한 마마코와 어처구니없어하는 와이즈 일행을 곁눈질하며, 마사토와 마왕 하야토는 전속력으로 달려갔다.

부모 자식이 어깨동무하고 향한 곳은 오칸야데의 환락가다. 칠흑 같은 밤하늘마저도 물들이려는 듯이 찬란히 빛나고 있는, 카지노가 줄지어 있는 구역이다.

길에는 수많은 사람들이 오가고 있었다. 부모 자식이 함께 즐기는 것을 추천하기에, 다 큰 어른과 나이 지긋한 부모 조합이 꽤 많았다.

마사토와 마왕 하야토도 부모 자식 사이이기에, 가슴을 펴고 당당히 이 구역에 발을 들였지만…….

마사토가 갑자기 걸음을 멈췄다.

"마사토, 왜 그러니? 설마 이제 와서 머뭇거리는 거야?"

"그런 게 아니라, 진짜로 가도 되는 건가 싶어서…… 나는 나대로 문제가 있지만, 아버지도……."

"아내가 있는 사람이, 그런데 가도 되냐는 거니?"

"응."

마사토가 고개를 끄덕이자, 마왕 하야토는 의연한 어조로 이렇게 대답했다.

"마사토, 잘 들으렴. 그것과 이건 전혀 다른 이야기야. 이건 어디까지나 놀이거든. 오락이지. 남자의 소양이라고 할 수 있단다. 즉, 사랑이나 그런 것과는 전혀 별개지."

"그런 거야?"

"그런 거란다. 완전히 상관없어."

마왕 하야토는 남자의 논리를 당당히 주장했다.

"하지만 정 마음이 켕긴다면, 그만큼 사랑하는 상대에게 봉사하면 돼. 선물을 주거나, 노동 서비스를 하거나, 기분에 맞춰주는 거지. 그런 배려도 중요하단다."

"그렇구나. 한 수 배웠어~."

"그러니 마사토도 나중에 와이즈 양과 메디 양에게 봉사해주렴. 혹은 포타 양에게도 말이지."

"잠깐만! 왜 걔들 이름이 나오는 거야! 전혀 상관없거든?!"

"내 소소한 반격이란다. 아내 생각이 나게 하는 발언을 한 마사토가 나빠."

"자, 잘못했어. 괜한 소리를 해서 잘못했습니다. 이제 안 할게."

"좋아. 그럼……."

마왕 하야토는 유흥업소 전단지를 꺼내서 지도를 확인하더니, 카지노와 카지노 사이에 있는 좁은 통로로 들어섰다. 마사토도 그 뒤를 따랐다.

그 통로를 나아갈수록, 지나다니는 사람들이 줄어들었다. 불빛도 점점 어두워졌다. 그것을 대신하듯, 수상함이 고개를 치켜들었다.

자신들의 발소리만 들으며, 어두운 통로를 나아가자…… 【마마레이드】라고 적힌 조그마한 입간판만 놓여 있는 단순한 외관의 가게가 보이기 시작했다.

입구의 문 앞에는 양복을 단정하게 차려입은 노신사가 온화한 표정을 머금은 채 서 있었다. 그 사람은 예전에 마사토 일행이 신세를 졌던 카지노 지배인이다.

"기억을 봉인 당했으니, 나를 모르겠네."

"어제 일을 맡게 되면서 가볍게 이야기를 나눠봤는데, 전혀 기억하지 못하더구나. 그러니, 이번에는 내가 나설 차례지. ……안녕하십니까, 지배인 님. 늦어서 죄송합니다."

"아닙니다. 개의치 마시길. 저야말로 무리한 부탁을 드렸으니까요."

마왕 하야토와 인사를 나눈 노 지배인은 마사토에게도 정중히 인사를 건넸다. 누구를 대할 때나 신사인 사람이다.

"그러면 야간 업소의 시험 운용을 시작할까 합니다. 안으로 들어가시죠. 도박의 신에서 환락가의 신으로 직업을 변경한 제 야심작을 마음껏 즐겨주십시오."

어른으로 이어지는 입구가 열렸다…….

간소하기 그지없는 외관과 달리, 가게 안은 눈이 따가울 정도로 눈부시기 그지없었다.

들어서자마자 천장을 가득 채운 샹들리에가 눈에 들어왔다. 황금으로 된 벽이 반짝거렸고, 검은색 바닥 또한 광이 날 정도로 깨끗했다.

그리고 대담한 이브닝드레스를 입은 미녀들이 줄지어 서 있었다. 인간족, 엘프족, 수인족, 천사, 악마도 있었다. 각양각색의 호스티스 누님들이었다.

“““어서 오세요~!”””

““아, 안녕하세요…….””

호스티스들이 일제히 미소를 짓자, 마사토와 마왕 하야토는 반사적으로 고개를 숙이며 인사했다.

무심코 볼을 붉힌 마사토는 물론이고, 마왕 하야토 또한 얼굴을 붉히며 긴장했다.

“아버지한테 이 정도는 긴장할 일 아니지 않아?!”

“긴장된다고! 나도 그렇게 경험이 많진 않아! ……참고로, 어떤 시스템의 가게인지도 실은 잘 모르지.”

“뭐어?! 여기까지 와서 그런 소리 마! 그럼 어떻게 하면 되는데?! 이제부터 뭘 어쩌면 좋을지, 나는 전혀 모른다고!”

“걱정하지 마시길. 이 가게는 손님의 안전을 확보하기 위해서 카지노와 동일한 시스템을 채용했으니, 어떤 분이든 마음 놓고 즐길 수 있습니다.”

두 사람을 뒤따라 걸어온 노 지배인이 손뼉을 치면서 호스티스들의 주목을 모았다.

"여러분. 이 손님들은 이런 가게에 익숙하지 않은 분이니, 여러분이 능숙히 리드해 주십시오. 단, 무례는 범하지 마시길. 세계 각지의 가게에서 넘버원이었던 여러분이라면, 그 정도는 해낼 수 있을 테지요?"

""""네, 오너!""""

"멋진 대답이군요. ……그럼 두 분, 즐거운 시간 되십시오."

노 지배인이 물러나자, 호스티스들이 마사토와 마왕 하야토의 주위에 몰려들었다.

둘러보니 하나같이 미녀였다. 그리고 엄청 몸을 들이댔다. 살갗도 무지 드러나 있다. 체취도 끝내줬다. 거침없이 남자의 손을 움켜잡았다. 팔짱을 꼈다. 다, 닿았다!

"저는 이 댄디한 아저씨와 동석할래."

"아, 안녕하세요. 잘 부탁합니다……."

"그럼 나는 이쪽에 있는 젊은 미남을 상대할래. 자 가죠. 두 분 안내합니다~."

"자, 잘 부탁드리옵나이다……."

"어느 자리가 좋을까. 오픈석도 좋지만, 역시 프라이빗룸?"

"당연하잖아. 오너의 손님인걸. 화끈하게 서비스해 주자."

"그럼, 하렘 코스로 안내합니다~!"

""""감사합니다~!""""

"아, 아버지! 코스로 안내되나 봐! 괜찮은 거야?!"

"모르겠구나! 하지만 괜찮을 거라고 믿자! 믿을 수밖에 없어!"

마사토와 마왕 하야토는 좌우만이 아니라 앞뒤로도 미녀를 거느린 채, 안내라기보다 연행되는 느낌으로 이동했다.

가게 중앙부의 넓은 홀. 소파로 구역을 나눈 오픈석이 몇 개 있었다. 하지만 그것은 바로 지나치더니…….

그들이 안내된 곳은 가게 가장 안쪽이다. 꽤 고급스러운 문이 달린 방 두 개가 나란히 있었다. 여기가 프라이빗룸이다.

"자, 도착~. 그럼, 우선 댄디한 아저씨는 오른쪽 방이야."

"어? 혹시 다른 방으로 안내되는 거야?"

"그야 하렘 코스니까요. 자, 들어가세요~."

"어, 농담이지?! 아버지, 기다려!"

아버지를 잡고 싶지만, 마사토는 호스티스에게 둘러싸인 탓에 꼼짝도 할 수 없었다. 아름다운 아가씨들을 밀쳐낼 배짱 또한 없었다.

"마사토, 건투를 빌겠다!"

마왕 하야토는 매우 불안한 표정으로 말하더니, 주위에 있는 호스티스들과 함께 오른쪽에 있는 프라이빗룸으로 안내됐다.

그리고…….

"미남 아드님은 왼쪽 방이야. 자, 들어가자."

"윽……. 으음, 저기……. 아직 마음의 준비가…… 여, 역시, 돌아갈래요! 이러면 안 된다고 생각하거든요!"

"어머나, 풋풋하네. 그러면 이 가게의 신인들을 붙여줄게. 서비스의 질은 좀 떨어질지도 모르지만, 초보자끼리니까 안심이 될 거야."

"아니, 그런 문제가 아니라……!"

"금방 불러올 테니까, 방에서 기다려."

마사토는 프라이빗룸에 떠밀려 들어갔다. 그리고 호스티스는 손 키스를 날린 후, 방문을 닫았다.

안쪽에서는 열리지 않는 구조의, 위험한 문이었다.

실내는 꽤 좁았으며, 오픈 석보다 고급스러운 소파가 원형으로 놓여 있었다.

중앙에는 낮은 테이블이 있으며, 양주잔과 샴페인 잔 같은 고급스러운 잔들과 물병이 놓여 있었다.

저 잔에 술을 따라서, 옆에 앉아 있는 이성과 수다를 떨면서 마시는 게 이런 가게의 취지다. 그런 장소라는 건 알고 있다.

"……맙소사."

마사토는 진짜로 그런 가게에 오고 말았다.

일단 마사토는 소파에 앉았다.

정면에 있는 이 방의 문이 눈에 들어왔다. 저 문으로 들어온 사람을 어떻게 맞이하면 좋을지 모르기에, 문을 등지고 앉을 수 있는 장소로 이동했다.

그대로, 가만히 기다렸다.

"……돌아가겠다고 말해야 해……. 딱 잘라 말하는 거야……. 그래. 말하자. 나는 남자잖아! 할 말이 있으면 딱 잘라서 할 수 있어!"

주문처럼 그런 말을 중얼거리면서, 한동안 기다렸다.

그러자 갑자기 문에서 노크 소리가 들려왔다. 왔다!

마사토는 남자다! 각오를 다진 남자다!

"……드, 들어오세요……."

기어 들어가는 목소리로 그렇게 말한 후, 어쩌면 좋을지 모르겠다는 표정을 지으며 고개를 푹 숙였다. 바로 얼간이 모드가 됐다.

마사토의 등 뒤에서 문이 열리더니, 곧이어 누군가가 들어왔다. 발소리는…… 하나, 둘, 셋…… 넷.

조용했다. 아무도 입을 열지 않았다.

'그러고 보니 신인을 붙여준다고 했는데…… 상대방도 긴장한 걸까…….'

마사토가 죽을 만큼 긴장한 채로 딱딱하게 굳어 있자, 누군가가 그의 오른편에 꽤 거칠게 앉았다. 이어서 누군가가 왼편에 조신하게 앉았다.

이어서 오른쪽 앞에 한 사람, 왼쪽 앞에 한 사람. 총 네 사람이다.

아직 아무도 입을 떼지 않았다. 가져온 술병과 얼음 그릇을 테이블에 두는 건지, 달그락 달그락하는 작은 소리만이 실내에 울려 퍼졌다.

'내가 먼저 말을 꺼내야 하는 분위기일까? 어, 어쩌면 좋지?'

침묵만이 흐르는 이 상황을 견디다 못한 마사토는 머뭇머뭇 시선만을 들어 올렸다.

다리가 보였다. 여성의 다리다. 주위에 있는 네 사람이 입은 다른 색깔 이브닝드레스 자락 아래로, 아름다운 다리가 쭉 뻗어 있었다…….

그렇게 언뜻언뜻 쳐다보고 있을 때, 오른편에 앉은 사람이 자리에서 일어났다. 그리고 마사토의 바로 옆으로 이동하더니, 턱하니 앉으며 그의 어깨를 안았다.

그리고 마사토의 귓가에 대고…….

"이런 데서 뭐 하는 거야. 마마코 씨에게 확 이른다?"

"아니, 그것만은 봐줬으면…… 어?"

귀에 익은 목소리였다. 마사토가 무심코 고개를 들어보니…….

와이즈의 어머니인 밤의 여제, 카즈노의 얼굴이 눈에 들어왔다.

"……어?"

"하하, 오래간만이네~."

카즈노다. 하지만 카즈노만이 아니다.

오른쪽 앞에 앉은 사람은 시라아세. 왼쪽 앞에는 포타의 어머니인 명모(冥母) 하하데스가 있었다.

왼편에서는 메디 어머니가 무지무지하게 엄격한 눈길로 마사토를 노려보고 있었다.

"어어?! 잠깐만, 어라?! 여러분이 왜 여기에……?!"

"그건 내가 할 소리야. 마사토 군. 네가 왜 이런 가게에 있는 거니? 이해가 될 만한 설명을 해줬으면 해."

"에이, 메엄마. 그런 이야기는 나중에 하자. 우선 다 같이 건배부터 하는 거야. 그게 이런 가게에서 놀 때의 매너거든. 호스트클럽을 누비고 다닌 내 말이니까, 믿어도 돼."

"카즈노 씨! 무슨 소리를 하는 거야! 우선 마사토 군에게 설명을……!"

"메디 어머니, 위험해!"

고함을 지른 사람은 샴페인 병을 일부러 메디 어머니를 향해 들면서 마개를 따려 하는 시라아세였다.

"자, 잠깐만?!"

"아앗?!"

코르크 마개가 뿅~! 하고 튀어오르더니, 따악! 하는 소리를 내면서 메디 어머니의 이마에 명중했다.

메디 어머니는 이마를 감싸 쥐며 고통스러워했다. 지금이 기회다.

"시라아세 씨, 나이스. 그럼 사오리데스, 빨리 잔 돌려. 마시자~."

"이상한 호칭으로 부르지 말아 줄래요? 뭐, 됐어요. ……마사토 군은 물론 논 알코올 음료야. 미성년자 손님이라고 들어서, 따로 준비했어."

"아, 고마워요."

샴페인, 그리고 샴페인 느낌의 탄산음료가 담긴 잔을 손에 들더니…….

"그러면 마사토 군과의 재회를 기념해, 건배!"

""""건배!""""

잔이 부딪치는 맑은소리가 울려 퍼진 후, 한 모금 마셨다. 탄산음료가 목을 타고 흘러 들어가는 느낌이 기분 좋았다.

"아, 카즈노 씨! 들러붙지 마세요!"

"으흐흐~. 무슨 소리야. 여기는 유흥업소이고, 우리는 호스티스거든? 이 정도는 여기서 보통이야~."

"아니, 하지만……!"

"너무 빼지 말고, 마음껏 서비스 받아. 친구 어머니에게 접대 받는 기분이 어때?"

"복잡하기 그지없는 마음이 가슴속에서 날뛰고 있네요."

"에이~. 말은 그러지만, 실은 기쁘잖아. ……그런데, 왜 이런 곳에 있는 거야?"

"맞아! 그것부터 설명해 봐! 마사토 군의 나이에 이런 가게에 드나들면 안 되거든?!"

메디 어머니가 부활했다. 무시무시한 표정으로 마사토의 멱살을 움켜쥐더니, 그대로 흔들어댔다. 뇌까지 뒤흔들릴 것만 같았다.

"지, 진정하세요! 제대로 설명할게요! 업무상 교류랄까, 까놓고 말해 아버지가 같이 가자고 했어요! 보호자 동반이면 세이프라고 해서, 시험 운용 중인 이 가게를 찾게 된 거라고요!"

"아무리 보호자 동반이라도 해도 되는 일과 안 되는 일이 있거든?! 정말, 믿기지 않아! 이 일은 절대 그냥 넘어갈 수 없어! 응, 넘어갈 수 없고말고! 이런 일은 벌어져선 안 돼! 마사토 군의 아버님은 어디 계셔?! 직접 만나서 이야기를 나눠봐야겠네! 경우에 따라선…… 콜록콜록!"

"하아~, 정말. 숨 돌려가면서 말 좀 해. 자, 메엄마. 한 모금 해."

"어머, 카즈노 씨는 눈치가 참 좋네! 잘 마실게!"

메디 어머니는 샴페인을 단숨에 들이켜서 목을 축인 후, 다시 마사토를 상대로 머신건 토크를 펼치나 했더니…….

"딸꾹."

얼굴이 벌게지고, 눈이 멍~해진 메엄마도 마사토에게 몸을 기댔다.

"잠깐만요?!"

"마사토 군~, 내 이야기 듣고 있는 거야~. 딸꾹…… 정말, 너무하다니깐……. 딸꾹."

메디 어머니는 완전히 취하고 말았다. 겨우 술 한 잔에 말이다.

"크크큭."

그걸 본 카즈노는 밤의 여제다운 표정으로 웃음을 흘렸다. 술에 약하다는 것을 알면서 먹인 것이다. 진짜 악의 여제다.

"저기, 마사토 군! 내 이야기 듣고 있어?! 내 말 제대로 안 들어주면, 확 귀를 먹어버릴 거야~! 진짜로 먹어버릴 거야~!"

"아, 네! 듣고 있어요! 듣고 있다고요! 무슨 이야기였죠?!"

"그러니까, 너무하단 말이야. 설정이, 사기가 틀림없어~. 그래서 변제를 위해, 이런 일을…… 딸꾹…… 진짜, 너무해~!"

"저기, 무슨 이야기인지 모르겠는데요……."

“좋아. 내가 통역해 줄게.”

“이 시라아세도 알려~ 드리겠습니다.”

명모 하하데스와 시라아세가 자리에서 일어나더니, 마사토의 뒤편으로 이동해서 그의 두 어깨에 얹었다. 가슴을, 턱~ 하고 말이다.

“잠깐만요! 이 두 사람도 취한 거예요?!”

“에이, 괜찮잖아. 신경 쓰지 말고 이야기나 들어. ……우리는 네 아버지의 부탁으로 온 거야. 마왕 퀘스트를 도와줬으면 한댔거든. 하지만 지정된 시간보다 일찍 도착해서……”

“관광이라도 좀 하며 시간을 보내기로 해서, 이 오칸야데에서 가장 큰 카지노에서 놀았더니……”

“아~, 네. 전부 알겠어요. 카지노에서 박살이 나면서 빚을 졌고, 그걸 갚기 위해서 일하게 된 거군요. 맞죠?”

“딩동댕~. 참고로 나는 휘말렸을 뿐이야.”

“카즈노 씨와 메디 어머니가 사고를 쳤고, 하하데스 씨는 휘말린 겁니다. 따님들과 똑같은 일을 겪었다는 것을 알려~ 드립니다.”

“역시 피는 못 속이네요. 알겠어요. 그럼……”

설명이 끝났으니 자기 자리로 돌아가 주리라고 생각했는데…….

명모 하하데스와 시라아세는 마사토에게 몸을 더 기댔다. 찰싹 달라붙었다.

“……저기, 여러분.”

"나도 취했나 봐. 좀 즐겁네. 포타가 항상 신세를 지고 있는 만큼, 서비스해 줄게. 우후후."

"저는 마사토 군을 놀리고 싶을 뿐입니다만…… 뭐…… 때로는 장난이 아니라, 다섯 살 딸을 둔 젊은 어머니로서 당신을 농락하도록 할까요. 후후후."

"그렇게는 안 돼. 마사토 군은 내가 함락시킬래! 그러니까, 친구 엄마가 확 장난을 칠 거야~. 으흐흐흐흐."

"저기, 마사토 군~! 내 말 듣고 있는 거니?! 제대로 안 들어주면, 귀를 확 먹어 치울 거야~!"

게다가 카즈노와 메디 어머니도 더 들러붙었다.

마사토는 그녀들 사이에 끼여서 치였다. 네 명의 어머니에게 사랑받고 있다. 플레이어가 어머니 동반으로 참여하는 이 게임에서만 맛볼 수 있는, 엄마 하렘이 펼쳐졌다!

마사토는 감개무량……!

'저기, 가능하면 그냥 관둬줬으면 좋겠네.'

그렇게 감동적이지는 않았다.

이야기를 다른 방향으로 돌리고 싶다. 그리고 마침 마사토에게는 신경 쓰이는 일이 있었다.

"저, 저기요! 진지하게 물어볼 일이, 아니, 알려~ 줬으면 하는 일이 있는데요!"

"이 시라아세를 지명하는 거군요! 뭡니까!"

"카지노에게 박살이 났다고 했는데, 그건 이상하지 않나요? 이 마을의 카지노에는 특수한 시스템이 있잖아요. 문제가 발생하지 않도록, 자식이 선을 넘으며 도박에 너무 빠져들면 부모가 소환되고 거꾸로 부모가 도박에 빠져들 때는 자식이 소환되는…….”

“그렇습니다만, 마음 놓고 카지노를 즐길 수 있도록 그 시스템을 일시적으로 껐다는 점을 알려~ 드립니다. 이상입니다.”

“아, 그랬군요.”

이야기는 그것으로 끝이다. 다시 어머니들과의 부비부비 타임이 시작됐다. 엄마 하렘은 계속됐…….

아니, 잠깐만.

“……어?”

마사토는 문뜩 떠올렸다.

『이 가게는 손님의 안전을 확보하기 위해서 카지노와 동일한 시스템을 채용했으니, 어떤 분이든 마음 놓고 즐길 수 있습니다.』

노 지배인은 그렇게 말했다.

“……어라?”

마사토에게는, 선을 넘은 어머니들이 들러붙어 있었다. 시라아세의 딸은 게임 세계에 오지 않았지만, 다른 세 어머니의 자식은 이 게임 세계에 있다.

선을 넘으며 유흥업소에 온 마사토의 어머니 또한, 물론 게임 세계에 있다.

그러니…….

“……이거, 큰일 난 거 아냐?”

마사토의 얼굴에서 핏기가 사라졌다.

다음 순간, 입구에서 차분한 노크 소리가 들려왔다.

"……들어오세요."

입실을 허락하자…….

호스티스 느낌으로 아름답게 꾸민 마마코, 와이즈, 메디, 포타가 하나같이 빙그레 미소 지으며 안으로 들어왔다.

이런 상황에서도 여전히 태연한 시라아세를 제외하고, 마사토도, 카즈노도, 술에 취한 메디 어머니도, 명모 하하데스도, 이 세상 모든 절망을 목격한 표정으로 완전히 움직임이 정지되고 말았다.

미소를 짓고 있는 이들이, 천천히 다가왔다.

완전히 정지된 이들은, 움직이지 않았다. 도망칠 수 없었다.

"나한테 있어서는 다양한 의미에서 『엄마 습격(마마레이드)』이었네……. 덧없는 인생이었어……."

완전히 체념한 마사토는 그대로 눈을 감았다.

바로 그때였다.

『아무래도, 여기까지인 것 같군.』

어딘가에서 마왕 하야토의 목소리가 들려왔다.

그와 동시에, 마사토 일행의 발치에 마법원이 떠올랐다.

마마코 일행의 얼굴에서 미소가 사라지더니, 긴장감이 흘렀다.

"어머나, 뭐가 어떻게 된 걸까?"

"저것은 전송 마법과 같은 문양이에요! 큰일 났어요!"

"마사토네 아빠가 엄마들을 대피시키려는 거구나! 괜한 짓 마! 그딴 짓을 하게 둘 것 같아?!"

와이즈가 그대로 카즈노에게 달려들었지만, 간발의 차이로 카즈노가 빛에 휩싸여서 사라졌다.

"으윽?!"

와이즈는 그대로 소파에 얼굴을 부딪치고 말았다. 아프다.

"저기, 마사토네 아빠! 이게 무슨 짓이야!"

『미안하구나. 하지만 카즈노 씨 일행은 앞으로 필요한 인재거든. 그들의 신병을 내줄 수는 없어. 그러니 내가 데려가지.』

"우리 엄마는 아무짝에도 쓸모없거든?! 이제부터 설교 타임이니까 돌려줘! 빨리 내놔~!"

"와이즈 씨가 소란을 피우는 사이에…… 어머님!"

"앗……."

메디가 은근슬쩍 자신의 어머니에게 다가갔지만, 멱살을 움켜쥐기 직전에 메디 어머니도 전송됐다.

"이대로 있다간 우리 엄마도 끌려가고 말 거예요! 엄마~!"

"아아, 사랑하는 내 딸아! 이 어리석은 어미를, 아직도 엄마라고 불러주는 거니!"

포타가 명모 하하데스를 향해 몸을 날렸다. 명모 하하데스가 기뻐하며 딸을 안아주려 했다. 하지만 두 사람이 닿기 직전, 명모 하하데스는 전송되고 말았다.

이제 두 명 남았다.

"시라아세 씨는 아무 데도 안 갈 거지? 시라아세 씨잖아.

자초지종을 제대로 알려~ 줄 거지?"

"마마코 씨가 그렇게 말씀하신다면, 알려~ 드릴 수밖에 없습니다만…… 어이쿠, 예상치 못한 사태가 벌어졌군요."

시라아세는 샴페인 병을 손에 쥐더니, 자기 머리를 톡 때렸다. 시라아세는 사망하고 말았다. 그리고 말 못 하는 관짝이 전송됐다.

네 명의 어머니는 무사히 도망쳤다. 남은 건…….

"좋아! 나이스 아버지! 마지막은 나야! 지금 갈게!"

마사토도 이 최악의 상황에서 전송되어서 구사일생하는 것이다! 전송 마법에 뛰어드는 순간을 이미지하며, 새처럼 두 팔을 파닥거렸다! 자, 이 자리를 이탈……!

마사토의 발치에 있던 마법원이 사라졌다.

"……어?"

마법원은 사라졌다. 전송 효과는 발생하지 않았고, 마사토는 어디로도 전송되지 않았다.

곧 마마코 일행의 손이 마사토의 옷을 꼭 움켜쥐었다. 네, 잡혔습니다.

"어이, 아버지?! 뭐하는 거야?!"

『마사토. 유혹을 이겨냈구나. 나는 마사토의 성장을 두 눈으로 확인했어. 미래로 나아갈 힘도 느껴졌지. 그리고 아버지로서, 아들에게 해주고 싶었던 일도 달성했단다. ……그러니, 시련을 최종단계로 넘어갈까 싶구나.』

"시련 이야기 따윈 나중에 해도 돼! 빨리 나도 대피시켜 줘!"

『아들아, 선물을 주마.』

마사토의 머리 위에 조그마한 마법원이 생겨나더니, 새의 깃털 하나가 하늘거리며 내려왔다. 얼이 나간 마사토의 얼굴에, 그 깃털이 살며시 닿았다.

『그것은 내가 있는 장소에 도달하기 위한 열쇠지. 결전에 걸맞은 장소에서, 아버지 마왕과 아들 용사의 결전을 치르겠어. ……기다리고 있으마.』

"어이! 멋대로 떠들지 마! 그딴 소리 말고, 빨리 나도 대피시켜달라고! 어이, 아버지! 어~이!"

마왕 하야토의 목소리가 끊겼다.

어쩌면 좋을까.

마사토는 손에 쥔 새 깃털을 움켜쥐더니, 결의에 찬 표정으로 동료들을 쳐다봤다.

"다들! 방금 그 말 들었지?! 드디어 마왕과의 결전이야! 괜한 생각 말고, 결의를 다지……!"

"마 군. 일단 카산 왕도의 여관으로 돌아가서 이야기하자. 알았지?"

빙긋.

"……네……."

얼렁뚱땅 넘어가 보려고 했지만, 역시 무리였다.

형장으로 끌려가는 심정으로 여관에 돌아가서 전부 실토한 마사토에게, 형벌이 내려졌다.

"마 군. 반성하고 있다면, 사랑하는 이에게 제대로 보상하렴."

"나한테는 그냥 현물로 때워도 돼~."

"저희 모두를 만족시킬 만한 선물을 준비하는 건, 마사토 군의 소지금으로는 불가능할 테죠. 그러니 노동 서비스로 봐드리겠어요."

"저는 그렇게 화난 건 아니지만, 저만 따돌려지는 건 싫어요! 그러니 잘 부탁드릴게요!"

욕실에 마마코 일행이 줄지어 앉아 있었다. 등을 씻겨달라면서 말이다.

용사 파티의 정례 행사, 알몸 작전회의가 아닌 알몸 봉사 파티다.

"그러면 등을 씻겨드리겠사옵니다……."

마사토는 그녀들의 등을 향해 깊이 고개를 숙인 후, 스펀지에 거품을 냈다.

우선 마마코의 등부터 씻겨주기로 했다. 오일 마사지 덕분인지, 평소보다 감촉이 매끄러운 피부를 상냥히 씻겨줬다.

"엄마, 아니, 어머님. 걱정과 폐를 끼쳐 정말 송구하옵니다……."

"어머나, 참 정중하네. 그런 것에 흥미를 느낄 시기이기는 하지만, 그래도 자기 나이를 생각하며 행동해주렴."

"네……. 두 번 다시 이런 일이 없도록, 자중하겠습니다……."

"좋아요. 그러면 이 어미는 용서해 드리지요. ……하지만 솔직히 말하자면, 안심시켜 줘서 고맙다며 감사하고 싶거든? 우후후."

"?"

무슨 소리인지 모르겠지만, 물을 끼얹어서 엉덩이골에 남아 있는 거품까지 흘려보냈다. 한 명 완료.

다음은 와이즈의 등이다.

"초 절정 현자 와이즈 님. 걱정과……."

"사과는 됐으니까 빨리 씻겨주기나 해~. ……솔직히 말해, 나도 그렇게 화난 건 아냐. 오히려 만족했거든?"

"만족했다니, 그게 무슨 소리야?"

"글쎄~. 무슨 소리일까? 아무튼, 빨리하기나 해."

"으, 응……."

어깨를 부들부들 떨며 웃고 있는 와이즈의 등을, 열심히 씻겨줘다. 물을 끼얹자, 물이 구슬처럼 방울져서 등을 타고 흘러내렸다. 젊어서 그런지, 피부의 윤기가 엄청났다.

다음은 메디의 등이다.

"뱃속까지 새하얀 미소녀 메디 님. 실례하겠습니다."

"참 무례한 인사지만, 관대하게 넘어가 주겠어요. 마사토 군은 저희를 만족시켜 줬으니까요."

"아니, 그러니까 만족했다는 게 대체 무슨 소리야?"

"글쎄요. 심술궂은 미소녀가 아니라 순진무구한 포타 양이라면, 가르쳐줄지도 몰라요."

"아니, 대체 뭐냐고……."

평소 머리카락에 가려져서 보이지 않는 아름다운 목덜미부터 아름다운 등을, 거품을 묻힌 스펀지로 정성껏 문질렀다. 그리고 물을 끼얹어서 봉사 완료.

마지막은 포타의 조그마한 등이다.

"제 마음의 안식처, 포타 공주님. 이 어리석은 자에게 부디 가르쳐 주십시오. 어째서 제가 그런 사고를 쳤는데, 안심하거나 만족하신 건지요."

"그것은, 저희의 기대대로여서예요!"

"기대대로?"

"마사토 씨의 아버님이 온 후로, 마사토 씨는 쭉 성실하고 진지하며 엄청 어른스러웠어요! 이제까지의 마사토 씨와 딴판이었죠! 그래서……!"

"사고 치는 나를 보고, 안심 혹은 만족했다는 거구나."

"네!"

"나는 너희에게 그런 애로 여겨지고 있는 거구나."

"네!"

"하하하. 멋진 대답이야. ……너무하네~."

거품 범벅인 옆구리를 마구 간지럽히자, 포타는 몸을 젖히며 웃음을 터뜨렸다. "우왓! 떨어지겠어요!" 그 바람에 포타의 머리 위에서 떨어지려 하는 숄더백을 손으로 막았다. 세이프.

포타의 등을 씻겨준 마사토는 불만으로 가득 찬 눈길로 그녀들에게 보냈다.

마마코 일행은 몸을 씻고 있었다. 콧노래를 부르며, 만족스

럽다는 듯이, 즐겁게 말이다.

"여러모로 걱정을 끼쳐서, 참~ 죄송합니다."

"우후후. 괜찮아."

"하아……."

불평이라도 한 마디 해주고 싶지만, 원래라면 혼나고도 남을 짓을 했다는 것은 자각하고 있기에, 이제 비긴 것으로 여기기로 했다. 이렇게 봉사 파티는 종료됐다.

마사토는 물통에 찬물을 담은 후, 깍지 낀 손을 안에 넣고 물총을 쐈다.

""꺄앗?!""

그렇게 와이즈와 메디의 등에만 찬물을 날린 후, 물에 몸을 담갔다.

욕조 안은 어깨까지 담글 수 있을 정도로 물이 가득 차 있었다. 아침부터 일하느라 지친 몸에, 따뜻한 물의 온기가 스며들었다.

"하아~ 좋은 물인걸……. 극락이야, 극락."

"『좋은 물인걸』은 무슨! 이게 무슨 짓이야!"

"역시 벌을 줘야겠군요."

몸을 다 씻은 와이즈와 메디가 욕조 안으로 뛰어들더니, 마사토의 양옆을 차지했다. 그리고 그의 팔과 다리를 인정사정없이 꼬집었다. 아프다. 정말 아프다.

마마코와 포타도 욕조 안에 들어와서 마사토에게 벌을 주는 등, 한동안 다 같이 시끌벅적하게 장난을 쳤지만…….

어느새 욕실이 조용해졌다. 마사토가 입을 다문 것이다.

마사토는 느긋하게 물에 몸을 담그더니, 천장을 멍하니 올려다봤다.

다른 이들은 의아한 눈길로 그런 마사토를 응시했다.

"마 군, 왜 그러니?"

"그게 말이야."

마사토는 천천히 손을 들어 올렸다. 그러자, 마왕 하야토에게 받은 깃털이 출현했다.

결전의 땅으로 안내해 주는 그 아이템을, 마사토는 지그시 응시했다.

"……나와 엄마는 이제 사이가 좋아졌지?"

"그래. 이제 누가 보기에도 사이좋은 모자지간이란다. 이 엄마가 보장할게."

"그건 나도 보장할게. 틀림없어."

"이의를 제기할 여지가 없을 만큼, 사이좋은 모자지간이에요."

"저도 그렇게 생각해요!"

"그렇다면, 우리 모자지간은 이 게임의 클리어 조건을 충족시킨 거야."

"아……."

마마코는 낮은 신음을 흘리더니, 표정을 굳혔다. 다른 이들도 말문이 막혔다.

마사토는 깃털을 응시하며 말을 이었다.

"이제까지는 이 게임 세계에서 즐겁게 모험하는 게 나한테 전부였어. 하지만 아버지가 오고, 미래로 나아갈 힘 같은 말을 들으며, 일이라는 걸 해보니…… 나도 슬슬 앞날을 생각하며 행동해야겠다 싶어. 어쩌면 이게 아버지가 바라던 걸지도 모른단 생각이 들어."

"그, 그래. 용사 마 군은 마왕의 책략에 걸려든 걸지도 몰라. 그러니 신중하게 생각해야……."

"하지만 말이야."

마사토는 마마코를 쳐다보며, 살며시 웃음을 흘렸다.

"그것도 그것대로 나쁘지 않다는 생각이 들어. 아버지 마왕과의 결전을 마침표 삼아서 이 게임을 클리어하고, 내 미래로 나아가는 거야. 그 후로는 현실 세계에서 자기 장래와 배틀하자…… 같은 생각을 하고 있는데, 엄마 생각은 어때?"

"어, 엄마는…… 글, 쎄……. 생각할 시간을 좀 주렴……."

평소와 다르게 말끝을 흐린 마마코는 마사토에게서 시선을 돌렸다.

그러자…….

"정말. 평소의 마사토로 돌아간 줄 알았더니, 또 진지한 소리를 늘어놓네."

"참 못 말리는 사람이에요. 저희의 기분을 미묘하게 만들다니, 대체 뭘 어쩌려는 거죠?"

와이즈와 메디는 마사토의 등을 찰싹! 소리 나게 때렸다.

두 사람은 미소 짓고 있었다.

"마사토가 하고 싶은 대로 하면 되지 않을까? 이 초 절정 현자님도 힘을 빌려줄게.”

“저도 함께하겠어요. 단, 조건이 있어요.”

“조건?”

“게임을 클리어해서 파티를 해산하게 되더라도, 저희와의 유대를 절대 잊지 않을 것. 이 조건은 반드시 지켜주세요.”

“그리고 혼자만 멋대로 어른이 되는 것도 금지. 이것도 조건이야. 우리의 마음을 상하게 하면, 절대 용서 안 할 거야.”

“기왕이면 와이즈 양과 마사토 군이 사귀는 것을 조건으로 넣으면 어때요?”

“뭐어?! 잠깐만, 메디?! 너 무슨 소리를……!”

“그러면 제가 확 채갈 테니까요.” 빙긋.

“왜 그런 치정 드라마를 전제 삼아서 사귀어야 하는 건데! ……뭐, 그런 건 상황에 맡기기로 하고…… 아무튼 마사토. 오케이인 거지?”

“오케이야.”

마사토는 맹세한다는 듯이 주먹을 내밀었다.

와이즈와 메디가 주먹을 맞대며, 약속을 하는 듯…… 했던 두 사람은 물속에서 깍지를 끼더니, 마사토의 안면을 향해 물을 날렸다.

“이것들이 정말~!”

“흐흥~.”

“복수예요.”

일단 약속은 한 것 같았다.

그렇게 물놀이를 하고 있을 때, 포타가 긴장한 표정으로 다가왔다.

"저기, 마사토 씨! 그리고 와이즈 씨와 메디 씨!"

"어? 포타, 왜 그래?"

"저는 현실 세계에 돌아가면 초등학생인데, 그래도 지금처럼 사이좋게 지내줄 거예요?! 같이 놀고, 같이 외출해 줄 거예요?!"

그 필사적인 외침에, 마사토 일행은 힘차게 고개를 끄덕여서 답했다.

"당연하잖아. 포타도 함께야. 왕창 놀러 다닐 거니까 각오해."

"마사토가 그렇게 말하니 범죄 냄새가 풀풀 나네~."

"놀기만 하는 게 아니라, 공부도 해야겠죠. 마사토 군과 와이즈 양이 선생님을 맡으면 불안할 테니까, 공부는 저한테 맡겨주세요."

"한소리 하고 싶지만, 그런 쪽은 메디에게 맡기겠어. 나는 화장이나 요리를 담당할래. 특히 요리는 메디에게 절대 못 맡기거든~."

"그러면 나는 오빠란 존재를 가르쳐주겠어! ……알았지? 포타."

"네! 저, 안심했어요! 이제 아무 걱정 없어요! 저도 마사토 씨의 힘이 될래요!"

"고마워. 그러면 맹세의 물총 세례를 받아라, 간다!"

마사토 일행은 물총을 쏠 자세를 취했다.

"우왓! 아, 안 질 거예요!"

포타도 물총을 쐈지만, 멀리 날아가지 않았다. 그래서 양손으로 물을 끼얹는 싸움으로 변경했다.

그렇게 환성을 지르며 서로에게 물을 끼얹던 마사토 일행은…… 곧 누가 먼저랄 것 없이 손을 멈췄다.

은근슬쩍 끼어들어서, 누구보다도 즐기며, 슬며시 마사토에게 찰싹 달라붙어야 하는 사람이 있는데, 아무리 기다려도 그 사람이 참가하지 않았다.

아까부터 마마코는 고개를 푹 숙인 채 생각에 잠겨 있었다.

'엄마…….'

모험의 나날을 통해, 마사토는 어머니의 마음을 헤아릴 수 있게 됐다. 마마코가 무슨 생각을 하고 있을지, 짐작이 됐다.

게임을 클리어한다는 건, 어머니 동반 모험의 끝을 의미한다.

게임 세계에서 보낸 나날을, 사랑하는 아들과 함께 보낸 시간을, 마마코가 얼마나 사랑했는지는 누구나 알고 있다.

그 행복이 끝내자는 제안을, 마사토가 한 것이다.

'……하지만, 미안하다고 말해선 안 될 거야.'

마사토는 자신의 의지로, 인생이란 의미에서 앞으로 나아가려 하는 것이다.

누구라도, 설령 부모도, 그것을 막을 권리는 없다.

하지만 그런 식으로 말하면 쓸쓸할 것이다. 부모를 밀쳐내는 것이나 다름없다. 그러니 서로가 받아들이며 나아가는 게 최선이라 생각하기에…… 마사토는 소망했다. 마마코가 이해해 주기를 말이다.

마사토가 지그시 응시하자, 마마코는 고개를 들었다.

"……마 군. 저기 말이야."

"응? 뭐야? 엄마."

마마코는 두 팔을 펼쳤다. 『이리 오렴』 하고 마사토에게 말하고 있다. 꼭 안아주고 싶은 것 같았다.

"아니, 그건 좀…… 하다못해 옷을 입고 나서……."

"이제 와서 무슨 소리야."

"아들 용사밖에 못하는 일이에요. 용기를 내세요."

"마사토 씨! 파이팅!"

"으음…… 알았어……. 그럼……."

놀리는 기색이 없는, 이해심 넘치는 여자애들의 응원을 받으면서…….

마사토는 마마코에게 포옹을 받았다.

볼에 닿은 어머니의 가슴은 따뜻했다. 어머니 또한, 자식이란 존재를 온몸으로 느끼고 있었다.

그렇게 마사토를 느끼고 또 느낀 후…….

"……마 군, 고마워."

"으, 응. 이제 됐어?"

"응. 충분해. 이 엄마도 이해했단다."

마사토에게서 떨어진 마마코는 평소와 다름없는 애정 넘치는 미소를 지으며 아들을 응시했다.

"가장 중요한 건 마 군의 마음이야. 그게 이 엄마에게 있어 가장 중요해. 쓸쓸하기는 하지만…… 그래도 이 엄마는 미래로 나아가려 하는 마 군의 등을 밀어줄래. 누구보다도 마 군을 아끼는 어머니로서 말이야."

"응. 잘 됐어. 하지만 딱 하나만 약속해 주지 않을래? 아버지가 계기이기는 하지만, 이건 내가 결정한 거야. 그러니까, 아버지를 원망하지 말아줬으면 해."

"그건 걱정하지 말렴. 원망하지 않아. ……마 군을 유흥업소에 데려간 것에 대해서는 나중에 제대로 이야기를 나눠야겠지만 말이야. 우후후."

"그, 그래. 그건 알아서 해……. 엄마."

"응."

"이해해 줘서, 고마워. 정말, 감사합니다."

마사토는 그 자리에서 무릎을 꿇더니, 진심을 담아, 고개를 깊이 숙였다.

"어머나. 이럴 것까지는 없는데 말이야."

머리를 쓰다듬어주는 마마코의 손길이 참 기분 좋았다.

소원은 이뤄졌다. 동료도 전부 모였다. 할 일도 알고 있다. 그렇다면…….

마사토는 고개를 들더니, 동료들을 둘러봤다.

"그러면, 다들……!"

"그러면 다들, 내일은 마왕과의 결전이야. 힘내자. 오오~!"

""""오오~!""""

"끝까지 이러기냐고! 그리고 싸우는 건 나거든?! 서포트 잘 부탁해!"

역시 마사토는 끝까지 중요한 역할을 마마코에게 빼앗기고 말았다.

“자. 이야기 나누다 보니, 너무 오래 욕실에 있었네.”

“어어어…… 저, 좀 어지러워요…….”

“저희도 현기증이 날 것 같네요. 빨리 나가죠.”

“마사토. 우리는 먼저 나가볼게. 어째야 하는지 알고 있지?”

“그래. 2천까지 센 후에 나가겠어.”

마마코 일행이 먼저 몸을 일으키더니, 욕조에서 나갔다.

흔들리는 네 쌍의 엉덩이를 배웅한 마사토는 다시 몸을 물에 담그더니, 숫자를 세려고…….

“……어?”

그 순간, 미세한 위화감을 느꼈다.

말로 형용할 수 없지만, 물 안에 있는데도 부력이 느껴지지 않는 것 같았다.

마사토 자신이 아니라, 욕조를 비롯해 욕실 안에 있는 모든 것이 소리나 진동 없이 일제히 가라앉은 듯한…….

그런 한순간의, 말로 형용할 수 없는 감각이었다.

“방금 그건, 뭐지?”

모르겠다…….

「부모자식간의 의식조사 최종 테스트 모험가용」

ATTITUDE SURVEY VOL.3

【질문 : 어머니와는 사이가 좋은 편?】

정말 사이가 좋아요!

【질문 : 어머니와 대화를 나누는 편? 나눈다면 얼마나?】

실컷 이야기를 나눠요!

【질문 : 최근에 어머니에게 듣고 기뻤던 말은?】

그 무엇보다도 제가 소중하다고, 말해주셨어요!
참 기뻤어요!

【질문 : 최근에 어머니에게 듣고 싫었던 말은?】

이만 가볼게…… 아, 아무것도 아니에요! 일 때문에 현실 세계로 돌아가는 건 어쩔 수 없는 일이니까요!

【질문 : 어머니와 함께 쇼핑을 한 적은?】

아직 따로 살고 있어서 거의 없지만,
같이 살게 되면 같이 쇼핑 다니고 싶어요!

CONFIDENTIAL

【질문 : 어머니를 자주 돕는 편?】

해요! 저한테 맡겨만 주세요!

【질문 : 어머니가 좋아하는 것은?】

저를 좋아한다고 말했어요!

【질문 : 어머니가 싫어하는 것은?】

끝날 줄 모르는 회의라고 했어요!

【질문 : 어머니의 장점은?】

전부예요!

【질문 : 어머니의 단점은?】

없어요!

【질문 : 어머니와 함께 모험을 한다면 사이가 좋아질 것 같습니까?】

네!

답변자 : 포타

제4장
모험의 끝이란, 어떤 걸까……. 생각하다 보니 잠들고 말았다.

마사토는 문뜩 눈을 떴다.

이른 아침이다. 창문의 커튼 사이로 어렴풋이 빛이 스며들 정도이며, 방 안은 어둡다. 마음이 조급해진 건지, 너무 일찍 일어난 것 같았다.

몸을 일으키려고 하니, 몸 곳곳이 따뜻한 무언가에 눌리고 있는 탓에 꼼짝도 할 수 없었다.

침대 두 개를 붙여서 두 배 사이즈가 된 침대 위에는…….

한가운데에 마사토가 누워 있고, 포타와 메디가 좌우에서 그와 몸을 맞대고 있었다. 와이즈는 잠버릇이 고약한지, 마사토의 다리 위에 드러누워 있었다. 좀 무거웠다.

결전에 대비해 미팅했는데, 그 와중에 다들 곯아떨어지면서 이런 상황이 벌어지고 말았다.

'평소 같으면 관짝 코스였겠지……. 잘 됐다고 해야 할지, 좀 아쉽다고 해야 할지…… 아무튼 기분이 복잡해.'

세 사람을 깨우지 않기 위해 조심조심 침대에서 빠져나온 마사토는 다시 동료들을 돌아보았다.

메디는 추운 건지, 포타를 끌어안았다. 허그 베개가 된 포타는 약간 괴로워했다. 와이즈는 좌우로 굴러다니더니, 침대 가장자리에서 떨어지기 직전에 움직임을 멈췄다.

이제까지 몇 번이나 본 광경이다. 당연한 듯이 봐왔다.

마왕 하야토와의 싸움이 끝나서 게임을 클리어하면, 이제 못 볼지도 모른다.

"……이런 것도 추억으로 남는 걸까."

그렇다면 좀 더 멀쩡한 모습을 추억으로 남겨두고 싶다고 문뜩 생각하며 쓴웃음을 머금은 후…….

마사토는 조용히 옷을 챙겨 입고, 방을 나섰다.

결전을 앞둔 날의 아침이다.

복도는 조용했다. 다른 손님도 있을 테지만, 아직 자는 것 같았다.

발소리를 내지 않으려고 조심하며 아래층으로 내려가 보니, 친숙한 된장국 냄새가 느껴졌다.

"하아. 여기는 판타지 세계인데 말이야."

쓴웃음을 머금으며 식당으로 가보니, 주방 안에 있는 그 사람의 뒷모습이 눈에 들어왔다.

마마코다.

함께 게임 세계에 온, 친어머니다.

뭐가 그렇게 즐거운 건지 콧노래를 흥얼거리면서, 그리고 허리를 흔들면서 아침 식사를 준비하고 있다……가, 갑자기 뒤를 돌아봤다. 아들 센서가 반응한 것일까.

"어머, 마 군. 좋은 아침."

"좋은 아침이야, 엄마."

"오늘도 일찍 일어났네. 아침 다 되어가니까, 곧 깨우러 갈 생각이었단다."

"왠지 잠이 깼거든. 기대에 부응 못 해 미안해."

"후후. 그래. 모닝 서비스를 못 해줘서 이 엄마도 흥, 흥~이야."

말은 그렇게 했지만, 아들을 응시하는 마마코의 얼굴에는 미소가 어려 있었다.

평소와 다름없는 마마코다.

"대신, 마 군이 볼에 뽀뽀를 해줘도 되거든?"

"잠꼬대는 자면서 해. 다음에 기회가 있으면 해줄게."

"어머, 아쉬워라. ……아침 준비에 시간이 조금 더 걸릴 것 같으니까, 마 군은 느긋하게 있어."

"응. 그럴게."

아침 식사 메뉴는 밥과 된장국, 구운 생선, 달걀과 채소 절임 등이다. 부엌에서 준비되고 있는 메뉴를 훑어본 마사토는 식탁으로 이동했다.

의자에 대충 앉아서, 어머니의 뒷모습을 쳐다봤다.

'엄마는 평소와 다름없네.'

아무리 봐도, 평소와 다름없는 마마코다.

현실 세계에 돌아가더라도 부엌에 가면 볼 수 있을, 어머니의 모습이다. 딱히 특별한 구석은 없다. 분명 앞으로도, 마음만 먹으면 언제든지 볼 수 있다.

그 모습에서 눈을 뗄 수가 없었다.

"……저기, 엄마."

"왜?"

"질문. 게임 세계에서 요리를 해보니 어떠셨습니까."

앙케트 느낌으로 묻자, 마마코는 뒤돌아선 채 고개를 살짝 갸웃거렸다.

"전자제품의 고마움을 알게 됐어. 특히 전기밥솥 같은 거 말이야."

"하하하. 현실적인 감상이네."

"그래. 밥을 맛있게 짓는 건 실은 참 어렵단다."

"그렇구나. 그러면 나도 자취하게 되면, 일단 밥솥은 꼭 살게. 그리고 전자레인지도 말이야."

마사토가 별생각 없이 그렇게 말하자…….

채소 절임을 써는 건지, 리드미컬한 칼 소리를 내던 마마코가 칼질을 멈췄다.

"……마 군은 자취할 거야?"

"혼자 살게 된다면 말이야. 아직 예정은 없어."

"그건 언제쯤일까?"

"언제쯤이라니……. 일단 이 게임을 클리어하고, 현실 세계에 돌아가서…… 학교에 다니며, 진학하고, 진로가 결정되면…… 뭐, 먼 훗날의 일일 거야."

"먼 훗날의 일이지만, 혼자 살기는 할 거야? 그러고 싶어?"

"왠지 한 번쯤은 혼자 살아보고 싶긴 하네."

"그렇구나……."

마마코는 다시 칼질을 시작했다. 톡톡, 톡톡, 하고 일정한 리듬으로 소리가 들려왔다.

그렇게 손을 움직이면서…….

"마 군이 혼자 살게 된다면…… 이 엄마도, 몰래 따라갈까?"

"그걸 혼자 사는 거라고 할 수 있어?"

"우후후. 그래. 마 군과 둘이 함께 이사하는 게 되겠네."

"그런 이상한 소리 좀 하지 마."

"우후후. 이상한 엄마라 미안해."

즐거운 듯이 웃은 마마코가 다시 요리에 집중하기 시작했다.

바로 그때였다.

'……어?'

마사토는 또 기묘한 감각에 휩싸였다. 어젯밤에 욕실에서 느꼈던 바로 그것이다.

소리도, 진동도 없이, 자신을 포함한 주위의 모든 것이 가라앉는 듯한 느낌이다.

어젯밤보다 대폭 가라앉은 듯한 느낌도 들었다.

'……아닐 거야.'

일전에 명모 하하데스가 온 세상의 아이들이 홀로서기를 하게 만들려 했을 때, 어머니의 가라앉은 마음 탓에 세계 각지의 지면과 바닥에 파이는 사태가 발생했다.

어쩌면 마마코가 그런 현상을 일으키고 있는 걸지도 모른다고 생각했지만…….

"흥흐~흥. 마 군은~, 엄마의~, 자랑스러운 아들이야~. 마 군은~, 엄마를 참 좋아해~. 흐흐~흥. 우후후."

자작 아들 LOVE 송을 부르면서 요리하는 마마코는 딱히 기분이 가라앉은 것처럼 보이지 않았다. 오히려 기운이 넘쳤다. 아들이 머리를 감싸 쥘 정도로 말이다.

착각일 것이다.

"그래. 엄마는 최강의 어머니잖아."

"마 군? 무슨 말 했어?"

"아무것도 아냐."

그런 이야기를 나누고 있을 때, 복도 쪽에서 발소리가 들려왔다.

"하암~."

"와이즈 양, 조신하게 좀 구세요."

"좋은 아침이에요!"

다른 세 사람이 깬 것 같았다.

타이밍 좋게 아침 식사가 완성됐다. 마마코가 된장국이 담긴 냄비를 자랑하듯 들어 보였다.

"다들 왔구나. 그러면 아침 먹자. 오늘은 된장국이 참 맛있게 됐어."

정신이 확 든 여자애들이 마마코에게 달려갔다.

마사토도 영차 하며 자리에서 일어났다.

"좋아. 밥 먹자."

앞으로 몇 번 맛보지 못할, 게임 세계에서의 아침 식사다.

아침을 깨끗하게 먹어 치운 후, 출발 준비를 마친 마사토 일행은 여관을 나섰다.

아직 길을 오가는 사람들이 적은 길을 따라 나아가려 할 때, 마마코가 입을 열었다.

"그런데 마 군. 어디로 갈 거니?"

"아니, 그야…… 어디지?"

결전에 걸맞은 장소에서 기다리겠다고 했는데, 그 장소가 어디인지 자세하게 설명해 주지는 않았다.

와이즈 일행의 불신감이 담긴 시선이 따가웠다.

"으음…… 그, 그래! 아버지에게 받은 아이템! 그것이 인도해 줄 게 틀림없어! 분명해!"

"대충 둘러대는 것 같은데~."

"진짜라고! 잘 봐!"

마사토가 손을 들었다. 그러자 마왕 하야토에게 받은 깃털이 출현했다.

그 깃털은 마사토의 손바닥에 내려앉는가 싶더니, 갑작스러운 바람에 휩쓸려서 날아갔다.

"어?"

"우왓! 점점 멀리 날아가고 있어요!"

"빨리 쫓아가죠! 마사토 군!"

"으, 응! 다들, 가자!"

깃털은 카산 왕도를 한눈에 내려볼 수 있는 높이까지 날아오르더니, 그대로 바람에 휩쓸려 날아갔다.

마사토 일행은 허둥지둥 그 뒤를 쫓았다. 하늘을 올려다보며, 전력으로 길을 따라 뛰어갔다.

그리고 길모퉁이에 도착한 순간…….

"지각이야, 지각~! ……어?"

"어? 우왓?!"

길모퉁이 너머에서, 식빵을 입에 문 소녀가 갑자기 나타났다. 부딪친다!

"하지만 피했어!"

마사토는 즉시 점프해서 뛰어넘……으려 했지만, 무리였다. 결국 부딪치고 말았다.

퍼억~ 하고 부딪친 바람에 그 자리에서 엉덩방아를 찧은 이는 바로, 엄마 해결사의 점원인 모네였다.

"뭐야, 모네잖아! 깜짝 놀랐다고!"

"어? 왜, 왜, 내 이름을 알고 있는 건데? 너는 누구야?"

"누구냐니…… 아, 맞다. 아직 기억이 봉인되어 있었지……."

"기억? 봉인? 무슨 소리를…… 어라? 아, 생각났다!"

"오오! 운명적인 만남이 기적을……!"

"며칠 전에 시라아세 씨가 데려왔던 사람이구나! 응, 기억해!"

틀렸다. 모네는 마사토가 누구인지 모른다. 마마코와 다른 이들에게도 전에 만난 적 있는 손님을 보는 듯한 눈길을 보내고 있었다.

그렇게 가까웠던 이의 이런 태도를 보니, 참 안타까웠다. 괜히 슬퍼졌다. 기억을 되찾아주고 싶지만…… 하늘을 올려다보니, 이러는 사이에도 여전히 깃털은 날아가고 있었다. 이대로 있다간 놓칠 것 같았다.

지금은 참는 수밖에 없다.

"놀라게 해서 미안해! 지금 좀 바쁘거든! 나중에 봐!"

"아, 응. ……또 봐……."

모네의 손을 잡아끌어서 일으켜 세워준 후, 마사토는 그대로 뛰어갔다. 쓸쓸한 눈길로 모네를 쳐다보던 마마코와 다른 이들도 마사토를 뒤따르며 내달렸다.

길 가는 사람들 또한, 마사토 일행에 관한 기억이 여전히 봉인된 것 같았다. 이게 대체 무슨 일이냐고 말하는 듯한 눈길로, 열심히 뛰어가는 마사토 일행을 쳐다볼 뿐이었다.

카산 왕도는 마사토 일행이 가장 오래 머물렀던 장소다. 지인도, 아는 이도, 다른 마을보다 많다. 특히 마마코에게는 제발 좀 봐달라는 소리가 절로 나올 만큼 사람들이 몰려들었다.

자신들을 알아보는 사람이 한 명도 없는 길을, 하염없이 내달렸다.

"저기, 마 군. 게임을 클리어하기 전에 세계를 느긋하게 한 번 돌아보는 건 어떨까?"

"나도 찬성이야. 이대로 작별하는 건 너무 쓸쓸해."

"저도 인사하고 싶은 사람이 잔뜩 있어요!"
"기억의 봉인이 풀린 후에, 인사를 나누는 게 어떨까요."
"그래. 그렇게 하자."
꼭 돌아오겠다고 마음속으로 맹세하면서…….
마사토 일행은 하염없이 깃털을 쫓아갔다…….

깃털을 쫓다 보니, 어느새 카산 왕도를 벗어났다.
용사 파티의 레벨을 두려워하는 건지, 필드 상의 졸개 몬스터는 몸을 숨겼다. 추억 삼아서 해치울까도 했지만, 그것도 전부 끝낸 후에 해야 할 것 같았다.
"하아, 젠장! 구름 색깔과 비슷해서 잘 안 보여!"
"이 상황에서 믿을 건 포타 양의 눈뿐이군요. 놓치지 않도록 주의해 주세요."
"네! 저에게 맡겨…… 앗! 전송 포인트 쪽에서 멈췄어요!"
"오케이! 가자!"
일행은 언덕 꼭대기로 이어지는 계단을 뛰어 올라가더니, 전송 포인트에 도착했다.
공중에 뜬 채 움직이지 않는 깃털과 지면에 그려진 전송용 마법원이 마치 호응하고 있는 것처럼 빛을 뿜었다.
"용사인 나는 알 수 있어……. 여기서 전송되어야 하는 게 틀림없어!"
"누구라도 보면 알 수 있을걸?"

"그럴 거야~. 그럼, 농담은 이만하기로 하고……."

드디어 결전이다. 마사토는 용사이자 리더로서, 동료들의 상태를 체크했다.

우선 포타.

"우리 파티 두 번째 동료, 여행상인 포타. 준비는 됐어?"

"네! 아이템 준비는 완벽해요! 서포트는 맡겨만 주세요!"

"좋아. 그럼, 바로 지금 바로 와이즈에게 마법 봉인을 푸는 아이템을 써줘. 아마 이미 걸렸을 거야."

"알았어요!"

"아니, 안 걸렸거든?!"

다음은 와이즈.

"세 번째 동료, 현자 와이즈. 준비는 됐어?"

"오케이야~. 마력은 만땅. 그 어떤 몬스터도, 겸사겸사 마사토네 아빠도, 내 초 절정 마법으로 날려버리겠어!"

"몬스터는 괜찮지만, 아버지는 나한테 양보해 줘. 진짜로 부탁할게. ……그런데, 진짜로 마법이 봉인 당하지 않은 거야? 진짜로 괜찮아? 괜찮은 거야?"

"왜 그렇게 걱정하는 건데?! 괜찮다니까 그러네! 마법을 봉인 당하진……!"

"……스파라 라 마지아 벨 미라레…… 침묵(타체레)."

"앗, 메디! 몰래 봉인하지 말란 말이야!"

다음은 메디.

"네 번째 동료, 치유술사 메디. 준비는 됐어?"

"네. 완벽해요. 보조와 회복 마법은 저에게 맡겨주세요. ……하지만……."

"왜 그래?"

"동료가 된 순서대로니 어쩔 수 없겠지만『네 번째』인 게 좀 마음에 안 든달까요……. 괜히 우울한 기분이…… 하아~. 저를 네 번째 취급하다니, 목숨이 필요 없나 보군요……." ……고오오오…….

"이럴 때야말로, 걷어차여도 부서지지 않는 와이즈 벽!"

"흐흥~. 메디는 네 번째. 나는 세 번째. 즉, 메디는 내 밑, 아얏?!"

다크 파워 대처는 와이즈의 정강이에 맡기기로 했다.

마지막이자 최초의 동료는 물론, 마마코.

"내 첫 번째 동료, 평범한 용사의 어머니에서『마 군의 어머니』로 직업명을 변경했지? 뭐, 아무튼…… 오오스키 마마코."

"어머나. 마 군한테 풀 네임으로 불리니, 왠지 기분이 이상해."

"그렇지? 그럼, 평소대로…… 엄마. 준비는 됐어?"

"응. 이 엄마는 준비 오케이란다. 마 군을 힘껏 응원할게. 그리고……."

한순간, 망설이는 듯한 모습을 보인 마마코는…….

"게임을 클리어해서, 이 엄마와 함께 현실 세계로 돌아가는 거야."

평소와 다름없는 미소를 지어 보이며 그렇게 말했다.

진짜로 평소와 다름없는 마마코다. 걱정할 필요는 없어 보였다.

마사토는 고개를 끄덕이더니, 전송용 마법원으로 향했다.

"그러면 가자."

출발이다. 마법원 위에 선 마사토 일행이, 전송의 빛에 휩싸였다.

바로 그때였다.

지상의 그 어디도 아닌, 마치 관제탑처럼 제어판이 수도 없이 놓인 실내에서…….

"이럴 수가……. 이런 일이, 일어날 수 있는 건가?"

마왕 하야토와 어머니들이 모여서, 명모 하하데스가 조작하고 있는 제어판의 화면을 지그시 응시하고 있었다.

화면에는 게임 세계 전역의 지도, 그리고 각지의 표고(標高)와 각 해역의 깊이가 수치로 표시되어 있었다. 문제는 그 수치. 특히 바다의 깊이다.

모든 해역에서, 수치가 간헐적으로 줄어들고 있었다.

"이건 즉, 바닷물이 줄어들고 있단 의미지?"

카즈노가 혼잣말하듯 그렇게 묻자, 메디 어머니가 고개를 가로저었다.

"그뿐이라면 각지의 표고도 변화했을 거야. 하지만 그건 변동이 없어."

"그 말은……."

"해수면의 낮아지는 것과 같은 속도로, 육지도 가라앉고 있다는 것을 알려~ 드립니다."

시라아세는 운영용 휴대 단말로 데이터 수집을 시작했다.

게임 세계는 데이터로 구성된 세계다. 육지 맵과 바다 맵이 이어져서 세계를 형성하고 있다.

육지와 해수면이 가라앉았다는 것은 단면적으로 볼 때, 쌓아놓은 블록의 아래 블록을 뺀 것처럼 하층부의 데이터가 소실됐다고 생각할 수 있지만…….

데이터 량을 조사한 시라아세는 더욱 당혹스러워했다.

"전체적인 데이터 양에는 변화가 없다? ……하하데스 씨, 이게 대체 어떻게 된 것 같습니까?"

"가라앉은 양이 어딘가에 축적되어 있다고 생각해야 할 거야. 에너지로 변환되어 집약되고 있는 거네."

화면을 뚫어지게 쳐다보고 있던 명모 하하데스는 안경을 벗고 눈구석을 손가락으로 누르더니, 허탈한 웃음을 흘렸다.

"이 세상에 이런 범상치 않은 현상을 일으킬 수 있는 사람은…… 내가 알기로 딱 한 명뿐이야. 시리아세 씨는 어떻게 생각해?"

"이런 우연도 다 있군요. 저도 딱 한 명밖에 알지 못합니다. ……어머니들의 낙담으로 인해 세계 각지가 움푹 팰 때와는 차원이 다르군요……. 표면상으로는 평온한 상태를 유지한 채, 바다와 대지가 가라앉으면서 위험한 에너지를 축적하다니…….
하아, 당신의 아내는 정말 상상을 초월하는 분 같습니다."

시라아세가 놀리는 투로 그렇게 말하자…….

마왕 하야토는 쓴웃음을 머금은 후에 표정을 굳혔다.

"저 혼자서는 어찌할 수 없었겠죠. 시라아세 씨에게 조언을 듣고, 여러분에게 협력을 요청하기 잘했습니다. 부디, 힘을 빌려주십시오. ……절대적인 어머니의 힘에 이기지 못한다면, 마사토에게 미래는 없어요."

그 말을 들은 어머니들이 굳은 표정으로 고개를 끄덕였다.

이 자리에 있는 어머니들은 총 네 명이다.

"시라아세 씨. 그러고 보니 도움을 주시기로 한 분이 한 명 더 계신 것으로 알고 있습니다만……."

"안심하십시오. 이미 오셨습니다. 자식과 함께 모험하고 싶어서 밖에 나가 계시지만, 자기 차례가 되면 바로 등장하실 겁니다. 그런 게 가능한 분이니까요."

"알겠습니다. 그러면 이쪽은 완벽하게 준비를 마쳤다고 봐도 되겠군요."

마왕 하야토는 방을 나섰다. 자동문이 열리자, 과학적인 재질의 복도를 나아간 그는 베란다에 섰다.

그 앞에 펼쳐진 푸른 하늘에서, 전송의 빛이 쏟아져 내리고 있었다.

"……왔구나, 마사토."

아들을 맞이해 싸울 준비를 마친 아버지는 미소를 머금었다.

빛과 함께 공중에 붕 떠 있는 느낌이 사라졌다.

마사토가 눈을 슬며시 써 보니, 결전의 땅이 눈앞에 펼쳐져 있었다.

“맙소사…….”

하늘이었다. 주위에는 푸른 하늘이 펼쳐져 있었으며, 구름이 아래편에 존재했다.

정면에는 지상에 존재하는 것과 분위기가 명백하게 다른 도시가 있었다. 건물은 하나같이 미래적인 디자인이지만, 이미 풍화되어 있었다. 태고의 시대에 다른 별에서 온 초 문명의 유물처럼 말이다.

그런 도시를 통째로 실은 채 하늘을 날고 있는 배. 그 배의 뱃머리 부분에 마사토 일행은 서 있었다.

마사토의 눈에서, 눈물이 줄줄 흘러내렸다.

“크윽! 아버지는 뭘 좀 아네! 초 고대 문명! 하늘을 나는 배! 내 마음을 달아오르게 만드는 것들만 준비해 놨잖아!”

“그래, 참 잘됐네. 그리고 몬스터도 있는걸.”

“조심하세요! 무지 많아요!”

갑자기 몬스터가 몰려왔다. 흉흉한 눈동자로 마사토 일행을 노려보더니, 곧장 쇄도했다.

하늘을 나는 중형 드래곤, 와이번 무리가 나타났다!

마사토는 눈물이 멎지를 않았다.

“하늘의 적! 게다가 드래곤! 우와아아아아앗! 내가! 내가아아아아아!”

"아버님과 싸울 힘을 온존하라고 말해봤자 들어줄 것 같지 않군요."

"그러면 마 군, 마음껏 즐기렴."

"응~~~~~~! 다녀올게에에에에엣!"

유원지에 도착한 어린애도 이렇게 즐거워하지 않을 텐데, 싶을 정도로 마사토는 기뻐하며 달려갔다. 순진한 정도를 넘어서 아예 바보다.

그리고 순식간에 스위치가 켜졌다.

"하늘의 적은, 내 사냥감이야! 받아라아아아앗!"

냉정하게, 가장 가까운 곳에 있는 적을 노리면서 성검 필마멘트를 휘둘렀다.

충격파가 뿜어져 나가더니, 드래곤 특유의 단단한 비늘을 지닌 표적을 그대로 두 동강 냈다.

같은 편이 당한 바람에 분노한 와이번 네 마리가 일제히 마사토의 전후좌우에서 달려들었다.

마사토의 얼굴에는 싸움을 즐기는 듯한 미소가 어렸다.

"천공의 용사님을 얕보지 말라고!"

마사토는 검을 수평으로 들더니, 한 바퀴 회전하듯 휘둘렀다. 그에 따라 발생한 충격파가 분열하더니, 매 같은 형태로 바뀌어서 와이번을 노렸다.

날카로운 발톱으로, 부리로, 각각의 표적과 격렬한 공중전을 펼치더니…… 매들은 와이번의 목을 잡고 그대로 급강하해서 지면에 내동댕이쳤다. 네 마리를 동시에 격파했다.

"좋아! 다음!"

하늘의 적은 더 있다. 마사토는 다음 공격에 대비하며 검을 고쳐 쥐었다. 하지만…….

마사토의 실력에 겁먹은 건지, 와이번들은 한심한 울음소리를 내면서 물러났다.

"어라? 어이, 잠깐만! 겁먹지 마! 나야 기쁘지만! 그래도 기뻐할 일이 아니지! 빨리 덤벼!"

필사적으로 호소했지만, 소용없었다. 남은 와이번들은 그대로 도망쳤다.

"어이, 장난치는 거지?! 이게 다야?! 어이어이어이어이! 농담 말라고! 더 싸우잔 말이다!"

와이번들은 돌아오지 않았다…….

하지만…….

"그렇다면, 내가 상대해 주겠어."

바로 그때, 앞쪽에 있는 건물의 창문에서 누군가가 뛰쳐나왔다. 순식간에 마사토의 눈앞까지 쇄도한 그자는 바늘처럼 날카로운 무언가를 내질렀다.

어깨를 꿰뚫리기 직전, 마사토는 검의 옆면을 방패삼아 막아냈다.

"흐음? 내 공격을 막아내다니 꽤 하네, 하고 일일이 칭찬하진 않겠지만 말이야."

"잠깐만, 넌……!"

마사토의 눈앞에서, 호랑이 같은 흉포한 표정을 짓고 있는 소녀가 자신만만하게 웃었다.

아만테다.

"뭐야, 아만테잖아! 깜짝 놀랐네!"

"어머, 왜 내 이름을 아는 거야? 이쪽은 오오스키 마사토 일행에 관한 기억이 봉인됐으니까 네가 누구인지 몰라, 하고 일일이 설명하진 않겠지만 말이야."

"뭐? 어이, 잠깐."

방금 마사토의 이름을 대놓고 입에 담은 느낌이 들었다.

아만테는 그대로 뒤편으로 물러나더니, 손에 쥔 가느다란 검의 끝부분으로 마사토를 겨눴다.

"여기는 우리가 먼저 발견한 던전이야. 이제부터 즐겁게 탐색할 예정이거든? 어디서 굴러먹던 용사 파티인지 모르겠지만, 방해하지 마."

"용사 파티라니…… 어이, 아만테. 너……."

"빨리 꺼져. 안 그러면, 따끔한 맛을 볼 줄 알아."

아만테는 악랄하게 웃으면서, 찌르기 자세를 취했다. 공격이 날아왔다…….

아만테가 있는 정면이 아니라, 왼편에서 말이다.

"빈틈 찾았데이. 냐앙."

"어이, 기습하는 거냐!"

마사토의 사각지대에서, 상어 후드를 눌러쓴 조그마한 애가 튀어나왔다. 프라테로다.

권투 무기를 장비한 주먹이 마사토의 옆구리를 노렸다. 허를 찔린 마사토는 방어할 타이밍을 놓쳤다……!

"그렇게는 안 돼요. ……스파라 라 마지아 펠 미라레…… 장벽(바리에라)!"

메디가 간발의 차이로 방어 마법을 펼쳤다. 마사토의 주위에 방어 장벽이 전개되더니, 프라테로의 공격이 막혔다.

하지만, 마사토를 향한 공격은 계속 이어졌다.

"간다~! ……스파라 라 마지아 펠 미라레…… 용무(溶霧)(푸지오네 네비아)~!"

"이 늘어지는 목소리는……!"

반사적으로 고개를 들어보니, 흐리멍덩한 눈을 지닌 해골 정장 여자가 거대 마법서를 타고 공중에 떠 있었다. 소레라가 틀림없다.

위험한 색을 띤 안개가 마사토의 주위를 가득 채웠다. 머리카락이 안개에 닿은 순간, 끝부분이 녹아버렸다. 이대로 있다가는 마사토의 장비도, 머리도, 큰일 날 것이다……!

"히이이익?!"

"마사토는 장벽 안에 틀어박혀 있어! 간다! ……스파라 라 마지아 펠 미라레…… 호풍(豪風)(포르티 벤토)! 그리고! 호풍(포르티 벤토)!"

와이즈의 연속 마법. 맹렬한 바람이 불더니, 마법의 안개를 걷어냈다.

"어라?"

"우와앗~?!"

게다가 또 하나의 바람이 프라테로와 소레라를 날려버리더니, 그대로 아만테에게 명중시켰다.

"잠깐…… 우갸!"

습격자 세 명을 쓰러뜨렸다.

"메디, 와이즈, 고마워. 덕분에 살았어. ……자, 그럼……."

"우후후. 이야기를 들어봐야겠네."

"어째서 갑자기 공격해 온 건가요!"

마마코와 포타도 모여서 함께 포위한 후, 경우에 따라서는 벌도 주겠다는 의미가 담긴 눈빛으로 날카롭게 쳐다보자…….

아만테와 소레라와 프라테로는 양손을 들면서 항복 의사를 표시했다.

"그래, 그래. 장난쳐서 미안해."

"아만테가 말을 꺼냈거든~? 마사토 군 일행을~, 좀 놀려 주자~, 하고 말이야."

"말을 꺼낸 건 소레라데이. 내는 말렸다 아이가. 믿어도, 형씨."

"뭐, 그럴 줄 알았어. ……확인 삼아 묻겠는데, 세 사람 다 우리를 기억하고 있는 거지?"

그렇게 묻자, 아만테는 자랑하듯 가슴을 폈다.

"물론이야. 우리 엄마가 누군지 잊었어?"

"아하. HAHAKO 씨가 푼 거구나. 그렇다면 납득이야."

아만테 일행의 어머니가 된 HAHAKO는 게임의 메인 시스템에서 생겨난 특수한 존재다. NPC에게 시행된 조치를 뜯어고치는 것 정도는 집에 돌아가서 물건의 위치를 좀 바꾸는 것과 별반 다르지 않을 만큼 손쉬울 것이다.

그래서 마사토 일행을 기억하는 것이다.

처음에는 적으로 나타나서 민폐란 민폐는 다 끼쳐대며 몇 번이나 싸웠던 상대만이, 기억하고 있는 것이다. 정말 아이러니한 이야기다.

마사토는 얼굴이 씰룩이는 느낌을 받았다.

"그래. 너희는 우리를 기억하는구나. 그래, 그래. 하하하."

"우와~. 갑자기 웃음을 터뜨렸어. 마사토 군, 징그러워~."

"형씨…… 드디어 정신줄을 놓은 기가……."

"징그럽다고 하지 마. 그리고 정신줄도 안 놨거든?"

볼을 두드리면서 표정을 고친 후, 마음을 다잡았다.

"그런데 HAHAKO 씨는 어디 있어? 같이 안 온 거야?"

"왔어. 아까까지 우리와 같이 탐험하고 있었거든? 그런데 상황이 좀 이상해진 것 같아……. 지금은 일단 막으러 갔어."

"막아? 뭘 막는 건데?"

"글쎄, 뭘까?"

아만테는 마마코를 힐끔 쳐다보더니, 슬며시 쓴웃음을 지었다.

아만테 일행 세 사람은 영차 하며 자리에서 일어났다.

"그럼 우리는 가볼게. 너희는 『셴토라레』로 가 봐."

"셴토라레?"

"HAHAKO 엄마의 말에 따르면, 이 배의 모든 것을 관리하는 중앙 청사 같은 거라던데…… 아무튼, 중심부에 있는 커다란 건물이 그거니까, 빨리 가 봐. 오오스키 마사토의 아버지는 거기 있어. 같은 건 일일이 설명하지 않겠지만 말이야."

"일일이 설명해 줘서, 땡큐. 정말 고마워. ……그런데, 너희는 같이 안 가는 거야?"

"우리는 요격 부대거든~. 혹시 모르니 밖에서 대기해야 해~."

"요격 부대?"

"그게 무슨 말인가요! 밖에서 무슨 일이 벌어진 건가요!"

"몰라도 된데이. 느그들은 형씨 아버지와의 결전에 집중하그라."

아만테 일행은 배의 뒤편을 향해 서둘러 이동했다.

영 석연치 않지만…….

"자, 마 군. 빨리 가자. 결판을 내서, 게임을 클리어하는 거야."

"으, 응. 그래……."

묘하게 밝아 보이는 마마코의 말에 따라, 마사토는 걸음을 옮겼다.

출현하는 적은 하늘을 나는 곤충, 새, 드래곤. 전부 하늘 계열 적이다.

하늘의 적은?

"내 사냥감이다아아아앗!"

"잘 부탁해~."

마사토는 너무나도 즐거워하면서, 나타나는 적을 전부 충격파로 해치웠다.

노후화로 인해 무너진 도로를 나아가자, 꼭대기 부분이 없는 피라미드 혹은 신전 같아 보이는 거대한 건조물이 보이기 시작했다.

셴토라레다.

“허억, 허억…… 겨, 겨우 여기까지 왔네……. 힘든 여정이었어……. 피곤해…….”

“피곤한 건 마사토 군뿐이지만 말이죠.”

“마사토 씨! 회복 아이템 드세요! 물도 있어요!”

“엄마의 무릎베개도 있단다. 우후후.”

“그건 사양하고 싶은데…… 으으, 잠시 눈 붙이며 회복하고 싶단 충동이…….”

“그렇다면 엄마의 무릎을 베고 한숨 자. 그 틈에, 내가 1등~!”

와이즈는 그대로 달려가더니, 셴토라레의 입구 앞에 있는 광장을 통과하려 했다.

바로 그때, 머나먼 상공에 먹구름이 발생하더니, 순식간에 폭발적으로 부풀어 올랐다.

루체 데라 다나치오네
“천벌의 빛!”

격렬한 천둥소리가 울려 퍼지더니, 와이즈를 향해 번개가 쏟아졌다.

하지만…….

“왠지 이럴 것 같았다니깐! ……스파라 라 마지아 펠 미라
바리에라 바리에라
레…… 장벽! 그리고 장벽!”

와이즈가 방어 마법을 발동. 이중 장벽을 머리 위에 펼쳐서, 번개를 완전히 막아냈다.

번개를 막아낸 와이즈가 노려본 곳…… 센토라레의 입구에서, 밤의 여제인 카즈노가 천천히 걸어 나왔다.

“흐음? 용케 눈치챘네.”

“엄마 냄새가 풀풀 풍겼거든~. 뭔가 수작을 벌이려는 건가 싶었는데, 역시 내 생각이 맞았네.”

“저기, 겐야. 엄마는 딱히 냄새 안 나거든? 방금 한 말, 취소해.”

“냄새 풀풀 나거든? 향수 되게 뿌려대잖아. ……그런데? 무슨 일이야?”

“뭐, 간단히 말해 시간 벌이야.”

카즈노는 손에 쥔 깃털 부채를 치켜들더니, 그것으로 와이즈를 가리켰다.

“마사토 군의 아빠는 마사토 군과의 일대일 대결을 희망해. 그러니 겐야. 방해꾼인 너는 여기서 이 엄마와 놀다 가렴.”

“흐~음. 그래? 좋아.”

어머니의 도발에 마법서를 척 내미는 도발로 응수한 와이즈는 카즈노한테서 눈을 떼지 않으며 말했다.

“마사토와 다른 사람은 먼저 가. 나는 여기서 엄마를 상대해야 할 것 같아.”

“와이즈…… 괜찮겠어?”

“여유롭거든? 우리도 가족회의를 실컷 할 생각이니까, 마사토도 지지 마.”

“알았어. 나중에 봐.”

엄마의 무릎을 베고 눈 좀 붙일 시간은 없을 것 같았다. 마사토 일행은 와이즈를 이 자리에 남겨둔 채, 안으로 들어갔다.

카즈노의 옆을 지나칠 때…….

"마사토 군. 아빠와의 진심 배틀도 좋지만, 조금은 체력을 남겨두지 않았다간 나중에 고생할 거야."

"네……?"

영문 모를 조언을 들으면서, 마사토는 센토라레 안으로 들어갔다.

마사토 일행의 발소리가 점점 멀어지더니, 사라졌다.

그들의 뒷모습을 쳐다보던 와이즈는 카즈노를 향해 시선을 돌렸다.

"그럼, 엄마. 빨리 시작하자. 확 날려버려 줄게."

"어머, 무서워라~. 왜 이렇게 의욕이 넘치는 거니? ……아하, 알겠다. 엄마가 마사토 군과 꽁냥꽁냥하는 걸 봐서, 질투하는 거구나?"

"뭐?! 그런 게 아니거든?!"

"괜히 숨길 필요 없어. 겐야와 그렇게 친해진 남자애는 마사토 군이 처음이잖아~. 꺄아, 귀여워라. 우리 겐야는 참 귀~엽~네~. 푸풉."

그 말을 들은 순간, 와이즈는 뚜껑이 열렸다.

"좋아, 이제 입 다물어. 빨리 시작하자. ……스파라 라 마지아 펠 미라레…… 침묵(타체레)! 그리고 침묵(타체레)!"

"잠깐만?!"

와이즈의 연속 마법이 발동했다. 카즈노는 마법을 봉인 당했다.

와이즈도 마법을 봉인 당했다.

"너, 너, 무슨 생각인 거니?! 엄마만이라면 몰라도, 자기까지 봉인했잖아!"

"간단해. 치트급 어머니 보정을 받는 엄마에게 마법으로는 못 이겨. 그리고 엄마의 마법을 봉인하고 마법으로 승리해도, 나는 이긴 기분이 안 들 거야. 그러니까……."

"아, 그래. 우리 집 특유의 커뮤니케이션을 하자는 거구나. ……좋아!"

"간다! 부모 자식은 보디랭귀지로 대화하는 법이야!"

카즈노는 깃털 부채를 집어 던졌다. 와이즈는 마법서를 집어 던졌다.

두 사람은 서로를 향해 돌진하더니, 그대로 엄마와 딸의 육탄전이 시작됐다.

"미리 말해두겠는데! 나는 마사토한테 전혀 마음 없거든?! 진짜 없단 말이야!"

와이즈의 코브라 트위스트!

"어머, 그러니? 그러면 이 엄마가 확 잡아먹어야겠네! 얼굴과 체격은 이 엄마의 취향이 아니지만, 젊은 남자애라는 것만으로도 가치는 있으니 말이야! 몰래 집어먹기에 딱이야! 오호

호호!"

카즈노의 백브레이커 드롭!

"멋대로 떠들어! 엄마가 그렇게까지 지조 없는 사람이 아니라는 걸 알거든! 그딴 말로 나를 부추기려고 해봤자 소용없어!"

와이즈의 피겨 포 레그락!

"아하하! 들켰네? 그래도, 메디 양한테는 지지 마!"

"그, 그건…… 뭐, 그럴 작정이지만…… 우걋?!"

카즈노의 샤프 슈터!

저항력이 살짝 떨어진 와이즈는 카즈노의 기술에 그대로 걸려들고 말았다.

"아야야야얏!"

위기에 처한 와이즈!

바로 그때, 카즈노가 몸에서 힘을 약간 뺐다.

"뭐, 너는 네 마음대로 하면 돼. 네 인생이니까, 그게 가장 나을 거란다."

"엄마……?"

"이런 사적인 이야기를 할 때가 아니네. 귀 좀 줘보렴."

카즈노는 와이즈의 등 뒤에서 목에 팔을 걸더니, 상냥하게 초크 슬리퍼 홀드를 걸면서 귓속말했다.

"이제부터 엄마가 만든 필살 마법을 전수해 줄 테니까, 기억해 둬."

"필살 마법? 왜 갑자기……."

"공격력이 필요해서야. ……너희가 생각하는 것보다 훨씬 상황이 심각해. 사랑하는 마사토 군을 미래로 나아가게 해주고 싶다면, 싸울 수밖에 없어."

"사랑한다고 말한 적 없거든?! 나는 걔한테 전혀 마음이……!"

"그런 게 아니라도 돼. 너는 여자잖니? 때로는 남자에게 헌신해 보렴. 이 엄마가 겐야를, 멋진 여자로 만들어줄게."

버둥거리는 와이즈를 꼭 끌어안은 카즈노가 진지한 표정으로 말했다.

"각오 단단해. 상대는 최강이야."

와이즈와 헤어져서 네 명이 된 마사토 일행은 센토라레 안을 서둘러 나아갔다.

우선 홀에 도착했다.

통로에는 행성을 본뜬 기념물을 비롯해 세월이 흘렀는데도 원형을 유지하고 있는 미술품이 있었다. 그 외에도 그랜드 피아노, 다도와 꽃꽂이 세트처럼 품위 있는 기예를 배우기 위한 도구가 놓여 있었다.

그리고 메디 어머니가 있었다. 그랜드 피아노에 기대서 눈을 감은 채, 조용히 기다리고 있었다.

메디가 앞으로 나섰다.

"다른 분들은 먼저 가세요."

"괜찮겠어?"

"네. 카즈노 씨와 마찬가지로, 어머님도 제 발을 묶는 게 목적일 테니까요. 실은 저도 어머님과 나눌 이야기가 있어요."

"알았어. 그러면 먼저 갈게. 빨리 쫓아오라고."

메디를 남겨두고, 마사토 일행은 안쪽으로 향했다.

홀에 정적이 감돌았다.

메디 어머니는 눈을 감은 채 미소를 머금더니, 미소 짓고 있는 메디와 시선을 마주했다.

"……우선, 말해두고 싶은 일이 있어."

"뭔가요? 어머님."

"어젯밤의 그 일은 내 의지가 아니었어. 내 탓이 아냐. 나쁜 건 술이야."

"그런 식의 변명은 좋지 않다고 생각해요."

고오오오……, 하는 분위기가 느껴지는 다크 파워를 온몸으로 뿜으면서 메디는 지팡이를 휘둘렀다.

"지, 진정하렴!"

"진정하고 있어요."

엄연히 진정한 상태에서 말이다.

메디는 지팡이로 상대의 가슴을 가볍게 두드린 후, 그대로 어머니의 품에 몸을 맡겼다.

"장난이에요. 어머님도 인간이니까, 실패를 할 때도 당연히 있겠죠. 그게 정상이라고 생각해요."

"……고맙구나. 마음이 넓은 딸을 둬서, 나는 참 행복해."

"그 대신이라기엔 좀 그렇지만, 어머님도 제 실수를 관대히 봐주시지 않겠어요?"

"실수? 대체 무슨……."

"이제부터 일어날지도 모르는, 남녀 관계 관련의 실수예요. 저는 마사토 군과 와이즈 양이 상대라면, 수단을 고르지 않는 경향이 있으니까요."

"웃으면서 그런 말을 하는구나…… 내 딸이지만, 정말 무시무시한 아이라니깐……."

빙긋 웃으며 말하는 메디의 말에 그녀의 어머니는 아연실색했지만, 곧 쓴웃음을 머금으면서 딸을 꼭 끌어안았다.

"좋아. 마음껏 해보렴. 단, 할 거면……."

"물론 1등이 되겠어요. 그것만은 제 의지로, 진심으로 말이죠."

"멋진 대답이구나. 그래야 내 딸이지."

어머니와 딸은 포옹을 나누며 미소 지은 후….

메디 어머니에게서 떨어진 메디는 준비된 물품들을 둘러봤다.

"그런데 어머님, 이 상황은 대체 뭔가요? 전부 제가 배웠던 것들인데……."

"너를 위해 준비한 거야. 정신 수양을 통해, 새로운 힘을 손에 넣었으면 하거든."

"새로운 힘……?"

"마사토 군을 미래로 나아가게 할 힘이란다. 나는 네 발을 묶는 것만이 아니라, 그것을 너에게 가르쳐주기 위해 여기서 기다리고 있었어. ……메디. 잘 들으렴."

"네, 어머님."

"너는 음울한 다크 파워를 툭하면 뿜지만, 그 깊숙한 곳에는 끊임없는 노력으로 기른 강하고 아름다운 마음이 분명 존재해. 그것이야말로 진정한 너야. 네가 지닌 진정한 힘이란다. 여기서 다시 자기 자신과 마주해서 그것을 끌어낼 수 있다면, 그 힘을 자신의 것으로 만들 수 있을 거야."

"진정한 힘…… 제 것으로, 만들 수 있을까요……."

"그건 네가 하기에 달려 있어. 결정할 사람은, 바로 너야."

매정하게 들릴 수도 있는 말을 하면서도, 메디 어머니는 미소 지었다. 자신의 자랑스러운 딸인 메디라면 해낼 수 있다는, 절대적인 확신을 가졌다.

신뢰와 애정으로 가득 찬 그 기대를 느낀 메디는…….

"……어머님! 저, 해보겠어요!"

늠름한 표정으로 힘차게 대답하더니, 우선 그랜드 피아노와 마주했다.

홀을 통과한 마사토 일행은 위층으로 이어지는 계단 앞에 도착했다.

이곳에도 어머니가 있었다. 명모 하하데스다. 술에 취해 마사토에게 주정을 부렸던 것을, 무릎 꿇고 사과하고 있었다.

하지만 포타는 용서하지 않았다. 여전히 화를 내고 있었다.

"엄마!"

"으, 응?! 왜 그러니?!"

"저한테도 마사토 씨처럼 해줄 때까지, 용서 안 할 거예요!"

"얼마든지 해줄게!"

포타가 확 안겨들자, 꼭 끌어안았다. 그리고 한참을 귀여워하고, 마구 주물러대면서, 명모 하하데스는 행복에 겨워했다. 그 행복이 증기로 분출되더니, 안경을 새하얗게 물들었다.

"맞다. 실은 사과의 의미로 선물을 준비했어. 잘 만들어졌는지는 모르겠지만, 받아 주렴."

명모 하하데스는 부끄러운 듯이 웃으면서, 인형 옷 두 벌을 꺼냈다. 바느질이 서툰 어머니가 직접 만든 거라 그런지 실밥이 풀린 곳도 있지만, 애교로 넘어가 줬으면 한다.

포타의 숄더백에 달린 두 마스코트, 피타와 피타 엄마에게 딱 맞는 옷이다.

"와아! 정말 귀여워요!"

"이걸 입히면 피타와 피타 엄마가 파워업할 거야. 저기, 이 엄마와 같이 입혀보지 않을래?"

"네! 저, 엄마와 같이 입혀보고 싶어요! ……그러니까, 으음……."

포타는 미안하다는 듯한 눈길로 마사토와 마마코를 쳐다봤다.

당연히 두 사람은 미소를 지으며 고개를 끄덕였다.

"나와 엄마는 먼저 가겠어. 마음껏 즐기도록 해."

"마 군에게는 이 엄마가 있으니까 괜찮단다. 그럼, 나중에 봐."

"네!"

명모 하하데스에게 달라붙어서 행복해하는 포타를 본 후, 마사토와 마마코는 걸음을 내디뎠다.

두 사람은 나란히 서서 계단을 올라갔다. 한 걸음, 한 걸음, 걸음을 맞추면서 말이다.

한동안 말이 없던 마마코가 불쑥 입을 열었다.

"마 군은……."

"응? 왜 그래?"

"마 군도 포타 양처럼 이 엄마에게 안겨주지 않을래?"

"아…… 솔직히 말해, 나 정도 나이가 되면 그건 무리거든? 이 정도로 만족해 줘."

마사토는 마마코에게 다가가더니, 팔뚝을 마마코의 어깨에 살짝 댔다.

그 순간, 강철이 자석에 당겨지는 것처럼 마마코가 어깨를 찰싹 붙였다.

"역시 이 정도가 평범한 걸까……."

"아니, 평범한 수준을 오버했거든? 너무 들러붙었어. 좀 자중해."

"우후후. 미안해. 그럼, 이 정도면 어때?"

마마코는 마사토와 팔짱을 꼈다.

"어째서야."

"어째서일까?"

"장난치지 마."

"우후후. 미안해. ……하지만, 잠시만 이러고 있을게. 마 군과 이렇게 팔짱을 끼고 걸을 기회가, 앞으로 몇 번이나 있을지 모르잖아."

"얼마든지 있을걸? 현실 세계에 돌아가도……."

"엄마와 팔짱을 끼고, 함께 시장을 보러 가줄래?"

"윽…… 그, 그건…… 으음……."

솔직히 말해, 현실과 동떨어진 게임 세계라서 가능한 일이 있다.

고뇌하는 마사토를 본 마마코는 웃음을 흘렸다.

"마 군과 함께 게임 세계에 와서, 마 군과 함께 실컷 모험을 하니 정말 좋았어. 하루하루가 꿈만 같았다니깐. 이 엄마는 정말 행복했어."

"그랬구나. 그거 다행이야. 뭐, 이런저런 일이 있긴 했지만 나도 정말 즐거웠어."

"그렇다면……."

마마코는 멈춰서더니, 무슨 말을 하려다…….

"……그렇다면, 부모 자식의 소중한 추억으로서 쭉 잊지 말자."

그렇게 말하며 빙긋 웃은 후, 다시 걸음을 내디뎠다.

그리고 계단을 끝까지 올라갔다. 엘리베이터 홀 같은 공간에 도착했다.

기계적인 승강 장치가 있고, 그 앞에는 테이블과 의자 세트가 준비되어 있다. 시라아세, 그리고 마마코와 판박이 같은 외모를 지닌 HAHAKO가 다과를 준비하고 대기 중이었다.

"카페 시라아세에 어서 오십시오. 이곳은 어머니를 위한 카페라는 것을 알려~ 드립니다."

"오래간만이야, 마마코 씨. 누구보다도 어머니인 당신이라면, 말 안 해도 달지?"

두 사람은 마마코를 응시했다.

마마코는 마사토와의 팔짱을 풀었다.

"이 엄마의 감에 따르면, 네 아버지는 이 앞에 있을 거야. 자, 마 군. 가보렴."

"뜻밖이네. 엄마도 같이 가겠다고 말할 줄 알았어."

"그러고 싶지만, 안 할래. 왜냐하면 이건 마 군의 싸움인걸. 귀여운 자식이 자기 힘으로 앞으로 나아가려 하잖니. 이 엄마는 괜히 나댈 생각 없어요."

"그렇게 말해놓고 나중에 쏜살같이 나타난 엄마가 나 대신 아버지를 해치우는 일 같은 건 안 벌어지겠지?"

"그런 일 없어요. 그랬다간 마 군이 화낼 거잖아. 절대 안 할 거야."

"알았어. 그 말, 믿을게."

마사토는 은근슬쩍 시라아세와 HAHAKO에게 눈길을 보냈다. 마마코는 맡겨달라는 듯이, 두 사람이 고개를 끄덕였다.

게임 개시 전에 자신의 상담 상대를 맡아줬던 이해자와, 마마코 못지않은 강자 콤비다. 저 두 사람이라면 믿고 맡길 수 있다.

이 앞으로 나아가면, 아버지와 일대일로 승부를 펼치게 될 것이다.

크게 심호흡을 한 후…….

"다녀올게."

"응. 잘 다녀오렴."

마마코가 등을 밀어주자, 마사토는 그대로 전송용 마법원으로 향했다.

승강장치를 타고 자동으로 올라간 곳은 센토라레의 등 부분, 광대한 정원의 가장자리였다.

식물의 흔적조차 남아 있지 않지만, 끝없이 푸른 하늘 안에 펼쳐져 있는 공중정원이었다.

그런 장소의 중앙에, 커다란 마검을 짊어진 아버지의 뒷모습이 존재했다.

마사토는 검이 닿는 범위까지 다가간 후에 멈춰 섰다.

"기다렸지? 귀여운 아들이 아버지를 해치우러 왔어."

"하아. 정말 귀여운 구석이라고는 전혀 없는 대사인걸."

아버지는 쓴웃음을 머금으며 돌아섰다. 마왕 하야토다.

"우선 이 질문부터 할까. 내 귀여운 아들은 마왕 퀘스트의 의미를 이해하고 있으려나?"

"덕분에 말이야. 마왕의 책략에 빠져서, 자기 장래를 생각해 보게 됐거든. ……나는 게임을 클리어한 후, 다음 인생을 시작하기로 결심했어."

"그거 잘됐군. ……그러면, 그 의지를 관철할 수 있을지 없을지…… 내가 마지막 시련이 되어서, 마사토를 막아서도록 하지."

마왕 하야토는 뒤돌아서더니, 우주가 깃든 칠흑의 대마검

우니베르소를 손에 쥐었다.

마사토는 위대한 천공의 성검 필마멘트를 칼집에서 뽑아 들었다.

두 사람의 얼굴에서 미소가 사라졌다.

“마사토는 어떤 미래를 꿈꾸고 있지?”

“한마디로 말해, 최고의 인생이려나.”

“그래. ……하지만 유감스럽게도, 그건 꿈으로 끝나겠지.”

그 차가운 한마디를 내뱉으면서…….

마왕 하야토를 대마검을 가볍게 들어 올리더니, 마사토를 향해 휘둘렀다.

마사토는 즉시 왼손을 내밀어서 방어 장벽을 전개해서 그 일격을 받아냈지만…… 묵직한 공격이었다. 튕겨낼 수가 없다. 반대로 점점 밀려났다.

마왕 하야토는 마치 산책이라도 하는 듯한 걸음걸이로, 두 발에 온 힘을 주며 버티는 마사토를 간단히 뒤로 밀어냈다.

“어이?! 뭐가 힘이 이렇게 센 건데?!”

“이게 아버지 마왕의 힘. 경제력이 공격력으로 전환된 결과야. 아들 용사와는 비교도 안 되는 힘이지.”

“큭, 얕보지 말라고! 나도, 마음만 먹으면 이 정도는……!”

뒤편으로 몸을 날려 거리를 벌린 마사토는 검을 거머쥐었다. 집중을 통해 혼신의 힘을 담아, 전력을 다한 충격파를 날렸다.

특대 충격파가 마왕 하야토를 두 동강 내려 했다……!

"앗, 큰일 났다! 너무 진심이었나?!"

마사토는 당황했지만…….

그 충격파는 방어 태세도 취하지 않은 마왕 하야토에게 명중한 순간, 얇은 얼음이 깨지듯 간단히 산산조각 났다. 0대미지.

아연실색하는 마사토에게, 마왕 하야토는 여유로운 미소를 지어 보였다.

"이것도 아버지 마왕의 힘이다. 세금과 사회 보험료 등, 매년 늘어나는 징수금을 견뎌낸 그 실적이 내구력으로 전환되는 거야. 사회적 신용으로 보호되는, 절대적인 안정감이란 거지."

"그게 뭐야! 뭐 그딴 설정이 다 있냐고!"

"이해가 안 되나 보지? 뭐, 어쩔 수 없나. 지금의 마사토에게는 너무 어려운 영역의 이야기니까 말이야."

"큭! 무시하지 마! 나도, 조금은 알아! ……게다가 내구력이라면 나도 안 져! 엄마의 코스프레 같은 온갖 것들을 견뎌온 실적이 있다고!"

"호오. 그러면 어디 시험해 볼까."

마왕 하야토는 대마검을 치켜들었다.

그 끝에서 뿜어져 나온 칠흑색의 힘이, 하늘에 거대한 마법원을 그렸다.

"어이, 말도 안 돼……. 설마, 마법?!"

"하늘보다 높은 우주에서 쏟아져 내리는, 아버지 마왕의 일격. 아들 용사가 과연 받아낼 수 있을까? ……스파라 라 마지아 펠 미라레……."

아버지 특수 마법.

“친교의 주먹(프니치오네 델 파도레).”

하늘 전체가 우주로 변모했다.

그 저편에서 무수한 운석이 쏟아져 내리더니, 서로가 충돌하고 결집하면서 거대한 주먹을 형성했다. 그리고 떨어져 내렸다. 마사토를 향해서 말이다.

운석 낙하다. 받아낼 수 있을 리가 없다. 불가능하다.

하지만…….

“나도, 지지 않아! 질 순 없어!”

남은 건 아들로서의 의지뿐이다.

마사토는 도망치려 하는 두 발에 힘을 주더니, 방어 태세를 취했다.

“나는 시련을 극복하고, 미래로……!”

운석 주먹이 마사토에게 명중했다.

받아낼 생각이었지만, 그대로 짓눌리고 말았다.

그 후의 일은 모르겠다.

충격음도, 폭발음도, 낙하지점 주위의 온갖 물체가 파괴된 것도, 마사토는 전혀 인식하지 못했다.

그저…….

‘……아~, 젠장……. 힘들어……’

의식은 있다. 몸이 지면에 엎드려 있다는 것도 느껴졌다.

마사토는 죽지 않았다. 버텨냈다고는 할 수 없을지도 모르지만, 버텨냈다.

정신을 차리고 보니, 거대한 구덩이 한가운데에서 지면에 박혀 있었다.

바로 그때, 목소리가 들려왔다.

……마사토! ……마사토 군! ……마사토 씨! …….

수많은 목소리였다. 와이즈와, 메디와, 포타. 카즈노 씨를 비롯한 어머니들의 목소리도 들렸다. 웬일로 시라아세까지, 진지한 목소리로 자신을 부르고 있는…….

"마 군!"

한층 더 큰 목소리로, 누구보다 귀에 익숙한 목소리로, 마사토의 이름을 부르는 이가 있었다.

마마코다.

'대체 언제까지 애칭으로 나를 부르려는 걸까. 내가 어른이 되어도, 쭉 저렇게 부르려나?'

쓴웃음을 머금으면서 목소리가 들린 방향을 쳐다보니, 불안한 눈길로 쳐다보는 마마코와 눈이 마주쳤다.

마사토에게 달려가고 싶지만, 꾹 참고 있다. 이것은 아버지와 아들의 승부다. 절대 끼어들지 않겠단 약속을 필사적으로 지키고 있다.

동료들도, 어머니들도, 아버지도, 마사토를 응시하고 있다.

'……이렇게 뻗어 있으면, 꼴사납겠지.'

팔을 움직이기만 해도 고통이 느껴지는 몸에 억지로 힘을 준 마사토는 검을 지팡이 삼으며 몸을 일으켰다. 싸우고 있는 상대에게, 절대 굴하지 않는 모습을 보여주겠다.

마왕 하야토는 만족한 듯이 고개를 끄덕이더니, 대마검의 끝으로 마사토를 겨눴다.

“우선, 버텨낸 것을 칭찬해 주마. ……하지만…….”

“알아. 겨우 일격에 이렇게 엉망진창이 됐잖아. 잘난 척은 못 해. 아버지에 비하면, 나는 아직 미숙하다는 걸 인정할 수밖에 없어.”

“기특한 마음가짐인걸.”

“생각해 보니, 내가 나아가려는 길에는 아버지 같은 사람이 우글거리고 있겠지?”

“그래. 나 같은 건 손끝에도, 발끝에도, 아니……. 내가 아무리 발버둥 쳐도 절대 이길 수 없는 사람도 있지. ……그런 세계에 뛰어들어서 살아남을 수 있을까? 자기가 원하는 것을 거머쥘 수 있으리라고 생각해?”

“솔직히 말해, 무리야. 그래도, 갈 거야.”

마사토는 성검을 쥐더니, 마왕 하야토에게 달려들었다.

성검과 대마검이 교차하며, 아들 용사와 아버지 마왕의 시선이 격돌했다.

“나는 미래로 나아갈 결심을 했어! 그러니 갈 거야!”

“말로 하는 건 쉽지.”

마사토를 간단히 밀어낸 마왕 하야토는 대마검을 휘둘렀다.

즉시 왼손을 내밀어서 방어 장벽을 펼친 마사토는 그 공격을 받아내지 못하고 뒤로 밀려났지만, 그래도 앞으로 걸음을 내디뎠다.

"계속 나아가기 위한 힘은 있어?"

"있어! 이 마음이야!"

성검에 마음을 담아, 답례라는 듯이 휘둘렀다.

대마검에 간단히 막혔지만, 그래도 밀어붙였다. 꿈쩍도 하지 않았지만, 계속 밀어붙였다.

"마음뿐이니?"

"지금은 이것뿐이야! 이것뿐이니까, 이것으로 싸울 수밖에 없다고!"

"당당한걸. 좋아. ……그러면 그 마음이 얼마나 강한지, 어디 보여다오."

"좋아! 미래를 향한 첫걸음 삼아, 아버지를 쓰러뜨리겠어!"

마사토와 하야토는 거리를 벌리더니, 무기를 머리 위로 치켜들었다.

승부를 결할 일격이다.

한순간, 정적이 감돌더니…….

날카로운 기합을 내지르며 걸음을 내디딘 두 사람이, 동시에 검을 휘둘렀다. 성검과 마검이 격렬한 충돌음을 내더니……!

쨍강, 하며 부러졌다. 양쪽 다 말이다.

"어?"

"흐음?"

검 파편 두 개가 엉뚱한 방향으로 날아갔다.

마사토가 얼이 나간 듯한 표정을 짓자, 마왕 하야토는 웃음을 흘렸다.

"이런이런. 능력적으로는 내가 압도적으로 우위인데, 검의 강도는 비슷했나 보군. ……서로가 무기를 잃었으니, 더는 싸울 수 없지. 그러니……."

"이 승부의 결과는……."

"무승부지."

"또 무승부…… 영 석연치 않지만, 어쩔 수 없네……."

몸에서 힘이 빠진 마사토는 그 자리에서 털썩 주저앉았다.

마왕 하야토는 쓴웃음을 머금으며 손을 내밀었다.

"정 결판을 내고 싶다면, 현실 세계에서 계속하면 돼."

"그래……. 그러자. 뭐로 승부할까?"

"서로의 삶으로 승부하는 건 어떨까?"

"어떻게 승패를 정하면 될지 모르겠네."

"이겼다고 생각하면 이겼고, 졌다고 생각하면 진 거야. 그런 느낌으로 충분하지. ……무엇보다 중요한 것은 아버지와 아들, 남자와 남자가 경쟁하며 살아가는 거야. 그게 내 소망이란다. 우리는 그런 사이면 돼."

"아버지가 아들에게 바라는, 부모 자식의 유대란 거구나."

"그래. ……자. 경제력과 사회적 신용도 지닌 위대한 아버지 앞에서, 거의 굴할 뻔한 아들이여. 지금은 승산이 없는 이 싸움에 도전할 용기가 있느냐?"

"헛소리 마."

아버지가 내민 손을 쳐내면서, 마사토는 몸을 일으켰다.

그리고 대등하게 마주 선 후, 도전자의 입장에서 다시 손을 내밀었다.

“언젠가 반드시, 졌다고 생각하게 만들어 주겠어. 각오해 둬.”

“그래. 기대하마. ……앞으로도 잘 부탁한다, 아들아.”

“나야말로 잘 부탁해, 아버지.”

악력 승부를 펼치듯이 굳은 악수를 나눈 아버지와 아들의 대결은 일단 막을 내렸다.

마른침을 삼키며 지켜보고 있던 마마코 일행도, 가슴을 쓸어내렸다.

자…….

“그럼, 마사토. 이제부터 최종 결전이다.”

“뭐? 이 사람이 무슨 소리를 하는 거야?”

“마사토. 아버지에게 그런 식으로 말하면 안 되잖니.”

“잘못했습니다. 하지만 아버지와의 결전은 끝났잖아? 남은 건 게임을 클리어하는 것뿐…….”

“문제는 바로 그거지. 클리어 전에 가장 큰 난관이 기다리고 있단다. ……저런 식으로 말이지.”

마왕 하야토는 오른손으로 오른편 위쪽을, 왼손으로 왼편 위쪽을 가리켰다.

마사토가 고개를 들어보니…….

“……어?”

매우 여성적인 손이 눈에 들어왔다.

흙과 바위로 된 대지의 손과, 새하얗게 파도치는 물로 된 바다의 손이었다.

하늘을 뒤덮을 만큼 거대한 두 손이, 하늘을 나는 배를 움켜쥐려 하고 있었다.

「부모자식간의 의식조사 최종 테스트 모험가용」

ATTITUDE SURVEY VOL.4

【질문 : 어머니와는 사이가 좋은 편?】

당연히 사이가 좋아,
하고 일일이 안 쓸 거야.

【질문 : 어머니와 대화를 나누는 편? 나눈다면 얼마나?】

자기도 모르게 이야기 나누고 있더라니깐~.

【질문 : 최근에 어머니에게 듣고 기뻤던 말은?】

프라테로는 사내 중의 사내라고 칭찬해줬데이
(그런 말 안 했어.), (안 했다니깐~.)

【질문 : 최근에 어머니에게 듣고 싫었던 말은?】

내가 귀엽다는 이상한 소리를 들었데이.
(그 말은 했어.), (했지~.)

【질문 : 어머니와 함께 쇼핑을 한 적은?】

어디를 갈 때도 같이 있으니까, 당연히 쇼핑도 항상 같이 가.

【질문 : 어머니를 자주 돕는 편?】

만든 요리를 먹어서 돕는다거나, 세탁한 옷을 입어서 돕는다거나~,
여러모로 돕고 있어~.

【질문 : 어머니가 좋아하는 것은?】

부모 자식이 함께 보내는 시간일 거데이.

【질문 : 어머니가 싫어하는 것은?】

부모 자식이 떨어지는 것, 아닐까?

【질문 : 어머니의 장점은?】

엄마로 있어 주는 것……만으로도~, 엄청난 장점이라니깐~! 나, 괜찮은 말 했어~!

【질문 : 어머니의 단점은?】

너무 과보호한데이. 그 점은 좀 고쳐줬으면 싶다 아이가.

【질문 : 어머니와 함께 모험을 한다면 사이가 좋아질 것 같습니까?】

일일이 안 써도, 우리를 보면 알 수 있잖아?

답변자 : 아만테, 소레라, 프라테로

제5장
일반공격이 전체공격에 2회 공격인 엄마는, 언제까지나 엄마일까요?

하늘을 나는 배는 하염없이 상승하며 도망쳤다.

지상에서 뻗어 나온 대지의 손과 바다의 손이 더욱 늘어나면서 쫓아오고 있었다.

"대체 어디까지 쫓아오는 건데! 적당히 좀 해!"

배 뒤편에 닿으려 하는 대지의 손의 손가락을, 아만테가 혼신의 찌르기로 꿰뚫었다.

하지만 스케일이 너무 큰 데다 고통 자체를 느끼지 않는 건지, 상대는 반응이 없었다. 마치 아무 일도 없었다는 듯이, 배에 손가락을 걸었다.

"내 검과는 상성이 나빠! ……프라테로! 소레라!"

"응, 알았데이."

"요격 부대의 의지를 보여주겠어~! 프라테로 캐논, 발사~!"

마법의 폭풍으로 발사된 프라테로가 흙으로 된 손가락 끝에 필살 정권 찌르기를 날렸다.

"냐앗."

운 좋게 크리티컬 히트! 폭발적인 충격이 발생하더니, 손가락이 그대로 튕겨 나갔다.

그리고 프라테로가 바람에 휩쓸려 날아갔다.

"우와앗~! 배에서 떨어지겠어~! 빨리 회수~!"

"그쪽은 맡기겠어! ……아앗, 또 왔네!"

이어서 바다의 손이 다가왔다. 바닷물의 비를 내리면서, 위쪽에서 단숨에 배를 움켜잡으려 했다.

딱 봐도 칼로 공격해 봤자 효과가 없는 상대였다.

"상성이 나빠!"

아만테는 이러지도 저러지도 못하며, 방어 태세를 취했다.

하지만 바로 그때, 바다의 손이 갑자기 움직임을 멈췄다.

"어……?"

"기다렸지? 내 어머니의 힘을 억지로 링크시켜서, 움직임을 봉쇄했어. 그것도 잠시뿐이겠지만 말이야."

"HAHAKO 엄마! 와줬구나!"

아만테 옆의 지면에 솟구치더니, HAHAKO의 모습으로 변했다.

HAHAKO는 바다의 손과 자기 손의 움직임을 싱크로시켜 움직임을 막았지만…… 방금 말한 것처럼, 제어할 수 있는 건 잠시에 불과했다.

바다의 손이 다시 움직이더니, 대지의 손과 함께 하늘을 나는 배를 쫓아왔다.

"하아, 정말! 진짜 말도 안 돼! HAHAKO 엄마도 완전히 조작하지 못하는 거야?!"

"완전한 폭주 상태네. 다른 어머니의 마음을 전혀 받아들이지 않아. 몰래 축적되고 있던 에너지가 폭주했을 뿐이라 세계에 직접적인 피해를 끼치지 않는 건 다행이지만…… 이대로 두면, 세계도 위험할지도 모르겠어."

"정말! 되게 성가시네!"

"무엇보다도 강하고 절대적인 힘인 만큼, 이렇게 되니 정말 손을 쓸 수가 없네. 역시 그 원천을 어찌할 수밖에 없을 거야. ……그것도 꽤 어렵겠지만 말이지."

HAHAKO는 굳은 표정으로 셴토라레를 쳐다봤다.

셴토라레의 최상부. 전방위를 둘러볼 수 있는 전망 브리지.

요격 부대 이외의 전원이 모여 있는 가운데, 마왕 하야토는 굳은 표정으로 조종간을 조작하고 있었다.

"이쯤이 상승 한계인 것 같군. 어쩔 수 없지. 이제는 전속력으로 도망치도록 할까. ……나는 배 조종에 집중할 테니까, 누군가가 상대의 움직임을 알려줬으면 좋겠는데……."

"우왓! 엄청난 속도로 쫓아오고 있어요!"

"잠깐만, 흙으로 된 손이 오른쪽에서 다가와! 마사토네 아빠! 빨리 피해!"

"왼편에서도 물로 된 손이 다가와요! 피하세요!"

"좌우에서 다가오는 건가! 그렇다면 일단 아래쪽으로 갈까!"

시끌벅적한 여자애 내비게이션에 따라, 마왕 하야토는 하늘을 나는 배를 단숨에 하강시켰다.

구름을 뚫으면서, 해수면을 스칠 듯한 저공비행을 펼쳤다.

"자. 이대로 구름에 가려서 놓쳐 준다면……."

"아니, 들켰어! 마사토네 아빠! 오른쪽으로 꺾어!"

"기다려, 하야토 씨! 카즈노 씨의 말에 따르면 안 돼! 왼쪽이야! 왼쪽!"

"앗, 메엄마! 왼쪽이 아니라 오른쪽이야!"

" 두 사람 다 진정해요! 양쪽에 다 있어요! 제가 지시하겠어요! 시스템에 액세스해서 정확한 예측으으으으으을?! 태블릿의 배터리가 바닥났어?! 그러면 시라아세 씨의 단말로……!"

"어딘가에 두고 왔다는 것을 알려~ 드립니다."

"하필이면 이럴 때……?!"

"실은 농담을 했으며, 가지고 왔다는 것을 알려~ 드립니다. 후후후."

"농담할 때가 아니거든요?! 이 사람은 정말……!"

"아, 아무튼, 좌우에서 오고 있으니, 다시 상승할까!"

왁자지껄한 어머니 내비게이션에 따라, 이번에는 급상승했다. 구름을 뚫으며 상승하고 또 상승했다.

그러자 또 손이 쫓아왔다. 또 급강하와 급상승, 이번에는 오른쪽 선회, 이어서 왼쪽 선회. 하늘을 나는 배는 마치 롤러코스터처럼 하늘을 엉망진창으로 날아다니면서 도망쳤다. 전방 브리지 내부 또한 난리였다.

그 와중에 두 사람만은 차분했다.

"엄마, 괜찮아?"

"응. 마 군을 잡고 있으니까 괜찮단다. 우후후."

"내가 아니라 다른 걸 잡아도 되지 않아? 뭐, 됐어."

미소를 머금은 마마코가 매달린 가운데, 마사토는 대지와 바다의 손을 멍하니 응시했다.

"저기, 마사토! 왜 그렇게 차분한 거야! 마마코 씨도 그렇고!"

"아니, 저 손이 위험하게 느껴지지 않는달까……. 오히려 상냥하고 따뜻한 인상인데…… 엄마는 어떻게 생각해?"

"이 엄마도 마 군과 마찬가지야. 저 손에 잡혀도 딱히 문제는 없을 것 같아."

"그, 그런가요? 마마코 씨가 그렇게 말하니……."

"혹시, 도망 안 쳐도 되는 걸까요?!"

"아니, 도망쳐야만 해. 잡혀선 안 되지."

마왕 하야토가 딱 잘라 부정했다.

마사토와 마마코를 응시한 마왕 하야토는 결심을 다지며 말했다.

"마사토. 잘 들으렴. 저 두 손은 만물의 어머니인 대지와 바다의 손, 그러니까 어머니의 힘이 구현화한 거란다. 다름 아닌 마마코의 힘이야."

"엄마의…… 아, 그래. 듣고 보니 그런 것 같아. 말로 잘 설명 못하겠지만, 엄마한테서 느낀 것과 같은 힘이 느껴져."

"그리고 저기에 담긴 마음 또한 마마코의 것이지. 저 손은 마사토를 잡아서 이 세상에서 못 나게 하려고 해. 게임을 클리어 못 하게 하려는 거지."

"뭐?"

마사토는 마마코를 쳐다봤다. 마마코는 어리둥절한 표정을 지었다.

"게임을 클리어 못 하게 한다니…… 엄마는 이해해 줬지? 납득했잖아? 그렇게 말하지 않았어?"

"으, 응. 이 엄마는 마 군에게 거짓말 안 해. 진짜로 납득했어. 가장 중요한 것은 마 군 본인의 마음인걸. 그래서……."

"그렇다고 마음의 정리까지 완전히 된 거야? 마사토와 게임 세계에서 더 함께 지내고 싶다는 마음을, 완전히 떨쳐냈어?"

"그, 그건……."

마왕 하야토가 그렇게 묻자, 마마코는 대답하지 못하며 입을 다물었다. 미안해하는 표정으로 마사토를 쳐다보고 있었다. 그 태도가 대답이었다.

"마마코. 솔직하게 대답해 주지 않겠어? 마사토를 말려서 게임 세계에 머물고 싶다는 강렬한 마음을, 가지고 있는 거지?"

"……응. 맞아."

"그것을 억누를 수 있겠어?"

"미안해. 무리야. 당신과 마 군이 싸움이 끝났으니, 이제 클리어하기만 하면 된다고 생각하니…… 더는, 억누를 수가 없어……. 점점 흘러나와……."

"어엇?! 손이 더 늘어났어?!"

"마사토네 아빠! 아무튼 빨리 도망쳐!"

"더욱 강해지고 있다는 거구나! 알았어!"

와이즈와 카즈노의 목소리가 울려 퍼졌다. 뒤편을 쳐다보니, 대지의 손과 바다의 손이 늘어나 있었다.

시라아세의 휴대용 단말을 빼앗아서 데이터 수집을 하고 있던 명모 하하데스가 숨을 삼켰다.

"큰일 났네. 대지와 바다가 급격하게 에너지 변환되면서, 손으로 흘러 들어가고 있어. 이대로 가다간, 세계에서 대지와 바다가 없어져 버리고 말 거야."

"세상이 끝난다는 거군요. HAHAKO 씨의 연락에 따르면, 다른 어머니의 마음을 받아들이지 않는 상태라고 하니…… 마마코 씨 자신이 마음을 억누르지 못하는 이상, 막을 방법이 없다는 것을 알려~ 드릴 수밖에 없을 것 같습니다."

"내 탓에, 이런 일이…… 미안해……. 정말 미안해……."

마마코는 눈물을 흘리면서 두 손으로 얼굴을 감쌌다.

절대적인 어머니의 마음, 자식을 향한 누구보다도 강한 마음이 빚어낸 참사다. 누구도 마마코를 탓할 수 없었다. 하지만 위로 또한 해줄 수 없었다. 전방 브리지에서는 그저 정적만이 흘렀다.

상황을 이해한 마사토는…….

"풉…… 아하하하!"

무심코 웃음을 터뜨리고 말았다.

"마 군?"

"미안해. 왠지 엄마답다 싶어서 말이야."

"엄마답다니……."

"엄마는 원래 제멋대로야. 들러붙지 말라고 해도 들러붙고, 끌어안지 말라고 해도 끌어안잖아. ……엄마 자신보다 엄마로서의 마음에 더 솔직하고, 제멋대로야. 그 마음을 관철하기 위해 어머니의 힘을 발휘해 왔고, 말도 안 되는 짓을 벌여서 뜻을 이뤘지. 그게 엄마란 사람이야."

"그, 그렇지는……."

"내 말이 맞아. 그래서 이런 일이 벌어진 거지. 안 그래?"

"그건…… 그, 래……."

마마코는 또 풀이 죽으며 고개를 푹 숙였지만…….

"잠깐만, 착각하지 마. 나는 엄마를 탓하려는 게 아니야. 그런 게 아니라……."

마사토는 마마코의 볼을 두 손바닥으로 꾹 눌러서 괴상한 표정을 만들면서 들어 올렸다.

그런 마마코의 얼굴을 응시하며, 마사토는 말했다.

"엄마는 그래도 돼. 그게 엄마란 사람이잖아. 내 입으로 이런 말을 하고 싶지는 않지만…… 결국은 아들을 사랑해서, 그렇게 된 거잖아?"

너무 멋쩍어서 뇌가 터져버릴 것 같지만, 열심히 참으면서 묻자…….

마마코는 환하기 그지없는 미소를 머금으며, 힘차게 고개를 끄덕였다.

애정이란, 제멋대로다.

"엄마는 마 군을 정말 사랑해. 정말, 정말 사랑해."

"뭐, 고마워. 그러니까, 엄마가 제멋대로인 건 어쩔 수 없는 거고…… 그렇다면 나로선 오히려 잘 된 거야."

"잘 됐다니?"

"엄마가 제멋대로라면, 나도 인정사정 말고 제멋대로 굴 수 있잖아. 피장파장이란 거지. ……그러니까, 제멋대로인 사람끼리 승부하자."

"승부? 마 군과 엄마가 말이니?"

마사토는 고개를 끄덕이더니, 마마코의 볼에서 손을 뗐다.

그리고 마마코와 대치했다.

"엄마. 나는 자기 미래로 나아가기 위해, 이 게임을 클리어하겠어."

진지하게 응시하며, 진지하게 말하자…….

마마코 또한 진지한 표정으로 마사토를 응시했다.

"이 엄마는 마 군을 응원해 주고 싶은 마음도 있지만…… 그래도, 마 군과 함께 모험한 시간이 너무 멋지고, 너무 행복해서, 이 게임을 더 하고 싶어. 마 군이 클리어하는 걸 막고 싶어. 이게 이 엄마의 솔직한 마음이란다."

"세계가 위험한 상황이야. 내가 한시라도 빨리 클리어해서, 억지로라도 엄마의 마음을 끊어낼 수밖에 없다고 생각해. 그걸 위해서라도, 나는 클리어하겠어."

"세계에 폐를 끼친 건 정말 미안하지만…… 아아, 그래…….

마 군이 클리어하지 않겠다고 약속하면, 이 엄마의 마음도 진정될 거야. 그 후에 앞으로 어떻게 할지, 부모 자식이 함께 생각하면 돼. 10년이든, 20년이든, 이 세계에서 말이지."

"말이 안 통하네. ……이렇게 되면, 붙어볼 수밖에 없나."

"어느 쪽의 억지를 관철할 것인가를 건, 마 군과 엄마의 진심 어린 승부네."

미래를 향해 날갯짓하는 자식이 이길 것인가.

지금 이 순간에만 얻을 수 있는 행복을 끌어안고 싶어 하는 어머니가 이길 것인가.

마사토 VS 마마코. 이것이 진정한 라스트 배틀.

최강 모자지간의 모자 대결이다. 이 자리에 있는 모든 이가 긴장했다…….

"우선 엄마한테 부탁이 있어."

"어머나, 뭐니?"

"핸디캡 좀 팍팍 주세요. 부탁드립니다."

"저기, 마사토?! 겁먹기라도 한 거야?!"

"시끄러우니까 닥쳐, 와이즈. 겁먹은 게 아니야. 정확한 전력 분석에 따른 판단이야."

마사토는 태클을 날린 와이즈를 향해 헤드록을 날리면서 말을 이었다.

"엄마한테는 미안하지만, 이기기 위해 수단과 방법을 따지지 않겠어. 우선 이 빨간 애와 메디, 포타. 이 세 사람은 내 편으로 삼을 거야. 다들, 괜찮지?"

"그래. 마사토 혼자서는 절대 못 이길 거잖아~. 도와줄게."

"저도 협력하겠어요. 마사토 군 혼자서는 만에 하나라도 승산이 없을 테니까요."

"승산 없단 소리를 두 번이나 할 필요는 없지 않아?"

"마마 씨의 마음도 무지 이해해요! 그래도 저는 마사토 씨의 힘이 되어주기로 약속했어요! 그러니 마사토 씨에게 협력하겠어요!"

"잘 부탁해. ……그리고 아버지도 내 편이지?"

"처음부터 그럴 생각이었어. 그리고 이런 일도 있을까 싶어서, 강력한 도우미 여러분을 모신 거지."

마왕 하야토가 바로 손짓을 보내자…….

카즈노, 메디 어머니, 명모 하하데스가 환한 미소를 머금으며 마마코를 포위했다.

"어머나. 세 사람 다 어머니면서, 어머니 편을 안 드는 거야?"

"엄마는 엄마지만, 우리는 마마코 씨를 막기 위해서 온 거야. 홀로서기 사건 때부터, 뭔가 일이 터질 거란 느낌을 받았거든."

"마마코 씨를 상대할 수 있는 사람은 우리뿐이잖아. 우리 말고는 없어. 응, 그래."

"엄마끼리 즐거운 시간을 보내서, 마마코 씨의 마음을 마사토 군에게서 돌리자, 라는 취지에요. ……기왕이면 넷이 함께 새로운 아이돌 유닛을 결성하는 것도 재미있을 것 같은데……."

"사오리데스! 그 이야기 더 하면 확 날려버릴 거야!" 크르르릉!!

"봉인한 과거를 건드리지 마세요!" 캬앙~!

"자자자, 잘못했어요?!"

명모 하하데스가 두 마리 맹수에게 공격을 받을 뻔했지만, 일단 저 세 어머니도 마사토 편이었다.

밖에서는 HAHAKO와 아만테 일행이 요격 부대로 활약하고 있다. 이쪽도 마사토의 협력자일 것이다.

마사토 일행 전원 VS 마마코라는 구도가 완성됐다.

"그래. 핸디캡은 이 정도면 될 거야."

"어머나. 마 군은 참 인정사정없네."

"상대가 엄마잖아. 아량을 베풀어줘. ……자, 이제 대결 준비는 끝났는데…… 실은, 가장 중요한 점을 몰라."

"맞아. 어떻게 하면 마 군이 게임을 클리어하게 되는 걸까? 그냥 몰라도 괜찮지만 말이야. 우후후."

"괜찮지 않아~. 그럼…… 알려~줄 시간이에요. 시라아세 씨!"

그렇게 외친 순간…….

전망 브리지 구석에 틀어박혀 웅크리고 있던 정체불명의 수녀가 벌떡 일어섰다.

"훗. 제 존재를 망각하셨나 했더니, 아무래도 제 차례인 것 같군요. 이 시라아세의 알려~ 드리지 않으면 미래로 나아갈 수 없다니, 끝까지 손이 가는 용사님입니다. 좋습니다. 인도해 드리죠."

"잘 부탁해요. 제가 어떻게 하면 이 게임을 클리어할 수 있죠?"

"천공의 선택을 받은 용사인 마사토 군은 천공의 유적에 준비된 전송 포인트로만, 현실 세계에 귀환할 수 있습니다."

"천공의 유적…… 제 직업이 버그 먹어서 열리지 않았던 그 문 너머구나."

"지금 바로 거기로 향하겠습니까?"

"망설일 시간은 없어요. 바로 가겠어요."

"그대로 게임을 클리어하게 됩니다만, 괜찮겠습니까?"

"네. 클리어하겠어요."

"알겠습니다. ……그러면 제가, 마사토 군만이 아니라 여러분 모두에게 마지막으로 알려~ 드리겠습니다. 잘 들으십시오."

시라아세가 평소와 다르게 냉철한 표정을 짓자, 다들 입을 다물며 그녀를 쳐다봤다.

이 자리에 있는 이들을 차례차례 둘러본 후, 시라아세는 슬며시 눈을 감았다.

"『MMMMMORPG(가제)』. 이 게임은 현재 β판, 즉 시험 운용 중이며 최종 테스트의 결과에 맞춰 정식 서비스로 이행될 예정입니다. ……그리고 최종 테스트의 결과가 곧 나올 테죠."

"최종 테스트가 대체 뭔데요?"

"마왕 하야토 씨의 강림 이후의 이제까지의 일 전부가 최종 테스트입니다. 이 세계에서 모험하며 부모 자식의 유대를 다진 테스트 플레이어의 자제분 쪽, 그러니까 마사토 군이 장래를 위해 게임 클리어를 바라며 실제로 클리어할 수 있느냐 없느냐를 조사하기 위해 치러졌죠. ……자제분을 게임 의존증으로 만드는 게임을, 정부가 릴리스할 수는 없으니 말입니다."

“그리고 오오스키 가 대결에서 제가 이겨서 게임을 클리어 한다면, 최종 테스트는 성공한 거군요.”

“네. 본 게임은 정식 서비스로 이행되는 것이 결정되며…… 필연적으로 베타판 테스트 플레이가 종료됩니다.”

종료.

그 말을 들은 순간, 다들 숨을 삼켰다.

“이 세계 자체는 정식 서비스에서도 계속 사용될 겁니다. 하지만, 이 자리에 모인 여러분이 또 게임 세계를 모험하는 일은 없으리라 생각해 주십시오.”

“어, 어째서인가요?!”

“이유는 간단합니다. 이 게임은 어머니와 아들 혹은 딸이, 사이좋아지게 만들기 위한 게임입니다. 각자의 문제가 해결되면서, 별다른 문제가 없는 부모 자식 관계를 형성한 여러분에게는 참가 자격이 없습니다.”

그 말을 듣자, 다들 말문이 막혔다.

마사토가 게임을 클리어한 시점에, 전부 끝나고 마는 것이다.

생각에 잠긴 마사토의 앞에, 시라아세가 섰다.

“마사토 군. 클리어하고 나면, 모험은 완전히 끝납니다. 두 번 다시, 이 세계에 돌아올 수 없을 테죠. 그래도 천공의 유적으로 향하겠습니까?”

이제까지 한 번도 본 적이 없을 만큼 냉정한 시라아세의 눈빛을 받으면서…….

지그시 자신을 응시하는 동료들의 시선을 등으로 느끼면

서…….

마사토는…….

“그래도 가겠어요. 앞으로 나아가기로, 결심했으니까요.”

마사토는 흔들림 없는 어조로 대답했다.

뒤를 돌아보니, 그것으로 됐다는 듯이 동료들이 고개를 끄덕이고 있었다.

마마코는 여전히 아쉬워하고 있지만, 곧 빙그레 미소 지었다.

“마 군의 마음은 잘 알았어. ……그러면…….”

마마코는 두 자루의 성검을 칼집에서 뽑아 들었다.

오른손에는 만물의 어머니인 대지의 성검 테라디마도레. 왼손에는 만물의 어머니인 바다의 성검 알투라.

“어, 어이, 엄마? 왜 검을…….”

“우후후. 이 엄마도 진심이거든. ……마 군, 승부야.”

테라디마도레에서 타오르는 불꽃같은 빛이, 알투라에서 푸르디푸른 빛이, 각각 뿜어져 나오면서 마마코의 몸을 감쌌다.

빛이 사라지자, 마마코의 모습은 이 자리에 없었다.

“……어?”

마마코가 사라졌다.

마왕 하야토는 배를 조종하기 위해 전망 브리지에 남았고, 다른 이들은 하늘을 나는 배의 뱃머리로 이동했다. 목적지에 도착하자마자, 바로 유적으로 들어가기 위해서다.

하늘을 나는 배는 천공의 유적으로 진로를 잡더니, 안정적인 속도로 저공비행을 이어갔다.

끈질기게 쫓아오던 대지의 손과 바다의 손은 어느새 자취를 감췄다.

"……폭풍 전의 고요, 같은 느낌인걸."

마사토가 그렇게 말하자, 다들 긴장한 표정으로 고개를 끄덕였다.

정말 조용했다. 하늘은 푸르고, 바람은 기분 좋았다.

바로 그때였다.

"앗! 아만테 씨 일행과 HAHAKO 씨가 왔어요!"

주위를 경계하던 포타가 배 뒤편에서 달려오는 이를 발견했다.

마사토 일행이 있는 곳에 도착한 아만테 일행은 다친 곳이 없지만, 꽤 지친 것 같았다. 어깨를 들썩이며, 그 자리에서 철퍼덕 주저앉았다.

"수고했어. 어떤 상황이야?"

"뻔하잖아. 아무리 공격해도 전혀 통하지 않아. 충격을 가해 어찌어찌 밀어내고 있을 뿐이지. 그리고 상대는 공격하지 않아. 마치 놀아나는 것 같다니깐."

"손바닥 위에서 놀아나네~ 라고 말하고 싶지만~, 손가락한테 놀아나고 있어~."

"완전히 귀여움받고 있데이. 내가 배 밑으로 떨어질 뻔했을 때는 주워줬다 아이가."

"상대는 어머니의 힘이잖아. 물러터진 게 당연해. ……저기,

HAHAKO 씨. 지금은 어떤 상태인가요?"

"홀연히 사라진 손은 그 후로 모습을 보이지 않아. ……상황을 살펴보고 올 테니까, 잠시만 기다리렴."

머나먼 지상을 향해 의식을 집중시킨 HAHAKO는 고개를 약간 갸웃거렸다.

"이상하네. 관리자 권한을 복사해서 액세스했는데, 접속이 잘 안돼……. 더 상위의 무언가에게 컨트롤을 빼앗긴 걸까……. 저기, 하하데스 씨. 뭔가 아는 게 없어?"

"관리자 권한을 넘어서는 권한 같은 건 설정되어 있지 않아. 그런데 나도 액세스가 안 돼. 정말 어처구니가 없네. 웃음밖에 안 나와."

자기 태블릿으로 정보 수집을 시도하고 있던 명모 하하데스가 항복했다는 듯이 두 손을 들어 올렸다.

그런 말도 안 되는 짓을 벌인 게 누구인지, 다들 알고 있다.

마사토 이외의 모든 이가 그를 쳐다보며, 말없이 질문을 던졌다. ……네 엄마는 대체 어떻게 되어 먹은 거냐고 말이다.

솔직히 말해 묻고 싶은 사람은 마사토 쪽이었다. 아무튼 그는 시치미를 떼면서…….

"어~이, 아버지. 배의 진행 상황을 알려줘."

센토라레를 향해 대충 그렇게 말을 건네자…….

『순조롭단다. 곧 있으면 목적지에 도착하겠지. 이대로 아무 일 없이 나아간다면 말이야.』

하늘을 나는 배에 갖춰진 방송 기능을 통해 대답이 들려왔다.

이제 거의 다 온 것 같았다. 아무 일도 없다면 말이다.
하지만…….
"……아무 일도 없을 리가 없잖아."
마사토가 그런 예감에 사로잡히며 중얼거린 바로 그 순간이었다.

"마~ 군~?"

갓난아기를 어르는 듯한 그런 달콤한 목소리가 하늘을 나는 배 전체에 울려 퍼졌다. 마마코의 목소리였다.
이 자리에 있는 모두가 일제히 주위를 경계했지만, 마마코는 보이지 않았다.
"오래 기다렸지? 미안해. 준비하는 데 시간이 걸렸지 뭐니."
"괜찮아. ……그래서? 어디 있는데?"
"우후후. 글쎄, 어디일까? 마 군은 찾을 수 있으려나. 엄마 없다~."
"엄마 없다~는 무슨. 내가 갓난아기냐고."
"마 군은 기억 못 하나 보네. 어릴 적의 마 군은 엉엉 울 때도 엄마가 이러면 웃어줬단다. ……엄마 없……."
다음 순간…….
"다~."
두 손으로 얼굴을 가리고 있던 마마코가, 얼굴을 쏙 내밀었다.
하늘을 나는 배의 바로 위, 하늘 전체를 뒤덮으면서 말이다.

"…………어?"

도시 하나가 통째로 실린 배를 한입에 삼킬 수 있을 만큼, 마마코는 거대했다.

마마코의 모습은 평소와 다름없지만, 그 크기는 거인이라는 말로 부족했다. 어깨로 하늘을 짊어졌다는 신화 속 거인의 신 레벨로 거대화된 마마코였다.

"어떠니? 만물의 어머니인 대지와 바다의 힘과 합체해서, 이렇게 커졌단다. 메가 엄마야. 우후후."

"어어어어어어어어어어어어어어어어어어어어어어어어어어어어어어어어어어어엇?!"

그것은 어머니와 대지와 바다가 어머니의 마음을 완전히 융합시켰을 때만 발동된다는, 궁극의 어머니 특수 스킬 【어머니의 삼위일체】.

메가 마마코가 등장했다.

절규를 토하는 마사토는 물론이고, HAHAKO와 시라아세까지도 턱이 빠진 듯이 입을 쩍 벌렸다. ……시라아세는 너무 놀란 나머지 졸도하면서 뒤통수를 찧은 바람에 사망해서 관짝에 들어가고 말았다.

눈을 몇 번이나 깜빡였지만, 헛것이 아니었다. 메가 마마코다.

"그러면 마 군. 마 군이 클리어하는 게 먼저일지, 이 엄마가 마 군을 잡는 게 먼저일지, 승부를 시작하자."

"어, 잠깐, 어어어어엇?!"

"그럼 갈게. 어릴 적에 마 군과 몇 번이나 술래잡기를 했지만,

이 엄마는 한 번도 진 적이 없거든? 이번에도 잡을 거야~."

메가 마마코의 커다란 손바닥이, 하늘을 나는 배를 감쌌다……!

"아, 아버지! 아버지~! 전속력 전진! 서둘러어어어어엇!"

『알았어!』

그렇게 운명의 대결이 시작됐다.

하늘을 나는 배는 선체가 삐걱거릴 정도의 속도로 하염없이 도망쳤다.

메가 마마코는 빙긋 미소 짓더니, 여유롭게 쫓아왔다. 하늘을 나는 배를 탄 마사토를 잡고, 꼭 끌어안아서, 거대하기 그지없는 가슴에 파묻기 위해, 팔을 뻗었다.

"위험해, 위험해, 위험해! 바로 잡히겠어?! ……이렇게 되면…… 카즈노 씨! 메디 어머니! 하하데스 씨! 잘 부탁해요!"

어머니들에게 떠넘기기로 했다.

"잠깐만?! 나보고 어쩌라는 거야?! 마마코 씨를 막는 게 내 역할이라고 말하긴 했지만, 저런 건 무리거든?! ……메엄마라면, 어떻게 할 수 있을 거야."

"뭐어?! 카즈노 씨, 무슨 소리를 하는 거야?! 말이라고 다 해도 되는 게 아니거든?! 무리에도 정도라는 게 있잖아?! 저 사이즈의 마마코 씨를 막으라니…… 뭐, 홋타 씨라면 할 수 있을 거야. 왜냐하면 명모 하하데스잖아."

"이유에 신빙성이 없거든요?! 저한테 떠넘기지 마세요! ……하, 하지만…… 아무리 크더라도, 상대는 마마코 씨…… 그렇다면……!"

명모 하하데스는 자기 머리 위에 여행상인의 특수 장비인 마법의 숄더백을 출현시켰다. 괴물의 머리처럼 흉흉하게 생긴 백이 입을 벌리더니, 아이템이 방출됐다.

튀어나온 것은 메가 마마코에게 딱 적당한 크기의 홍차가 담긴 찻잔과 쿠키였다.

"마마코 씨! 차 준비됐어요! 한 잔 어떠세요?!"

"저기, 홋타 씨?! 그런 말이 통할 리가……!"

"어머, 맛있겠네. 잘 마실게."

"우와~, 바로 걸려들었어~."

메가 마마코는 찻잔과 쿠키를 손에 쥐었다.

메가 마마코는 두 손이 봉쇄됐다. 마사토를 붙잡을 수 없다.

"하하데스 씨, 나이스! 일단 살았어!"

"아무리 커지더라도, 상대는 마마코 씨야. 그게 공략 포인트네. 차분하게 대처하자. 마사토 군이라면 할 수 있어."

"네! 해볼게요!"

어머니 동반 모험은 어머니의 성질을 알게 되는 나날이기도 했다.

어머니가 어떤 것에 무심코 정신이 팔리는지, 마사토는 잘 알고 있다.

"어이~, 엄마! 잠깐 나 좀 봐!"

"어머, 마 군. 왜 그러니?"

"문뜩 생각난 건데, 오늘 빨래는 어떻게 했어?"

"빨래? 빨래는…… 어머나, 어쨌더라……. 평소처럼 여관에 널어두고, 방치했나? ……아니, 어젯밤에 빨래를 마친 것 같은데……. 으음, 생각이 안 나네……. 어쨌더라……."

메가 마마코는 걸음을 멈추더니, 생각에 잠겼다.

발을 묶는 데 성공했다. 하늘을 나는 배가 메가 마마코와 쑥쑥 거리를 벌렸다.

"좋아! 이렇게만 하면 돼! ……아버지! 상황이 어때?!"

『나쁘지 않아! 보이기 시작했어! 전방을 보렴!』

배의 진행 방향에, 지면에서 구름 위까지 이어지는 깎아지른 듯한 절벽이 보였다.

"아직 좀 머나……. 포타는 잘 보여?"

"네! 저희가 전에 올라갔던 계단이 보여요! 열리지 않았던 바위 문도 보여요!"

"좋아. 천공의 유적이 틀림없네. 저기를 걸어서 올라가는 건 힘드니까, 문 앞에서 리스타트할 수 있다면 좋겠는데…… 아빠, 가능할까?"

『이 배는 호버링 기능이 있으니까, 네가 원하는 위치에 댈 수 있단다.』

"그럼 그렇게 부탁해!"

하늘을 나는 배는 고도를 높이더니, 구름 위로 올라갔다.

얼마 후, 마사토의 눈에도 바위벽에 설치된 바위벽이 보였다. 이대로 도착…….

……할 수 있었다면 좋았겠지만…….

“아, 그래. 빨래는 어젯밤에 마쳤어. 괜히 걱정했네. 홍차와 쿠키도 잘 먹었어. 참 맛있네.”

생각을 마치고 홍차를 다 들이켠 후, 찻잔을 적당한 섬에 내려놓은 메가 마마코가 다시 움직이기 시작했다.

겨우 몇 걸음 내딛기만 했는데, 하늘을 나는 배를 따라잡았다.

“이동이 너무 빨라! 반칙 아니냐고!”

“우후후. 보폭도 메가인 엄마라 미안해. 그러면 마 군, 술래잡기는 이제 끝이야. 확 잡아버릴 거야.”

“그렇게는 안 돼. 엄마의 공략법이라면 알고 있거든. ……어머니 여러분, 잘 부탁드립니다!”

“맡겨만 줘. 이번에는 괜찮아. 시작하자, 메엄마.”

“나한테 맡겨줘도 괜찮지만, 그래도 좋아. 카즈노 씨와 공동전선이네.”

마사토가 그렇게 말하자, 도발적이고 공격적인 태도인 카즈노와 자신만만하고 기품 있는 자세의 메엄마가 앞으로 나섰다.

“자, 마마코 씨. 우리와 잠시만 수다 떨지 않을래?”

“어머니끼리의 수다는 어머니의 교양이자, 최고의 즐거움이잖아. 마마코 씨가 그걸 거절하지는 않겠지?”

“어머나, 곤란하네. 마 군을 잡아야만 하는데…… 역시 신경이 쓰여……. 그러면, 잠시만 참가해야겠네. 잠시만 말이야.”

“응, 잠시만이면 돼. ……크크큭. 잠시만으로 안 끝나는 게 어머니 간의 수다거든……. 한 시간이든 두 시간이든, 마마코 씨의 관심을 끌어주겠어……."

"그런데, 어떤 이야기를 할 거야?"

"아, 그건……."

메디 어머니는 카즈노를 쳐다봤다. 카즈노는 고개를 갸웃거리며 메디 어머니를 쳐다봤다. 메디 어머니 또한 고개를 갸웃거렸다.

두 사람 다 적당한 화제가 바로 머릿속에 떠오르지 않았다.

"어머나. 딱히 없나 보네. 그러면, 수다는 다음에 하자."

"어라, 잠깐만?!"

메가 마마코는 빙긋 미소 짓더니, 마사토를 쳐다봤다. 수다 작전은 불발! 마사토, 위기에 처하다……!

"자, 잠깐만 기다려! 마마코 씨, 스톱! 할 이야기가 있어! 내 말 좀 들어봐!"

"어머, 카즈노 씨. 할 이야기가 뭐야?"

"으음, 저기! 그게…… 아, 맞다!"

카즈노의 입에서 나온 말은…….

"내 바보 딸내미가 마사토 군과 결혼을 약속했다는데, 어떻게 생각해?"

그런 말이었다.

""뭐어어어어어어어어어어어어어어어어어어어어어어어어어어어어어어어어엇?!""

마사토와 와이즈가 한목소리로 절규를 토했다.

"잠깐만, 와이즈?! 저게 무슨 소리야?!"

"나, 저런 소리 안 했어! 엄마가 멋대로 떠들어대는 거야! ……저기, 엄마! 무슨 소리 하는 거야?!"

"뭐, 진정 좀 해. 일단 마마코 씨에게는 효과가 끝내주는 것 같네. 봐."

"어머, 어머나, 어머어머어머어머. 그래? 어머나, 그런 거니? 마 군과 와이즈 양이? 어머어머어머어머."

메가 마마코는 너무 놀라서 당황했다. 완전히 걸음을 멈췄다.

"흐흥. 어때? 이게 엄마의 힘이란다."

"우쭐대지 말아 줄래?! 헛소리 말란 말이야~!"

"시끄럽네. 애들 가지고 있는 이야기 없는 이야기 다 해서, 분위기를 띄우면 돼. 그게 어머니들의 수다라는 거야. ……자, 이번은 메엄마 차례야."

"좋아. 나도 질 수는 없어."

메디 어머니는 은근슬쩍 메디의 안색을 살폈다.

메디는 미소를 지으며 고개를 끄덕였다. 이 상황을 재미있어하는 것 같았다. 그리고…….

"마마코 씨. 나도 할 말이 있어. 실은 내 딸이 가장 먼저 마사토 군과 결혼 약속을 했다지 뭐야."

"어어어엇?! 메디 양이 먼저?! 그 후에 와이즈 양하고도?!"

"그래. 즉, 양다리야. 곤란하게 됐다니깐. 이렇게 되면 부모끼리 제대로 이야기를 나눌 필요가 있을 것 같아."

"그그그, 그래! 제대로 이야기를 나눠봐야겠어!"

메가 마마코는 완전히 당황하고 말았다. 결혼 이야기로 머릿속이 가득 찬 바람에, 마사토를 잡는다는 목적 자체를 망각하고 만 것 같았다.

어머니들의 수다 작전은 대성공을 거뒀다.

"여러모로 문제가 있지만…… 아, 아무튼 이것으로 무사히 목적지에 도착할 수 있겠는걸!"

마사토만이 아니라 다들 그렇게 생각했다.

바로 그때였다.

"카즈노 씨! 메디 어머니! 순서대로 차근차근 설명해 주지 않겠어? 자세한 이야기가 듣고 싶네!"

메가 마마코가 하늘을 나는 배를 양손으로 움켜쥐더니, 자신의 귓가로 가져갔다.

"어? …… 아아아앗?!"

"그거 봐! 엄마들이 바보 같은 소리를 한 바람에 역효과잖아!"

"하, 하지만, 일단 마마코 씨의 주의를 돌리는 데는 성공했잖니! 우리는 임무를 완수했어! 안 그래? 메엄마!"

"그, 그래! 맞아! 의도대로 됐어! 마마코 씨와 수다를 떨면서, 이대로 주의를 계속 끌자! 홋타 씨, 차를 준비해 주지 않겠어?!"

"그럴 수밖에 없을 것 같군요. ……그러면 마사토 군, 파이팅해."

카즈노와 메디 어머니와 명모 하하데스는 마마코를 향해

달려갔다. 아니, 도망쳤다.

"파이팅하라니, 그런 말 들어도 곤란한데요! ……아버지! 어떻게 따돌릴 수 없을까?!"

『유감이지만, 무리 같구나. 액셀을 꽉 밟고 있는데도, 꿈쩍도 안 해.』

"맙소사……. 거의 다 왔는데……."

천공의 유적이 눈에 보이는 곳까지 왔다. 하지만 도움닫기를 해서 점프한다고 넘어갈 수 있는 거리가 아니었다.

마사토 일행이 있는 곳은 하늘이며, 지상은 한참 아래에 있다. 하늘이라도 날지 않는 한, 목적지에 도착할 수 없다. 그렇다면…….

"우후후~. 아무래도 내 차례 같네~."

소레라는 거대 마법서에 타더니, 둥실 떠올랐다.

"날 수 있는 애가 있어서 다행이야! 잘 부탁해, 소레라!"

"그래, 그래~. 자~, 타~."

"이 앞에 뭐가 있을지 몰라. 요격 부대도 동행하겠어!"

"음. 내도 형씨를 따라갈 끼다."

"우리도 물론 갈 거야."

"물론이죠. 끝까지 함께하겠어요."

"네! 저도 갈래요!"

0.5평 정도 되는 거대 마법서에 소레라, 마사토, 아만테, 프라테로, 와이즈, 메디, 포타, 이렇게 일곱 명이 올라탔다.

거대 마법서가 그대로 지면으로 떨어졌다.

"중량 초과로 날 수 없어~!"

"뭐, 그럴 것 같았어."

"나와 마사토 군은 확정이고~, 그 외에 두 명 정도가 한도려나~. 누구를 데려갈까~. 마사토 군이 골라~."

"두 명……."

최종 던전을 누구와 공략하겠습니까?

천공의 유적에는 몬스터가 출현한다. 전투력을 고려하면 와이즈와 메디를 데려가는 것이 타당하겠지만…….

"……마사토 씨……."

남겨질 포타의 가라앉은 표정을 보니 괴로웠다.

그렇다면 세 사람을 남겨두고, 아만테와 프라테로를 데려갈까.

"흐~음?"

"그런 말도 안 되는 선택을 하려는 건 아니겠죠?"

와이즈가 손가락 관절을 푸는 옆에서는 메디가 무시무시한 미소녀 스마일을 지었다.

무리다. 그랬다간 살해당할 것이다.

"잠깐만 있어봐! 이건 너무 어려운 문제 아냐?! 어쩌면 좋냐고!"

어떤 조합을 선택하든, 불만이 발생한다. 멤버 선정이 불가능해진 마사토는 머리를 감싸 쥐었다.

바로 그때…….

"마사토. 잠깐 나 좀 봐."

HAHAKO가 그렇게 말했다.

오른손에는 붉은빛이, 왼손에는 푸른빛이 어려 있었다.

"HAHAKO 씨, 그 빛은……?"

"마마코 씨를 근원으로 한 어머니의 힘 일부야. 이것은 마사토를 잡고 싶어 하는 마음과는 반대되는 것이야. 등을 밀어주고 싶은 마음의 표시라고 할 수 있어."

그것은 자기 자식에게 앞으로 나아갈 용기를 주는 힘, 어머니 특수 스킬【어머니의 응원】그 자체다.

마사토를 잡고 싶은 마음도 진짜. 응원하고 싶은 마음도 진짜.

모순되지만, 양쪽 다 마마코의 진짜 마음인 것이다.

본인이 알고 있을까……. 메가 마마코는 카즈노 씨들과의 수다에 푹 빠져 있었다.

"하아. 부모 마음이란 건 참 복잡하네."

"맞아. ……마마코 씨를 대신해서 너에게 줄게. 받으렴."

마마코를 쏙 빼닮은 얼굴로 미소를 머금은 HAHAKO가 마사토의 등에 양손을 댔다.

그 순간, 빛이 사방으로 퍼져 나갔다. 퍼져 나간 빛은 새의 깃털 형태로 변했다.

마사토의 등에, 새하얀 날개가 달렸다.

"나한테 날개가…… 맙소사."

"자, 둥지를 떠날 시간이야. 날갯짓해 보렴."

"아, 네……. 날갯짓…… 날아오른다……."

어려운 일은 아니었다. 날려고 마음을 먹자, 그 마음에 호응해서 등에 달린 날개가 날갯짓하기 시작했다.

마사토의 몸이 허공으로 떠올랐다.

"우왓! 마사토 씨가, 마사토 씨가 날고 있어요!"

"잠깐만! 마사토 주제에, 뭐 하는 거야!"

"환각이 보이다니…… 저, 피곤한가 봐요."

"환각이 아니라 진짜라고!"

"참 잘했어요. ……그러면 와이즈 양과 메디 양, 포타 양도 이리 와. 이건 너희 어머니의 응원이야."

HAHAKO는 새로운 빛을 손에 모으더니, 세 사람의 등에 댔다.

와이즈와 메디의 등에 날개가 생겨나더니, 두 사람 다 둥실 떠올랐다.

"우와~! 날고 있어! 뭐야, 진짜 재미있네!"

"마사토 군. 당신의 히로인이 천사가 됐어요. 마음껏 칭찬해 주세요."

"진짜로 천사라는 느낌이라서, 뭐라 대답하면 좋을지 모르겠어."

"자, 잠깐만요! 저는 잘 못 날겠어요! 윽~!"

포타의 날개는 조금 작았다. 명모 하하데스는 아직 둥지를 떠나지 말아줬으면 하는 마음을 강하게 품고 있는 걸지도 모른다. 그래서 포타는 제대로 날지 못했지만…… 와이즈와 메디가 손을 잡아준 덕분에 무사히 날아올랐다.

마사토 일행 네 명은 등에 날개가 달리더니, 자유롭게 하늘을 날았다.

그 모습은 부럽다는 듯이 쳐다보던 아만테 일행은 거대 마법서에 올라탔다. 마사토 일행보다 더 높이 상승해서, 그들을 내려다봤다.

"그래, 참 즐겁겠네. 같은 말은 일일이 안 할 거야. 그리고 너무 우쭐대지 말아 줄래? 날 수 있게 된 건 우리 모두거든? 빨리 천공의 유적에 가자."

"아, 그랬지. ……그러면 HAHAKO 씨. 저희는 가볼게요."

"그래. 그러면 마지막 인사를 해도 될까?"

"마지막…… 아, 그래……."

"응. 나는 이 게임 세계의 존재야. 너희가 클리어하면, 두 번 다시 만날 수 없어. 그러니 앞으로 더는 못 보겠지."

쓸쓸한 표정을 가리려는 듯이 고개를 살짝 숙였던 HAHAKO 씨는 의연하게, 마마코를 연상케 하는 미소를 머금었다.

"너희에게는 감사해야 할 일이 너무 많아. 전하고 싶은 말도 정말 많지. 그래도 그걸 다 전할 시간은 없어. ……그러니 하다못해 약속할게. 이 마음도, 너희와 함께한 추억도, 무엇 하나 잊지 않겠어. 설령 전 세계의 사람이 잊더라도, 나만은 절대 잊지 않아. 약속할게."

"저희도요. 잊지 않겠어요. 절대 잊지 않겠어요. 약속할게요."

"고맙구나. ……그러면, 잘 가렴. 몸조심해. 그리고 앞으로도 어머니와 사이좋게 지내렴."

"네! 가볼게요! HAHAKO 씨, 신세 많이 졌어요!"

진심을 담아 인사를 건넨 후…….

마사토는 뱃머리에서 날아올랐다. 이어서 와이즈와 메디와 포타도 출발했고, 아만테 일행이 최후미를 맡았다. 그들은 곧장 천공의 유적으로 향했다.

HAHAKO는 그런 마사토 일행의 뒷모습을 언제까지고 계속 쳐다봤다.

마사토 일행이 향하는 곳은 천공의 유적 입구다. 지상에서 이어지는 계단이 아니라, 문 앞에서 리스타트……할 생각이었지만…….

"현자 와이즈! 치유술사 메디! 뭐 하는 거야! 고도가 점점 떨어지잖아! 좀 제대로 날아!"

"시끄럽네! 날고 있거든?! 하지만 점점 떨어진단 말이야! 뭐가 어떻게 된 거야?!"

"저희의 날개는 어머니의 힘의 산물…… 힘의 원천인 어머님들과 멀어지면서, 그 힘이 저하되고 있는 걸까요……. 아, 아무튼……!"

"이대로 가다간 바다에 떨어지고 말 거예요!"

"괜찮아! 안심해! 이 자리에는 천공의 용사가 있다고!"

위대한 천공의 선택을 받은 용사의 힘으로, 동료들을 비행하게 하는 것이다. 마사토는 성검 필마멘트를 칼집에서 뽑았다.

하지만 검은 부러진 상태였다.

"맞다~. 그러고 보니 아버지와 싸우다 성검이 사망하셨지.

하하."

"헛소리하지 마! 아, 큰일 났다! 진짜로 바다에 떨어지겠어어어어어엇!"

"어쩔 수 없데이. 소레라, 도와주그라."

"알았어~. ……스파라 라 마지아 펠 미라레…… 호풍(포르티 벤토)~!"

"잠깐만, 야?!"

해수면에 닿을락 말락하는 높이까지 추락한 마사토 일행의 뒤편에서, 폭발적인 바람이 발생했다.

날개가 그 바람을 받으면서, 네 사람은 그대로 날려갔고…….

천공의 유적 입구, 최초의 계단 앞에서 우선 마사토가 뒹굴었다.

그런 마사토의 위에 와이즈와 메디와 포타가 멋지게 착지했다.

겸사겸사 아만테와 소레라와 프라테로도 마사토의 몸 위에 안착했다.

예정 포인트와 꽤 어긋나기는 했지만, 어찌어찌 목적지에 도착했다.

"우왓! 마사토 씨, 죄송해요!"

"괘, 괜찮아……. 포타가 무사하면 됐어……."

"그러면 마사토, 출발하자."

여자 여섯 명을 등 뒤에 태운 채, 마사토가 기어서 계단을 올라갔다.

"저기, 무리거든?"

그렇게 다들 마사토의 등에서 내려왔다.

바다 쪽을 쳐다보니, 하늘을 나는 배와 메가 마마코의 모습이 눈에 들어왔다. 메가 마마코는 양손으로 배를 꼭 잡은 채, 어머니들의 수다에 열중하고 있었다. 마사토 일행의 이동을 눈치챈 것 같지는 않았다.

"언제 엄마의 눈길이 우리를 향할지 모르잖아. 서둘러 올라가자. 일단 문 앞까지 초특급으로 가는 거야."

구름 너머에 있어서 보이지 않는 바위 문을 향해, 마사토 일행은 이동하기 시작했다.

계단을 올라가고 있을 때…….

"앗! 조심하세요! 몬스터예요!"

포타가 가장 먼저 발견했다. 와이번 무리가 상공에서 접근하고 있었다.

전투다.

"좋아! 하늘의 적은 내……!"

"마사토 군? 잊은 건가요?"

"죄송합니다. 저, 무기가 없어요." 추욱~.

"하아. 그러면 적은 우리가 정리할 테니까, 거기서 보고 있기나 해."

"응, 맡기만 도."

"HAHAKO네 세 자매의 콤비네이션을~, 잘 봐~."

그 말과 동시에…….

"하앗!"

우선 아만테가 내달렸다. 그대로 속도를 높이며 암벽을 뛰어 올라가더니, 그대로 와이번 무리를 향해 몸을 돌리면서 호우 같은 찌르기 공격으로 한 마리도 남김없이 전부 격추했다.

아래편에서는 프라테로가 대기하고 있었다.

"우냣."

맥 빠지지만 귀여운 기합을 지르면서, 정권 찌르기로 표적을 전부 후려쳤다.

"해치워~."

이어서 소레라가 거대 마법서의 그림자에서 쏟아져 나온 스켈레톤 병사를 사역해서 남은 와이번을 쓸어버렸다. 악랄했다.

순식간에 전투 종료. 와이번 무리를 해치웠다!

그 후, 세 사람은 마사토 일행을 지그시 쳐다봤다.

"현자 와이즈, 치유술사 메디, 여행상인 포타, 그리고 오오스키 마사토. 우리의 활약상을 봤지? 감상을 말해 봐."

"갑자기 무슨 소리를 하는 거야……. 뭐…… 꽤 하네, 하고 솔직히 생각했어."

"혹시 전보다 쬐끔 강해진 거 아냐?"

"확실히 그런 느낌이 드는군요. 다소, 아주 약간, 말이죠."

"정말~. 메디 양은 독설밖에 못 한다니깐~. 뭐, 메디 양답긴 해~."

"저는 대단하다고 생각했어요! 아만테 씨도, 소레라 씨도, 프라테로 씨도, 정말 강해요!"

"응. 포타는 착한 아이데이."

"고마워. 응, 맞아. 우리는 강해. ……그리고 이 힘은, 너희와 싸우면서 터득한 거야. 바꿔 말하면, 너희가 우리에게 준 것이라고도 할 수 있겠네. ……같은 말은 일일이 안 하겠지만 말이야."

"그리고 또 바꿔 말하면~, 너희가 이 세상에 남긴 것이려나~. 우리가 HAHAKO 엄마와 부모 자식 사이가 된 것도~, 전부 포함해서 말이지~."

"하지만, 그건 전부 남는데이. HAHAKO 엄마만이 아니라, 우리도 쭉 기억할 기다. 잊을 리가 없다 아이가."

"그러니까…… 으음…… 뭐, 그런 거야."

아만테를 비롯한 세 사람은 그렇게 말한 후, 계단을 올라가기 시작했다. 서두르지 않으며, 한 걸음 한 걸음, 천천히. 이 시간을 아쉬워하듯이 말이다.

이런 이야기를 나누는 건, 지금이 마지막이다.

마사토 일행도 알고 있다. 세 사람의 등을 응시하며, 그 뒤를 따랐다.

"저기, 아만테."

"왜 그래? 현자 와이즈."

"발밑을 조심해. 헛디뎌서 굴렀다간, 또 멍이 생길 거야."

"미안하지만 너희와 처음 만났을 때 생긴 멍은 이미 사라졌어."

아만테는 자랑하듯 엉덩이를 두드렸다. 멋진 소리가 났다.

"소레라 양. 등이 텅 비었어요. 빈틈투성이군요."

"으흐흐~. 말은 그러지만~, 때릴 생각이 전혀 없잖아~. 메디 양은, 착한 아이인걸~. ……자기 캐릭터 같은 걸 신경 쓰며~, 괜히 음흉한 척할 필요 없지 않을까~."

"괜한 참견이에요."

메디는 지팡이 끝으로 소레라의 등을 톡톡 두드렸다. 그러자 소레라는 간지럽다는 듯이 몸을 비틀었다.

"저기, 프라테로 씨! 제가 사천왕이 됐을 때, 친하게 지내줘서 정말 고마워요!"

"응. 내도 여동생이 생긴 것 같아서 기뻤데이. 오빠가 된 기분을 맛봤다 아이가."

"으음…… 프라테로 씨는 여자애니까, 언니 아닐까요……."

"멍충아. 내는 남자데이."

"우왓! 죄, 죄송해요!"

조그마하고 딱 봐도 여자애 느낌인 등을 보여주며, 프라테로는 당당히 나아갔다.

하지만 계단을 오르는 속도가 떨어졌다.

프라테로는 마사토와 나란히 섰다. 상어 후드를 깊이 눌러쓴 탓에 표정은 보이지 않지만, 코를 훌쩍이는 소리가 들려왔다.

가녀린 주먹이, 마사토의 옆구리에 꽂혔다.

"내는 남자데이. 괜한 소리는 안 할 기다. 이 한 마디만 하께. ……니를 만나서 좋았데이."

"그래. 나도 프라테로를 만나서 좋았어."

푹 숙이고 있는 프라테로의 머리를 마사토가 거칠게 쓰다듬어주자, 또 옆구리를 얻어맞았다.

바로 그때였다.

“이 누나는~, 한 마디로 부족할 것 같으니까~. 온몸으로 어필할래~.”

반대쪽에서 소레라가 안겨들었다. 요염하고 요사하며 촉촉하게 젖은 눈동자로, 마사토의 눈을 지그시 응시했다.

“기왕이면, 마지막으로 승부하자~.”

“이제 와서 또 도박인 거냐. 뭐, 좋아. 받아 줄게. 뭐로 승부할까?”

“으음~ 그게~ 응~ 뭐, 뭐가 좋을까~. 이것저것 생각해 봤는데~ 이상하네~.”

더는 말이 이어지지 않았다. 소레라는 두 손으로 얼굴을 감싸더니, 마사토에게서 떨어진 후…… 와이즈와 메디에게 안겨들었다. 그녀의 떨리는 등을, 두 사람이 손으로 상냥히 쓰다듬어줬다.

그러다 보니, 어느새 바위 문 앞에 도착했다.

앞장을 서고 있던 아만테는 멈춰서더니, 표정을 보여주지 않으며 마사토에게 길을 양보했다.

“듣자 하니, 이 문은 용사만이 열 수 있다며? 오오스키 마사토가 진정한 용사인지 아닌지, 마지막으로 보여줘.”

“좋아. 내가 어엿한 용사라는 걸 증명해 주겠어. 뭐, 평범한 용사에 지나지 않지만 말이야.”

마사토는 문 앞에 섰다.

닫힌 문이, 중후한 소리를 내면서 열렸다.

용사 앞에서 길이 열렸다.

"아만테, 어때? 문이 열렸다고."

"그래. 그렇다면 빨리 가. ……우리는 더 같이 가 줄 순 없을 것 같아. 추격자가 도착한 것 같거든."

계단 아래편에서 소리가 들려왔다. 질질, 철퍽, 하는 소리다.

모습을 보인 것은 인간 형태를 한 흙, 그리고 인간 형태를 한 물이다. 양쪽 다 마마코를 모델로 한 것처럼 보이지만, 원형을 유지 못하고 있었다.

"보아하니, 대지와 바다의 힘의 말단 같네. 정보가 오오스키 마마코에게 전해지는 건 시간문제야. 금방 쫓아올 테니까, 서둘러."

"알았어. ……저기, 아만테."

"됐으니까! 빨리 가란 말이야!"

아만테는 얼굴을 보여주지 않았다.

너무 울어서 눈가가 부은 소레라가 같이 울고 있는 와이즈와 메디의 등을 밀었고, 눈물을 줄줄 흘리는 프라테로 또한 마찬가지로 울고 있는 포타의 등을 밀었다. 그렇게 다른 세 사람은 문 너머로 밀려 들어갔다.

마지막으로, 마사토는 아만테의 등을 두드린 후에 문 안으로 들어갔다.

문이 닫히기 시작했다. 이것으로 작별이다.

"아만테! 저기 말이야!"

"빨리 가라는 말 안 들려?!"

문이 닫히면서 서서히 좁아지는 틈새로, 뒤돌아서는 아만테의 모습이 보였다.

“『또 봐』란 말은 하고 싶어도 못 해! 『잘 가』란 말도 일일이 하고 싶지 않아! 무슨 말을 하면 될지 모르겠으니까…… 빨리 가란 말이야, 이 바보 용사야.”

억지로 웃으려 하며 울고 있는 그 얼굴이, 시야에서 완전히 사라졌다.

완전히 닫히고 만 문을 지그시 응시한 후, 마사토는 돌아섰다.

“……가자.”

와이즈도, 메디도, 포타도, 몇 번이나 눈을 비비며 고개를 끄덕였다.

문 너머는 어둑어둑한 공간이었다. 꽤 넓은 건지 벽이 보이지 않았고, 천장도 보이지 않았으며, 그저 바닥만이 보였다. 통로라는 것을 알려주는 듯한 문양이 앞으로 쭉 뻗어 있었다.

코를 훌쩍이는 소리 말고는 아무것도 들리지 않을 만큼 조용했다.

다들 아무 말 없이 나아가고 있을 때, 누군가가 마사토의 등을 두드렸다.

누구인가 했더니, 역시 와이즈였다. 화풀이하듯, 힘없이, 몇 번이나 마사토의 등을 두드렸다.

“나, 왠지 눈물샘이 고장 났나 봐.”

“딱 봐도 그런 것 같네. ……뭐, 나는 견뎌냈지만 말이야. 사나이거든."

"이런 걸로 고집 피울 필요 없다고 생각하거든~? 사나이라니, 영문을 모르겠네~."

"그러고 보니, 여기는 천공의 용사가 울면서 기뻐할 만한 뭔가가 있다고 하지 않았나요?"

"네! 퀘스트의 의뢰서에 그렇게 적혀 있었어요! 저, 기억해요!"

메디와 포타의 말을 듣고, 마사토는 갑자기 멈춰 섰다.

"그랬지. 까맣게 잊었네. ……하지만……."

주위를 둘러보니, 아무것도 없었다.

길을 따라 한참을 걸어갔지만, 어둑어둑한 공간만이 이어지고 있었다. 보물 상자는 고사하고, 기둥조차 보이지 않았다.

곧 출구가 보였다. 문이 달려 있지 않은 출구였다.

그 너머에는 이제까지의 세계와는 다른 차원의 하늘이 펼쳐져 있었다. 꽃이 흐드러지게 피어 있었다. 마치 천국으로 이어지는 듯한 새하얀 계단이 뻗어 있었다.

마사토는 그 출구 앞에서 멈춰 섰다.

"진짜로 아무것도 없네. ……좀, 기대했었는데 말이야."

"마사토 씨는 뭘 기대했나요?!"

"마사토 군이 울면서 기뻐할 무언가라면, 하늘의 적 아닐까? 혹은 세계 최강의 힘이나 최강의 검 같은 거."

"아~, 그것도 가능성 있어. 최종 던전에 숨겨져 있는 그런 것 말이야. 그런 걸 놓치고 클리어하면, 플레이어는 울고 싶어지거든……. 아, 잠깐만 있어봐. 혹시 그걸 노린 거 아냐?"

"아, 그래요. 뭔가 있는 척해서 한참 뒤지게 만드는, 그런 울고 싶어지는 전개도 있을 수 있죠."

"그렇게 되면 울고 싶어지겠지만, 기쁘진 않을 거야. 너무 악랄하다고. ……그런 게 아니라……."

마사토는 아무것도 없는 공간을 지그시 뒤돌아보면서 쓴웃음을 머금었다.

"이곳에 이 세상 사람들의 기억이 있다면 최고일 거야, 하고 문뜩 생각했어. 우리와 관련된 기억은 여전히 봉인되어 있잖아? 그러니 그것을 해방해서 기억나게 해준 다음……."

HAHAKO나 아만테 일행과 했던 것처럼, 작별 인사를 나눈다?

마사토는 고개를 저었다.

"아니, 됐어. 잊힌 채로 두는 게 나을 거야. 어차피 잘 가, 잘 있어, 말고는 할 말도 없잖아. 서로가 그런 괴로운 일을 겪을 바에야……."

마사토가 말을 이으려던 바로 그때였다.

"에이~. 그런 쓸쓸한 소리 마~."

옆에서 목소리가 들려왔다. 모네의 목소리였다.

어둑어둑한 공간에 빛의 입자가 생겨나서 터지더니, 모네가 홀연히 모습을 보였다. 그대로 마사토를 향해 달려오더니, 그대로 안겨들면서, 그의 가슴에 볼을 마구 비벼댔다.

"잡~았다! 에헤헤, 부비부비~. 부비부비~. 어리광 성분 흡수 중~."

"모, 모네? 너, 왜 여기에……?"

"나만이 아냐. 하나, 둘, 셋~!"

무수한 빛의 입자가 생겨나더니, 한꺼번에 터졌다. 그 빛에 무심코 눈을 감은 마사토 일행이 다시 눈을 뜨자…….

어둑어둑한 공간은 따뜻한 빛, 그리고 사람들로 가득 차 있었다.

카산 왕도의 사람들. 마망촌 사람들. 우락부락 선생님과 학생들. 포치와 포치 어머니와 건달들과 엄마 길드 멤버들. 카지노의 노 지배인과 점원들. 수인 어머니 가코를 비롯한, 천하제일 모도회에 참가했던 어머니들. 그 외에도 잔뜩 있었다.

마사토 일행이 만난 이들이 웃음과 울음을 흘리고 있었다.

그리고 다들 마사토 일행의 이름을 부르고 있었다.

볼을 비비며 마사토의 옷을 눈물로 적시던 모네가, 슬며시 떨어졌다.

"더 어리광을 부리고 싶지만, 이쯤만 할게. 마사토 군에게 항상 어리광을 부리던 애로 기억되고 싶진 않거든."

"호오. 모네 양도 성장했는걸."

"흐흥. 그래~. ……마사토, 와이즈 양, 메디 양, 포타. 이제 작별이네. 하지만, 괜찮아. 안 잊을 거야. 우리는 기억할게. 그러니까 그렇게 기쁨의 눈물을 흘리지 않아도 돼, 마사토."

"……안 울거든~?"

"후후후. 그런 거로 해둘게. 그렇겐 안 보이지만 말이지~. ……마사토는 잘 가, 잘 있어, 말고는 할 말이 없다고 했지만, 그렇지 않아. 우리는 다른 말로 작별할 거야. 하나, 둘 셋~!"

모든 사람이 한목소리로…….

"이 세상을 모험해 줘서, 고마워!"

그렇게 말해줬다.

참다 못 한 마사토는 고개를 깊이 숙였다.

"저희야말로, 이제까지 정말 신세 졌습니다! 감사해요!"

마사토의 뒤를 이어, 와이즈 일행도 고개를 숙였다. 오열 탓에 알아들을 수 없는 감사의 말을, 몇 번이나 입에 담았다.

고개를 들어보니, 얼굴이 눈물에 젖은 모네가 환한 미소를 짓고 있었다.

"좋아! 그럼 가 봐! 전력 대시로! 절대로 돌아보지 말고, 빨리 가버려~!"

"그래! 갈게!"

마사토 일행은 달리면서, 조그마한 출입구를 통과했다.

바로 그때였다.

'온다!'

부모 자식의 이심전심이다.

새하얀 계단을 올라가자, 다른 차원의 하늘 가장자리가 일그러지기 시작했다. 음식점 안으로 들어가는 것처럼 편안하게, 아름다운 초대형 손가락이 공간을 걸으면서 본체가 모습을 드러냈다.

빙긋 웃고 있는 메가 마마코였다.

"우후후. 마 군, 술래잡기는 이만 끝내자."

"드디어 왔구나, 엄마!"

"마사토, 서둘러! 우리는 이미, 작별 인사를 마쳤잖아! 이대로 잡혀서 돌아갔다간, 꼴사나울 거야!"

"배웅해 준 사람들을 위해서라도, 이 여행을 반드시 완수해야만 해요!"

"마사토 씨는 빨리 전송 포인트로 향해야만 해요! ……그러니, 먼저 가세요! 저희가 마마 씨를 막겠어요!"

"포타…… 알았어! 부탁해!"

"네! 저한테 맡겨주세요!"

가장 뒤편에서 달리던 포타가 멈춰서더니, 마사토를 쫓고 있는 메가 마마코와 마주했다.

"어머나, 포타 양. 의욕이 넘치는구나."

"네! 저와, 제 어머니의, 엄청 사이좋은 모녀 파워로, 마마 씨를 막겠어요! 갈게요!"

포타는 숄더백의 옆에 달린 피타와 피타 엄마를 떼더니, 그대로 치켜들었다.

명모 하하데스의 수제 옷을 입고 파워업한 두 마스코트가 점점 커지더니…… 깜짝 빅 사이즈 정도가 아니라 깜짝 비비비~빅 사이즈가 됐다!

메가 마마코의 절반 정도 크기까지 거대해진 피타와 피타 엄마가 메가 마마코의 두 발에 매달렸다. 그리고 한사코 떨어지지 않았다.

“어머나. 큰일이네. 걸음을 뗄 수가 없어. 엄청난 힘이야.”

“해냈어요! 이제 마마 씨는 마사토 씨를 쫓을 수 없어요! 저희가 이겼어요!”

“우후후……. 과연 그럴까?”

“네?”

메가 마마코는 즐거운 듯이 미소 짓더니, 몸을 살짝 굽혔다. 그러자…….

그 등에 나무와 잎 같은 대지의 소재로 구성된 날개와 해조류 같은 바다의 소재로 구성된 날개가 자라나서 날갯짓했다.

“우와아아앗?! 마마 씨에게 날개가 생겼어요?!”

“메가 엄마의 제2형태란다. 그러면 포타 양, 바람에 날려가지 않도록 조심하렴. 갈게.”

“꺄아아아아앗?!”

한층 더 크게 날갯짓을 하자, 메가 마마코의 거대한 몸이 떠올랐다. 피타와 피타 엄마를 발에 매단 채, 마사토를 쫓았다.

마사토, 와이즈, 메디, 세 사람은 계단의 절반가량 올라왔다.

꼭대기가 겨우 보이기 시작했을 때, 비행 형태의 메가 마마코가 접근했다.

“마 군. 보렴. 이 엄마, 날고 있어. 날개 파닥파닥~.”

펄럭펄럭!

"바람이 너무 세니까 그만해! 날아가겠다고! ……쳇! 우리 엄마, 대체 어떻게 된 거야! 어떻게 된 거냐고!"

"보고 있는 대로야! 어찌 보면 평소와 다름없는 마마코 씨 그 자체네! ……이렇게 되면, 할 수밖에 없어……. 메디!"

"저와 와이즈 양이 막아보겠어요! 마사토 군은 서둘러 주세요!"

"알았어! 잘 부탁해!"

마사토는 하염없이 꼭대기로 향했다.

와이즈와 메디는 멈춰서더니, 메가 마마코와 대치했다.

"자, 마마코 씨. 바쁜 데 미안하지만, 우리를 상대해 줘야겠어."

"어머, 좋아. 나도 말이지? 와이즈 양, 메디 양에게 다시 엄마 면접을 해야겠다 싶지 뭐니."

"그 말은 마사토 군의 반려자로 걸맞은지 체크하겠단 의미일까요?"

"우후후. 그렇단다."

"잠깐만?! 그, 그건 엄마들이 멋대로 한 말…… 뭐, 뭐어, 오해해도 괜찮거든?! 그렇게 될 가능성도, 없지는 않을지도 모르니까 말이야!"

"그러면, 시작할까? 미래의 서방님을 위해, 두 사람은 나를 어떻게 할 생각이니?"

"뻔하잖아요. 시어머니가 너무 억지를 부린다면……."

"남편을 대신해 아내가, 따끔하게 한 방 날려줘야 하지 않겠어?!"

와이즈는 마법서를 손에 쥐더니, 거기에 자신의 모든 마력을 쏟아붓기 시작했다.

방대한 마력을 견뎌내지 못한 마법서가 찢어지더니, 찢겨나간 페이지가 춤추듯 흩날리면서 와이즈의 중심으로 한 마법원을 형상했다.

"엄마가 가르쳐준 필살 마법…… 내 모든 것을 희생해 날리는, 딱 한 번밖에 못 쓰는 초 절정 극대 마법을 맛보여주겠어!"

"뭐, 뭐라고요?! 가슴 크기를 희생하겠다니, 와이즈 양은 죽을 생각인가요?! ……같은 말은 안 할 거지만요."

"했잖아! 그걸 희생할 생각 없어! 메디, 너란 애는 정말……!"

"방금 그 말은 농담이에요. 악의는 없어요. 정말이거든요?"

"그래, 알았어! 메디 나름의 커뮤니케이션 방법인 거네! ……너는 겉으로는 음흉한 척 굴지만, 실은 착한 애잖아. 진짜로 밉살스러운 애라면, 나도 이렇게 친해지진 않았을 거야!"

"후후후. 이해해 주는 사람이 있으니, 참 좋네요."

메디는 기쁜 듯이 미소 짓더니, 곧 표정을 굳히면서 손에 쥔 지팡이에 의식을 집중했다.

"저도 어머님이 끌어내 주신 힘을 쓰겠어요! ……콘포르테의 지팡이여…… 지금이야말로, 진정한 나를 해방해다오!"

메디의 온몸에서 검은 힘이 잠시 분출되더니, 그것을 밀어내는 것처럼 순백의 빛이 내부에서 부풀어 올랐다.

찬란한 빛에 휩싸인 메디의 모습이 용으로 변화했다.

더러움을 모르는 백은 색의 몸. 천사를 연상케 하는 날개.

그리고 예전에 보여줬던 것 같은 흉흉한 모습이 아니라, 신성할 정도로 기품이 넘치는 아름다운 얼굴.

메디는 홀리 메디 드래곤으로 변신했다.

『와이즈 양, 저도 준비를 마쳤어요. 언제든지 시작할 수 있어요.』

"오케이. 그럼…… 마마코 씨, 간다!"

"응, 그러렴. 어디 화끈하게 덤벼봐."

메가 마마코는 두 손을 펼치더니, 와이즈와 홀리 메디 드래곤을 안아주려 했다. 메가 엄마의 포옹이다.

저기에 안겼다간, 한도 끝도 없이 귀여움을 받을 것이다. 메가 마마코의 사이즈를 생각하면, 저 손길에서 벗어나는 건 불가능하다.

저 손이 마사토에게 닿지 못하도록, 마사토의 의지를 지키기 위해서…….

와이즈와 메디는 온 힘을 다했다.

"전력 전개! ……스파라 라 마지아 펠 미라레…… 어머니의 졸업(라우레아 데라 마도레)!"

그것은 어머니의 역할이 마침표를 찍는, 며느리의 의지가 담긴 핵폭발.

『이 일격에 모든 것을 걸겠어요! 새색시 브레스!』

그것은 어머니의 철벽같은 아성을 꿰뚫는, 아내의 의지가 담긴 파동포.

와이즈의 마법은 바다의 날개에, 홀리 메디 드래곤의 브레스 공격은 대지의 날개에 명중했다. 어머니란 존재에게 가장 큰 위력을 발휘하는 공격이 작렬했다.

맹렬한 폭발과 함께 바다의 날개는 터져 나갔고, 커다란 구멍이 뚫린 대지의 날개는 그대로 붕괴했다.

날 수 없게 된 마마코는 계단 옆으로 추락하며 쓰러졌다.

"어머나. 큰일이네. 화끈하게 당해버렸어……. 어머어머~."

"좋아, 해냈어……. 하지만, 이제 힘이……."

『저도, 한계인 것 같아요…… 큭…….』

와이즈는 그 자리에 쓰러졌다. 홀리 메디 드래곤은 계단에 추락하더니, 변신이 풀렸다. 두 사람 다 힘이 바닥난 탓에 꼼짝도 할 수 없었다.

그것은 메가 마마코도 마찬가지였다. 비비비~빅 사이즈인 피타와 피타 엄마에게 두 발을 잡혀서, 무릎을 꿇고 있었다. 날 수도 없으니, 이제 움직일 수 없다. 메가 마마코를 막는 데 성공한 것이다.

"……해, 해냈어."

"어찌, 됐네요……. 해냈어요."

모든 힘을 소모하고 쓰러진 채, 서로를 향해 웃으면서…….

와이즈와 메디는 승리의 하이 파이브를…….

"우후후. 와이즈 양과 메디 양의 진심을 잘 알았어. 빨리 마 군한테 가서, 가르쳐줘야겠네."

바로 그때, 목소리가 들려왔다.

메가 마마코의 몸에서 붉은색과 푸른색이 뒤섞인 구체가 튀어나오더니, 아연실색한 와이즈와 메디의 옆을 스쳐 지나면서 고속으로 날아갔다.

그 구체가 향한 곳은, 물론…….

마사토는 드디어, 계단 끝까지 올라갔다.

"여기가 골인 지점이구나……."

넓지도 좁지도 않은 공간에, 게임 클리어를 축하하듯 다양한 꽃이 흐드러지게 피어 있었다. 그리고 그 중앙에는 전송 장치가 설치되어 있었다.

저것을 타면 클리어다.

하지만…….

"……역시 올 줄 알았어."

누군가의 기척을 느낀 마사토는 맞서 싸울 무기를 준비하기로 했다.

주위를 둘러보다, 찾던 것을 발견한 마사토는 그것을 잔뜩 모은 후에 등 뒤로 숨겼다.

그리고 마치 잰 듯한 타이밍에, 나타났다.

어머니를 상징하는 색깔의 구체가 전송 장치 앞에 내려왔다. 구체가 사라지더니, 안에 있는 사람이 모습을 보였다.

"우후후. 마 군. 이 엄마가 와버렸어."

마마코다.

몸집은 평소 크기다. 하지만 대지와 바다의 힘이 옷에 융합했기에, 평소보다 화려해 보였다.

허리에 검을 차고 있지 않았다. 대신 오른 손목에는 붉은색 리본이, 왼 손목에는 푸른색 리본이 감겨 있었다.

마사토는 무기를 등 뒤에 숨긴 채, 마마코와 마주했다.

"왠지 파워업한 것 같네."

"맞아. 메가 엄마는 최종 형태가 됐어. 이 리본은 일반공격이 전체공격에 2회 공격인 성검이 형태를 바꾼 것이야."

"성능은 어떻게 돼?"

"엄마의 일반 허그가 전신 허그에, 2중 허그가 돼. 완전 강화됐어."

"그걸 강화라고 생각하는 것 자체가 잘못됐어. 뭐, 엄마답기는 하네."

"그러면 마 군. 이 엄마의 품에 뛰어들어주렴."

마마코는 두 손을 펼쳤다. 손목의 리본이 스르륵 늘어나더니, 마사토의 머리부터 발끝까지 감싸듯 펼쳐졌다. 그리고 마마코는 마사토를 끌어안으려 했다.

그 순간…….

"선수 필승. 엄마, 각오해."

마사토는 숨겨둔 무기를 마마코를 향해 내밀었다.

카네이션 꽃다발이었다.

"엄마, 내 말 좀 들어줘."

서프라이즈 공격을 기습적으로 날려서 마마코를 놀라게 한 후…….

어머니에게, 아들로서 질문을 던졌다.

"혹시 엄마는 현실 세계로 돌아가는 것에 불안을 느끼고 있지 않아? 지금의 나는 이렇게 엄마와 마주하며 이야기를 나누지만…… 현실 세계로 돌아가면, 우리가 예전 같은 사이로 돌아갈 거라고 걱정하는 거지? 그래서 이 세계에서의 모험을 관두고 싶지 않은 거잖아?"

그렇게 묻자, 마마코는 약간 당혹스러운 표정을 지으면서 머뭇머뭇 고개를 끄덕였다.

"……마 군을 믿지 못하는 건 아니란다. 하지만 말이지? 불안을 떨쳐낼 수가 없어."

"그렇게 불안한 거야?"

"응, 불안해. 자식은 점점 성장하면서, 점점 변해가. 마 군도 그래. 점점 성장하며, 몰라볼 만큼 변해가. 그래서 지금은 엄마에게 상냥하지만 또 변해버릴 거라고…… 나 자신도 어처구니없을 만큼, 나쁜 쪽으로 생각하게 돼."

"하아. 엄마는 너무 걱정이 많다니깐."

"맞아. 이 엄마도 곤란할 지경이야. 자식이 나이를 아무리 먹어도 걱정하게 돼. 이건 엄마들의 불치병일 거야."

"그렇구나. 그러면 이만 포기해. 내가 어떻게 해줄 수 있는 게 아니거든."

"정말. 너무 쉽게 말하는 것 아니니? 이 엄마는 진심으로 고민하고 있거든? 마 군은 너무해. 이 엄마, 흥 흥~."

"알았으니까, 그거 그만해."

볼을 부풀리며 화내는 마마코의 코끝을 카네이션으로 간질여서, 푸쉭~ 하고 분노를 다 뿜어내게 했다.

그리고 진지한 어조로…….

"흔한 말이겠지만, 미래는 아무도 알지 못해. 엄마가 말한 것처럼, 현실 세계로 돌아가면 나쁜 일이 벌어질지도 몰라. 하지만 게임 세계에 남아서 모험을 계속하는 사이에, 내가 나쁜 쪽으로 변할지도 모르잖아. 확실한 건 없어. 안 그래?"

"그건…… 그렇지만……."

"그렇다면, 일단 생각하는 걸 관두자. 생각해 봤자 소용없어. ……실은 말이지? 그런 것보다 훨~씬 중요한 문제가 있어. 내 목숨이 걸린 무지 심각한 문제야."

"마 군이 목숨이 걸린 문제?! 그, 그게 뭐야?!"

마마코가 다급한 태도로 묻자…….

마사토는 심각하기 그지없는 표정을 짓더니…….

"나, 배고파. 집에 돌아가서, 엄마가 해주는 밥 먹고 싶어."

표정을 싹 바꾸면서, 아들의 미소를 어머니에게 보여줬다.

마마코는 어처구니없어 했다.

"아들이 굶어 죽겠다고. 엄마. 어떻게 할래?"

"아니, 그게…… 그런 말을 들으면…… 귀여운 아들을 위해, 집에 돌아가서 밥을 할 수밖에 없잖아. 하아, 정말……."

토라진 듯한 투로 그렇게 말한 마마코는 웃음을 터뜨렸다. 마사토의 팔을 찰싹찰싹 때리고, 배를 잡고 웃더니…… 살짝 눈물을 흘렸다.

어처구니없는 촌극이다. 정말, 어처구니없다.

하지만, 그것이 부모 자식의 대화다.

평범하게 사이좋고, 평범하게 행복한 부모 자식의 대화 말이다.

그 어떤 드라마보다도, 그 어떤 모험보다도, 어머니의 심금을 울린다.

마마코는 카네이션 꽃다발을 소중히 안은 후, 마사토와 팔짱을 꼈다.

"저기, 마 군. 뭐가 먹고 싶니?"

"으음……. 아무거나 좋아."

"어머나, 그 대답이 가장 곤란한데……."

어느 세계에서나, 어느 가정에서나 오갈 듯한 그런 대화를 나눈 후…….

"우리는 단호하게 주문할래. 나는…… 평소에 먹던 거!"

"저는, 마마코 씨의 추천 메뉴로 부탁해요."

"저는 마마 씨의 비장의 메뉴를 주문할래요!"

동료들이 달려오더니, 마마코에게 안겨들었다.

"배고픈 아이가 늘어났는걸."

"우후후. 그래. 이렇게 되면 다른 어머니들도 불러서, 다 같이 밥해야겠네."

전송 장치에 탄 용사 일행은 어머니의 애정과 닮은 빛에 휩싸이며, 출발했다.

「부모자식간의 의식조사 『MMMMMORPG』 속편용」

ATTITUDE SURVEY VOL.5

【질문 : 아들 혹은 딸과 사이가 좋아졌는가?】

더할 나위 없이 가까워진 것 같아요.

【질문 : 아들 혹은 딸과 대화를 나눌 기회가 늘었는가?】

매일, 아침부터 밤까지, 실컷 나눠요.

【질문 : 아들 혹은 딸에게 듣고 기뻤던 말은?】

「엄마가 만든 밥을 먹고 싶어」. 어머니를 가장 행복하게 해주는 말이에요.

【질문 : 아들 혹은 딸에게 듣고 싶었던 말은?】

전부 잊어버렸어요. 우후후.

【질문 : 아들 혹은 딸과 함께 어떤 곳에 갔는가?】

게임 세계 구석구석까지, 실컷 가봤어요.

【질문 : 아들 혹은 딸이 좋아하는 것이 뭔지 알았는가?】

좋아하는 사람이라면 엄마지만, 사람이 아닌 것 중에는 엄마가 만든 밥일 거예요.

【질문 : 아들 혹은 딸이 싫어하는 것이 뭔지 알았는가?】

딱히 없다고 생각하지만, 굳이 꼽자면…… 하늘의 적이 아닌 적, 아니려나요.

【질문 : 아들 혹은 딸의 장점은?】

물론 전부 다예요.

【질문 : 아들 혹은 딸의 단점은?】

좀 더 엄마에게 어리광을 부려도 된다고 생각하지만…… 어렵겠죠.

【질문 : 아들 혹은 딸과 함께 모험을 해보니 어떻습니까?】

최고로 행복하다, 란 말이 가장 적절할 것 같아요.

【질문 : (임의) 게임에 새롭게 추가했으면 하는 물품이나 요소 등, 희망하시는 점이 있다면 알려 주십시오. 앞으로의 운영에 참고하도록 하겠습니다.】

정말 멋진 게임이지만, 마지막에 엄마들만 신세 진 분들에게 인사를 못하고 클리어한 게 정말 유감이에요. 정식 서비스 때 참가할 수 없으려나요……. 다른 형태로라도 좋으니, 잠시라도 만날 수 없을까요? 부탁드려요.

답변자 : 오오스키 마마코

에필로그

마사토가 게임을 클리어하고 현실에 돌아온 후로 한 달가량 흘렀다.

방과 후를 앞둔 교실 안은 술렁거리고 있었다.

"다들 조용히 해라. 그럼 나눠주겠다. 전에 했던 것은 특정 조사 대상만 했지만, 이번에는 전국적으로 일제히 하지. 내용은 같지만, 중요한 조사니까 성실하게 작성하도록."

남성 교사가 학생들에게 나눠준 것은 【부모자식간의 의식 조사】라는 제목의 서류였다.

내각부 정책 통괄관(공생 사회 담당)이 청소년의 현황을 파악하기 위해 실시하고 있는, 국가적인 조사다.

인원수만큼의 책자가 각줄 가장 앞자리에서 뒷자리로 차례차례 전달됐고…….

마사토의 앞자리에 앉은 남자가 뒤를 돌아보더니, 멋진 미소를 지으며 서류를 건네줬다.

"어이, 마사토! 이게 소문으로 듣던 그거 맞지?!"

"……소문으로 들은 게 뭔데?"

"모르는 척 시치미 떼지 마! 얼마 전에 서비스를 시작한 『MMMMMORPG(정식)』 말이야! 이 조사서를 잘 쓰면, 거기에 참가할 수 있는 거지?! 응?!"

"그걸 내가 어떻게 알아."

"시치미 떼지 말라니까 그러네. 네가 학교 쉬며 참가했던 이 나라의 특별 프로그램이 그 베타판이잖아? 다들 알고 있거든? ……좀 가르쳐주라. 뭘 어떻게 쓰면……."

"어이, 거기! 잡담하지 말고 서류를 작성해라! 안 그러면 불참 처리해 버릴 거다!"

"윽, 그건 사양할래."

교사가 꾸짖자, 남학생은 허둥지둥 앞을 바라봤다.

교실 안이 조용해졌다. 학생들은 하나같이 진지했다. 방과 후의 자유 시간이 줄어든 것에 불만을 느끼는 이는 없었다. 다들 필사적으로, 시험 때보다 더 진지하게, 조사서를 작성하고 있었다.

그 와중에 마사토만은 대충 펜을 놀리고 있었다.

'이 조사가 플레이어 선출과 관련이 있는 건 틀림없겠지만…….'

마사토에게는 참가 자격이 없다.

쓸쓸한 마음도 들지만, 이것만은 어쩔 수 없다. 마사토는 설문 내용에 솔직한 마음으로 답변을 적었다.

잠시 한숨 돌리기로 한 마사토는 별생각 없이 창밖을 응시했다. 오늘의 현실 세계는 날씨가 맑았다. 좋은 날씨다.

시야 가장자리에서 무언가가 움직였다. 교문 앞에, 빨간색 초등학생용 가방을 멘 조그마한 아이가 있었다.

마사토의 공주님이 기다리고 있는 것 같았다. 조사서를 빨리 쓰고 가봐야만 한다.

남은 설문은 단 하나다.

【질문 : 어머니와 함께 모험을 한다면 사이가 좋아질 것 같습니까?】

마사토의 답변은…….

"아마, 좋아지지 않겠어? 알다시피 말이야."

쓴웃음을 머금으며 그렇게 적은 후, 마사토는 가방을 짊어지고 자리에서 일어났다.

마사토가 건물 밖으로 뛰쳐나가자, 초등학교 6학년인 공주님이 그를 발견하고 힘차게 손을 흔들었다.

"마사토 씨~! 저 여기 있어요!"

"그래~. 기다리게 해서 미안해, 포타…… 아니, 모코."

"어엇?!"

본명으로 불러주자, 그녀는 깜짝 놀랐다.

"왜, 왜 그래? 모코가 본명 맞잖아? 틀렸어?"

"아, 아뇨! 맞아요! 맞긴, 한데……. 으음……. 왜, 왠지, 좀 이상한 느낌이라서요!"

살짝 빨개진 볼을 두 손으로 감싼 포타, 아니, 모코는 고개를 갸웃거렸다. ……마사토에게 본명으로 불렸을 뿐인데 왜 가슴이 뛴 건지, 본인도 잘 모르는 것 같았다.

"으음, 으음……. 오, 오늘은 게임 모임이니까 그냥 포타라고 불러주세요!"

"하긴, 그것도 그래. 그럼, 포타라고 부를게. 그러면 와이즈와 메디를 파티에 영입하기 위해, 둘이 함께 모험 여행을 출발하자."

"네!"

마사토와 포타는 나란히 걸음을 뗐다. 두 사람은 역 쪽으로 향했다.

이야기꽃을 피우며 한동안 나아가다 보니, 마사토의 호주머니에서 진동음이 들려왔다. 스마트폰에 전화가 온 것이다.

전화한 이는 아버지인 하야토였다.

"포타, 잠시 실례할게. ……여보세요?"

『안녕, 마사토. 아버지란다. 지금 통화 괜찮니? 우선 유감스러운 보고를 해야 할 것 같은데…….』

"오늘 식사 자리에 참석 못 하는 거지?"

『정답이란다. 신경을 써줬는데, 못 가게 되어서 미안하구나.』

"뭐, 일 때문이잖아. ……그런데, 다른 한 분은……."

『홋타 씨는 문제없어. 운영 측과의 회의는 오전에 무사히 끝났거든. 모코 양의 이름을 외치면서 맹렬한 기세로 회의실을 뛰쳐나갔다는 것을 알려~주마.』

좋은 소식이다.

"포타의 어머니는 오실 수 있나 봐."

“와아! 정말 기뻐요!”

껑충껑충 뛰며 기뻐하는 포타는 참 귀여웠다.

『아, 맞아. 알려~ 주는 김에 겸사겸사 말해둘까.』

“어? 뭔데?”

『시라세 씨가 말이지? 반차가 아니라 외근, 그러니까 프라이빗이 아니라 업무로서 그쪽을 향하고 있단다. 자세한 건 모르겠지만…… 아, 미안하구나. 슬슬 돌아가 봐야겠는걸. 그럼, 나중에 보자꾸나.』

“아, 응. 수고해……?”

하야토는 전화를 끊었다. 마사토는 고개를 갸웃거렸다. 포타는 상황을 모르기에 더 고개를 갸웃거렸다. 그 모습도 참 귀여웠다.

일단 마사토와 포타는 이동을 다시 시작했다. 이야기를 나누다 보니, 시간이 순식간에 흘러갔다. 곧 역 앞의 상점가에 도착하고 말았다.

최종목적지인 오오스키 가는 상점가를 지나서 조금 걸어가면 도착하지만, 그 전에…….

마사토와 포타는 상점가의 조그마한 슈퍼마켓 앞에서 멈춰섰다.

“여기가 바로 와이즈가 아르바이트하는 가게지?”

“네! 슈퍼 【엄마 가게】예요!”

“어머니의 단골 가게에서, 어머니의 소개로 일하게 됐다던데…… 와이즈네 집은 여기서 전철 세 정거장은 떨어져 있잖아……. 왜 일부러 여기서 아르바이트를 하는 건데……."

"그건 집에서 가깝기 때문일 거예요!"

"아니, 멀거든?"

와이즈 자신의 집이 아니라 누구누구 씨의 집에서 가깝다, 란 의미겠지만 말이다. 아무튼…….

가게 안에 들어간 마사토와 포타는 들어서자마자, 채소 코너에서 찾던 인물을 발견했다.

"아침부터 아르바이트하느라 고생이 많군요……."

"오늘은 학교가 창립 기념일이라 쉬거든. 시간이 있을 때 벌어야 하지 않겠어? 그게 가난뱅이가 살아가는 방식이야."

"그런가요. 역에서 걸어서 갈 수 있는 거리를 택시로 온 저로서는 좀 송구한 기분이 드는군요."

"좋아. 닥쳐 이 부잣집 아가씨야."

여학생 교복인 치마와 블라우스 위에 가게 앞치마를 걸친, 초콜릿 소라빵 머리를 한 여자애다. 배추를 척척 진열하고 있었다.

그 옆에는 약간 따분해 보이는 세일러 교복 차림의 미소녀가 있었다.

파티 멤버인 두 사람이다.

"어이, 와이즈랄까, 겐야랄까, 와이즈. ……아, 그리고……."

"아, 마사토 군. 저는 메디라고 불러주시면 된답니다." 빙긋.

매우 위압적인 스마일을 짓는 세일러 교복 차림의 미소녀는 바로 메디다.

메디지만…….

"저기, 마사토~. 본명으로 불러달란 말이야……. 엘리제. 엘리제를 위하여. 참 고상하고 멋진 이름이야, 엘리제. 크크큭."

"뭐죠, 겐야 양? 무슨 문제라도 있나요? 주먹으로 지명해드릴까요? 추가로 발차기로도 지명해드릴 수 있는데 말이죠?"

……고오오오…….

"아앗! 현실 세계인데 다크 파워가 보여요!"

"스톱! 스톱!"

유명한 피아노 곡에서 따온 이름을 지닌 사람과, 호스트 명에서 따온 이름을 지닌 사람이 서로를 노려보며 드잡이질이란 이름의 캣파이트를 마사토는 허둥지둥 끼어들어서 말렸다.

"오늘은 게임 모임이잖아! 다들 계정명으로 부르자! 응?!"

"네. 그렇게 하죠. ……그럼, 와이즈 양. 저희는 볼일이 있으니 이만 가보겠어요. 일 열심히 하세요."

"야. 나를 두고 가지 마. 바로 퇴근할 거니까, 잠시만 기다려."

"네! 넷이 함께 마사토 씨의 집으로 출발해요!"

두서없는 이야기를 나누면서, 터벅터벅 걸어갔다.

아무리 걸어가도 몬스터와 마주치지 않는 인도를, 터벅터벅 걸어갔다.

넷이 함께 나아갔다.

"……만약 우리가 또 게임 세계에 가게 된다면……."

"나는 전사 계열 직업으로 할래. 이번에는 물리 공격으로 싸워보고 싶어. 마법은 메디한테 맡길 거야."

"잠깐만요. 저도 전사 계열을 희망해요. 기사가 좋겠군요. 그러니, 마법은 포타 양에게 맡기겠어요."

"네! 저는 마법사가 되고 싶어요!"

"그리고 마사토는 평범한 용사야."

"평범한 리더군요."

"용사는 좋지만, 또 평범한 거냐고. ……그것보다……."

이 네 명이 파티를 짜는 건 확정 사항인 것 같았다. 당연하다는 듯한 표정을 짓고 있는 그녀들을 쳐다보면서, 마사토는 무심코 웃음을 터뜨렸다.

그 웃음은…… 곧 쓸쓸한 미소로 변했다.

"뭐, 실은 어렵겠지만 말이야."

"그래. 정식 서비스가 시작됐지만, 우리는 참가 자격이 없잖아."

"만일의 사태라도 벌어지지 않는 한, 가능성은 제로에 가깝겠죠."

"만일의 사태가 일어났으면 좋겠어요!"

"그래. 그것을 바라면서…… 오늘은 용사 파티 정례의 부모자식 식사 모임이야. 다들 어머니 동반으로, 즐겁게 밥 먹자!"

""""오오~!""""

텐션이 상승한 그들은 한적한 주택가에 있는 오오스키 가로 뛰어 들어갔다.

현관을 열자, 여성용 구두 네 켤레가 단정하게 놓여 있었다. 어머니들은 이미 모인 것 같았다. ……그런 것치고는, 집안이 묘하게 조용했다.

마사토 일행은 거실로 향했다. 문을 열어보니, 실내는 평소와 다름없었다. 식사 모임 준비는 되어 있지 않았다.

"안녕하십니까. 실례 중이라는 사실을 시라세가 알려드립니다."

식탁에 앉아서 차를 마시던 시라세가 태연한 표정으로 태연하게 인사를 건넸다.

집 안에 있는 이는 시라세뿐이다.

"시라세 씨뿐이에요? 엄마들은요?"

"볼일이 있어서 잠시 자리를 비우셨습니다. ……그런데 여러분, 잠시 저 좀 보시죠. 우선 인사부터 드리겠습니다. 저는 이런 사람입니다."

시라세는 자리에서 일어나더니, 마사토 일행의 앞으로 와서 목에 걸고 있는 신분증을 제시했다.

"내각부 정책 통괄관(공생 사회 정책 담당) 위탁 조사원, 시라세 마스미 씨. 알고 있는데요."

"왜 이렇게 정중하게 인사하는 건데?"

"정부로부터의 요청을 전하기 위해, 정식 절차를 밟고 있는 겁니다. 실은 『MMMMMORPG(가제)』를 클리어하신 테스트 플레이어 여러분에게, 속편 개발의 협력을 요청하게 됐습니다."

"속편? 속편이라니…… 서, 설마?"

"기본 시스템은 물론이고 모험의 기록과 등장인물과의 추억 등, 전작의 모든 것을 이어받은, 정체불명의 기술을 이용한 풀 다이브 타입 온라인 게임입니다. 이번에는 사회의 어둠을 테마로 한 다양한 퀘스트를 클리어하는 양식을 예정하고 있습니다."

"거기에 협력하라는 건, 설마…… 서서서, 설마, 설마, 그건가요?!"

"후후후. 그렇고말고요. 이것을 봐주십시오."

시라세는 거실의 텔레비전을 손으로 가리켰다.

마사토의 데스크탑 컴퓨터 본체가 그 텔레비전에 연결되어 있었다. 텔레비전 화면을 모니터 대용으로 쓰고 있었다.

마사토 일행은 서둘러 텔레비전 쪽으로 뛰어갔다.

"잠깐만, 진짜야?! 진짜지?! 진짜 맞는 거지?!"

"여러분, 준비를 되셨습니까? 출발하겠습니다. 이 시라세가 전해드리는, 바로, 바로, 바로!"

"바로, 바로!"

시라세가 텔리비전의 리모컨 스위치를 누르자, 화면이 켜지면서……!

『엄마들끼리, 모험 여행을 떠나자. 오오~!』

【『오오~!】』

마마코와, 카즈노와, 메디 어머니와, 명모 하하데스가 화면에 나왔다. 어머니 네 사람이 주먹을 치켜들며, 어딘가를 향해 힘차게 걸음을 뗐다.

"바로, 바로, 바로, 엄마 파티의 모험이 시작됐다는 것을 알려드립니다."

"잠깐마아아아아안?! 어이, 엄마?! 엄마들?! 아이들을 내버려두고 뭐하는 건데에에에엣?!"

마사토가 텔레비전 화면에 매달리자, 마마코는 눈치챘다.

『어머? 왠지 마 군의 시선이 느껴져. 어디지. 이쪽일까. 이쪽이네. 마 군, 엄마 여기 있어~.』 와아~.

"느긋하게 손 흔들 때가 아니거든?! 그것보다 용케 눈치챘네!"

『엄마들은 모험 좀 하고 올게. 저녁때까지 돌아갈 테니까 걱정하지 말렴. ……하지만 만약 엄마와 같이 모험하고 싶다면, 이번에는 마 군이 쫓아와. 엄마들을 따라잡을 수 있으려나? 어렵지 않을까 싶네. 우후후.』

"그 말 후회할 줄 알아. ……다들, 첫 퀘스트야! 게임 세계에 들어가서, 엄마들을 잡으러 가자!"

""""오~!""""

화면에서 빛이 뿜어져 나오더니, 기대로 가슴이 부푼 마사토 일행을 감쌌다.

시라세는 텔레비전 리모컨의 전원 버튼을 누르려 했지만, 미소를 머금으며 관뒀다.

새로운 여행이 시작됐다.

"엄마! 금방 가겠어! 우리는 언제까지나, 어머니 동반으로 모험할 거라고!"

부모 자식의 인연은 끝나지 않는다. 모험 또한 끝나지 않는다.

다시, 어머니와 자식의 이야기의 막이 올랐다.

■작가 후기

신세 많이 지고 있습니다. 이나카입니다.

게임 세계에서 어머니와 함께 모험?! 신감각 어머니 동반 모험 코미디! ……라는 느낌으로 이어져 온 본 시리즈가 드디어 완결됐습니다.

응원해 주신 여러분. 감사드립니다.

이 작품으로 데뷔하기 전, 하염없이 공모전에 응모작을 보내오는 과정에서 햇빛을 보지 못한 캐릭터가 잔뜩 있습니다. 제가 낳아놓고, 그대로 묻어버리고 말았죠.

정말 송구할 따름입니다.

본 작품은 여러분의 성원 덕분에 이야기를 끝까지 쓸 수 있었습니다.

그래봤자 캐릭터. 그럼에도 캐릭터. 덧없이 사라져 간 캐릭터들의 원통함과 덧없이 그들을 묻어야만 했던 작가의 참회…… 본 작품의 등장인물들은 그런 많은 마음을 짊어지고 끝까지 달려줬습니다. 이야기를 그려나가는 자의 행복을 끝까지 누렸습니다.

그저 감사드릴 따름입니다.

감사합니다.

몇 번이고, 감사드립니다.

관계자 여러분.

담당 편집자님. 편집부 여러분. 출판사 여러분. 디자이너님. 교정자님. 인쇄소 여러분. 제본소 여러분. 영업 담당자님. 판매점 여러분.

코미컬라이즈로 신세를 진, 메이챠 님. 코믹 사이드의 담당 편집자님.

음성 낭독 서비스로 신세를 진 여러분.

애니메이션 관련으로 신세를 진 여러분. 프로듀서님. 감독님. 스태프 여러분. 성우 여러분.

그리고, 이이다 포치, 님.

감사드립니다. 수고 많으셨습니다.

이 은혜는 잊지 않겠습니다.

여러분의 앞으로 더욱 활약하시길, 그리고 건강과 행복을 진심으로 기원합니다.

만약 인연이 닿아 또 함께하게 된다면, 부디 잘 부탁드립니다.

마지막으로…….

정례 행사인 가족 이야기를 할까 했습니다만, 실은 이제부터 그 이야깃거리를 수집할 예정입니다.

뇌정맥류(동맥류였나?)의 결찰술 수술을 받으신 아버님의 쾌유를 기념해, 그리고 못난 아들 작가의 시리즈 완결 기념을

겸해, 누님 가족도 초대해 식사할 예정입니다.

정말 오래간만에, 가족이 전원 집합할 예정입니다.

어머님은 평소 안 사는, 비싼 포도를 드시고 싶다고 하시는 군요.

안심하시옵소서. 소자가 사겠나이다.

자.

식사 시간을 기다리면서, 차기작 플롯을 쓸까 합니다.

독자 여러분을 다시 뵐 수 있기를 빕니다.

2020년 따뜻한 봄 이나카 다치마

■역자 후기

안녕하십니까. 근로청년 번역가 이승원입니다.

『일반공격이 전체공격에 2회 공격인 엄마는 좋아하세요?』 11권을 구매해 주셔서 진심으로 감사드립니다.

『일반공격이 전체공격에 2회 공격인 엄마는 좋아하세요?』 시리즈가 드디어 끝났습니다.

이 시리즈를 함께 해주신 독자 여러분께 진심으로 감사드립니다!

처음에는 어머니 동반 이세계 모험 활극! 이란 말을 듣고, 피가 이어지지 않은 어머니가 히로인인 걸까? 결국 최종적으로 어머니와 맺어지는 거 아냐? 같은 발칙한(^^) 생각을 했습니다만……. 이 시리즈는 끝까지 한결같았습니다, AHAHA.

사춘기를 맞이한 아들과 관계 개선을 위해 함께 게임 세계에 온 어머니. 그 어머니는 처음부터 끝까지 한결같이 어머니였고, 아들 또한 처음부터 끝까지 아들이었습니다. 많은 역경과 고난을 극복한 끝에 게임 클리어를 앞둔 두 사람 앞에 나타난 마왕 아버지. 그 아버지를 쓰러뜨리는 것이 최종 결전인 줄 알았습니다만, 그 또한 전초전에 지나지 않았습니다. 마지막에 아들을 막아서는 존재는 아름 아닌 어머니! 아들이 둥지를 떠나 날아오기를 바라는 마음과, 항상 자신의 품속에 두고 싶어 하는 마음. 그 두 마음 사이에서 힘들어하는 어머니 앞에서, 아들이 내놓은 결론은?

개그와 시리어스, 그리고 감동으로 가득 찬, 『일반공격이 전체공격에 2회 공격인 엄마는 좋아하세요?』 최종권을 재미있게 즐겨주시길!

그럼, 이만 줄이겠습니다.

『일반공격이 전체공격에 2회 공격인 엄마는 좋아하세요?』을 최종권까지 내주셔서, 그리고 끝까지 맡겨주셔서 감사드립니다. 앞으로도 잘 부탁드립니다!

야간작업 마치고 퇴근길에 에너지 드링크 사다 준 악우여. 항상 잘 마셨어. 그리고 에너지 드링크 냉장고에 주러 왔다면서 작업실에서 매번 라면 끓여 먹은 건 눈감아 주마…….

마지막으로 언제나 제게 버팀목이 되어주시는 어머니와 『일반공격이 전체공격에 2회 공격인 엄마는 좋아하세요?』를 끝까지 읽어주신 모든 분께 진심으로 감사드립니다.

언젠가 또 재미있는 작품의 역자 후기 코너에서 다시 뵙겠습니다!

2025년 11월 중순

역자 이승원 올림

일반공격이 전체공격에 2회 공격인 엄마는 좋아하세요? 11

초판 1쇄 발행 2026년 1월 10일

지은이_ Dachima Inaka
일러스트_ Iida Pochi.
옮긴이_ 이승원

발행인_ 최원영
본부장_ 장혜경
편집장_ 김승신
편집진행_ 권세라 · 최혁수 · 김경민 · 최정민
편집디자인_ 양우연
국제업무_ 박진해 · 조은지 · 박지현
관리 · 영업_ 김민원 · 조은걸

펴낸곳_ (주)디앤씨미디어
등록_ 2002년 4월 25일 제20-260호
주소_ 서울시 구로구 디지털로 32길 30, 코오롱디지털타워빌란트 1301-1308호
전화_ 02-333-2513(대표)
팩시밀리_ 02-333-2514
이메일_ lnovellove@naver.com
L노벨 공식 카페_ http://cafe.naver.com/lnovel11

ISBN 979-11-278-8592-2 04830
ISBN 979-11-278-4403-5 (세트)

값 8,500원

일주일에 한 번 클래스메이트를 사는 이야기 1~5권

하네다 우사 지음 | U35(우미코) 일러스트 | 이소정 옮김

그녀— 미야기는 이상하다. 일주일에 한 번 오천 엔으로 나에게 명령할 권리를 산다.
같이 게임을 하거나 과자를 먹여달라고 하거나,
가끔씩 기분에 따라서는 위험한 명령을 내리기도 한다.
비밀을 공유하기 시작한 지 벌써 반년이 지났지만,
그녀는「우리는 친구가 아니야」라고 말한다.
저기, 미야기. 이게 우정이 아니라면 우리는 무슨 관계야?

그 사람— 센다이가 아니면 안 되는 이유는, 지금도 딱히 없다.
내 우연한 변덕에 그녀가 따라줬다. 단지 그뿐.
그래서 나는 어떤 명령도 거부하지 않는 그녀를 오늘도 시험한다.
……내년 봄, 만약 다른 반이 되더라도, 그녀는 이 관계를 계속 이어가줄까.
지금은 그게 조금 신경 쓰인다.

L NOVEL

가끔씩 툭하고 러시아어로 부끄러워하는 옆자리의 아랴 양 1~10권

SUN SUN SUN 지음 | 모모코 일러스트 | 이승원 옮김

이 나 메냐 토제 아브라티 브니마니에
"И на меня тоже обрати внимание."
"어, 뭐라고 한 거야?"
"별거 아냐. 【이 녀석, 진짜 바보네】 하고 말했어."
"러시아어로 독설 날리지 말아줄래?!"
내 옆자리에 앉은 절세의 은발 미소녀, 아랴 양은 의기양양한 미소를 지었다.
하지만, 사실은 다르다.
방금 그녀가 말한 러시아어는【나도 좀 신경 써줘】란 의미다!
실은 나, 쿠제 마사치카의 러시아어 리스닝은 원어민 레벨이다.
그런 줄도 모르고, 오늘도 달콤한 러시아어로 애교 부리는
아랴 양 때문에 입가가 쉴 새 없이 실룩거리는데?!

전교생이 동경하는 초 하이스펙 러시안 여고생과의
청춘 러브 코미디!

라이트노벨의 새로운 빛! L노벨의 신간은 매월 10일에 발매됩니다. http://cafe.naver.com/lnovel11

NOVEL